《어부가의 변별적 자질과 전승 양상》

박규홍 지음

보고사

책을 펴내며

쌀 다섯 말에 향리의 소인배에게 허리를 굽힐 수 있겠느냐며 현령 자리를 내팽겨친 오류선생 도연명의 <귀거래사>에 매료된 적이 있었다. 그 후 장지화의 <어가자>를 만나면서 <귀거래사>와는 또 다른 매력을 느꼈다. 도연명은 스스로 세상과 자신이 서로 어긋난다고 토로했지만 장지화는 자연 속에 녹아든 맛이 신선도 부럽지 않다고 노래했다. 장지화는 나를 어부가의 세계로 끌어들였다.

어부가를 처음 주목하게 된 이유는 따로 있다. 갈래 시비에 휩싸인 고산의 <어부사시사>가 동기를 부여했다. 국문학자들이 시조와 가사가 조선조 시가문학의 양대 산맥이라고 이구동성으로 말하면서 수많은 논문을 쏟아내고도, 한 작품을 두고 시조니 가사니 하고 결론도 없이 입씨름을 벌이는 건 체면을 구기는 일이라고 생각했다. 수긍할 만한 답을 찾아야 한다는 마음으로 어부가를 주목하게 되었다.

장지화의 어부사와 그의 삶은 나의 흥미를 불러일으키기도 했지만, 공부하는 사람이 덤으로 맛볼 수 있는 짜릿한 기쁨을 선사하기도 했다. 장지화의 어부사는 일본에도 전해져 헤이안(平安) 시대의 사가(嵯峨) 천황이 장지화의 <어가자>를 화작한 <어가> 5수를 지었다. 사가 천황의 <어가>는 수 년 후인 827년에 발간된 『경국집(經國集)』에 실리게 되는데, 활자본 『경국집』이 1926년 일본고전문학간행회에서 제1회 일본고전문집으로 간행되었다. 국내에서 <어가>를 찾아볼 수 없었던 나는 2000년 도쿄(東京)대학교 도서관에서 이 작품을 포함한 활자본 『경국집』 일부를 복사할 수 있었다. 그때 느꼈던 알싸한 기쁨은 이루 설명할 수가 없다.

일본 학자 무라카미 데쓰미(村上哲見)는 장지화에 대한 많은 연구를 하고 그 성과를 1967년에 발행한 『송사연구(宋詞硏究)』에 담았다. 『경국집』을 복사한 후 득의양양하여 『송사연구』를 구하러 동경 시내의 대형서점을 여러 군데 다녔지만 허탕이었다. 며칠을 헤매다가 출판사(創文社)에서 그 책을 샀을 때, 역시 말로 표현하기 어려운 기쁨을 맛보았다. 동료 한명호 교수의 도움이 컸다. 이 기회에 깊은 감사를 드린다. 아울러 그 책의 상당 부분을 번역해 준 사촌 대홍 형, 그리고 자료 검증의 귀찮은 부탁을 기꺼이 응해주신 이구의 교수와 유옥희 교수 두 분께도 심심한 감사의 뜻을 전한다.

여러 모로 부족하다. 그럼에도 출판을 결심한 것은 허송의 시간을 줄이고 나 자신에게 채찍을 가할 필요가 있다는 생각에서다. 미흡한 부분에 대한 질책이 따르는 만큼 공부가 될 것이란 기대를 한다. 이 책이 자주 찾아뵙지도 못하는 불효자를 위해 늘 기도하시는 어머니께서 병석을 떨치고 일어나시는 데 힘을 보탤 조그만 기쁨이라도 되었으면 하는 것도 내심의 바람이다.

책 출판에 여러 모로 마음을 써주신 박해남 박사와 출판을 기꺼이 허락해주신 보고사 김흥국 사장님 그리고 이유나 씨 외 보고사의 여러분께 감사드린다.

2011년 12월 언사학방에서
박규홍 씀

차례

I. 어부가에 담긴 처세관

1. 들어가는 말

우리 어부가에 대한 연구는 이제 그 성과가 상당히 집적(集積)된 것으로 보인다. 조윤제(趙潤濟)가 강호가도(江湖歌道)를 언급하고[1], 이재수(李在秀)[2]·이우성(李佑成)[3]·최진원(崔珍源)[4]·권영철(權寧徹)[5]·홍재휴(洪在烋)[6], 최동원(崔東元)[7]·윤영옥(尹榮玉)[8] 등의 학자들이 어부가의 계보와 그 독자적 형식이 변이되어 온 과정을 해명하고자 노력하면서 이들 작품군에 대한 논의가 점차 확대되었다. 강전섭(姜銓燮)[9]과 장인진(張仁鎭)[10]은 새로운 자료 발굴에 크게 기여하기도 했다.

1) 조윤제, 『韓國詩歌史綱』(改題), 을유출판사, 1954, 261쪽.
2) 이재수, 『尹孤山研究』, 학우사, 1958.
3) 이우성, 「고려말·조선초의 어부가」, 『성대논문집』 9, 성균관대학교, 1964.
4) 최진원, 『국문학과 자연』, 성균관대학교 출판부, 1977.
5) 권영철, 『瓶窩李衡祥研究』, 『韓國研究叢書』 제37집, 한국연구원, 1978.
6) 홍재휴, 「한국고시율격연구」, 태학사, 1983.
7) 최동원, 「어부가의 사적 전개와 그 영향」, 『어문교육논총』 8, 부산대학교, 1984.
8) 윤영옥, 「<漁父詞> 研究」, 『民族文化論叢』 제2·3집, 영남대학교 민족문화연구소, 1982.
9) 강전섭, 「<石門亭九曲歌>의 樣式史的 考察」, 『語文研究』 제29집, 어문연구회, 1997.

강호를 읊은 노래와 정치현실의 상관관계를 주목한 김홍규[11], 고산의 자연에 대한 기본 인식을 조명한 성기옥[12] 등의 업적에 이어 박완식(朴浣植)[13] · 여기현(呂基鉉)[14] · 송정숙(宋靜淑)[15] · 정운채[16] · 이상원[17] · 이형대(李亨大)[18], 권정은(權正殷)[19]의 후속 작업은 어부가의 연구 영역을 크게 넓히고 그 심도를 더했다. 이밖에도 여러 학자들이 어부가에 관심을 표명했다.

필자도 오래 전부터 어부가에 흥미를 가지고 공부를 했다. 어부가를 알아갈수록 어부가는 이제까지 연구자들에 의해 논의된 것보다 훨씬 더 다양한 면모를 지니고 있다는 것을 깨닫게 되었다. 선학들의 연구성과가 만들어준 선입견이 어부가의 진면목을 발견하는 데 오히려 방해가 되기도 한다는 깨달음도 얻었다. 어부가를 이해하는 데 길잡이가 되었던 처사문학 혹은 가어옹(假漁翁)이라는 용어가 때로는 어부가의 다양한 면모를 가리는 장애물이 될 수 있다는 점도 깨우친 것 중의 하나다.

---

10) 장인진, 「새로 발굴된 李重慶의 梧臺漁父歌」, 『圖書館學』 제10집, 한국도서관학회, 1983.

11) 김홍규, 「江湖自然과 정치현실」, 『세계의문학』 1981년 봄호, 민음사, 1981.

12) 성기옥, 「고산 시가에 나타난 자연인식의 기본 틀」, 『孤山研究』 창간호, 고산연구회, 1987.

13) 박완식, 「<漁父詞>研究 -그 類型과 思想的 背景을 中心으로-」, 우석대학교 박사학위논문, 1996.

14) 여기현, 「漁父歌의 表象性 研究」, 성균관대학교 박사학위논문, 1989.

15) 송정숙, 「漁父歌系 詩歌 研究」, 부산대학교 박사학위논문, 1990.

16) 정운채, 「윤선도의 시조와 한시의 대비적 연구」, 서울대학교 박사학위논문, 1993.

17) 이상원, 「조선 후기 '어부사' 전승」(고려대 고전문학 · 한문학연구회 편), 『19세기 시가문학의 탐구』, 집문당, 1995.

18) 이형대, 「漁父形象의 詩歌史的 展開와 世界認識」, 고려대학교 박사학위논문, 1997.

19) 권정은, 「어부시가의 현장성과 풍류」, 『자연시조 : 자연미의 실현 양상』, 보고사, 2009.

어부가(漁父歌)는 강호 한정을 담은 처사문학(處士文學)인가? 박완식은 그의 역저 『한국 한시 어부사 연구』에서 그 첫머리에 "동양고전으로 잘 알려진 <어부사>는 강호 한정을 담은 처사문학"[20]이라고 전제하고 있다. '경기체가의 세계와 아울러 형성되었던 어부가의 세계는 곧 처사적 문학의 세계'[21]라고 한 이우성의 시각을 그대로 수용한 것으로 보이는 언급이다. 대부분의 학자들이 여기에 별다른 이의를 제기하지 않았다.

어부가 계통의 작품을 처사문학으로 논의할 이유는 충분하다. 다만 어부가의 범주에 넣을 수 있는 모든 작품들을 '강호 한정을 담은 처사문학'이라고 규정한다면 그 타당성을 담보하기가 어렵다.

어부가 계통의 여러 작품들은 유사한 외형의 어부를 내세우고 있는 이면에 다양한 사상이나 현실인식을 담지하고 있다. '어부가'로 한 데 묶을 공통의 요소를 가짐과 동시에 그 차이가 뚜렷한 변별적 자질을 가지고 있다는 것이다. 박완식도 우리나라에는 수많은 어부사가 있고 "형식의 차이 및 이면의 내용과 작가의 의식 또한 다양"[22]하다고 하고 그 다양성을 상당 부분 밝히고 있다.

우선 종교적 이념으로 채워진 어부사를 두고 강호 한정을 담은 처사문학이라고 말할 수는 없는 일이다. 그것들을 제외하고라도 어부가 계통의 시가작품들이 머금고 있는 사상이나 현실대응 의식은 의외로 다양하고 그 이질성의 간극도 매우 크다. 그럼에도 많은 후학들은 가어옹의 강호 한정을 노래한 것이 어부가라는 선입견에 얽매

---

20) 박완식, 『韓國 漢詩 漁父詞 硏究』, 이회, 2000, 11쪽.
21) 이우성, 앞의 논문, 14쪽.
22) 박완식, 앞의 책, 165쪽.

여 개별 작품들이 가지는 큰 폭의 차이를 간과하고 있는 것으로 보인다. 본고에서는 어부가 개별 작품이 가질 수 있는 차별성을 확인하는 데 주력하고자 한다. 이런 시도를 통해 그간 깨닫지 못했던 어부가 계통 시가의 또 다른 모습을 어느 정도 파악할 수 있으리라 믿는다.

2. 현실 대응의 두 가지 방식

어부가의 기원을 찾아 거슬러 올라가면 굴원(屈原, 343~285 B.C.)의 <어부사(漁父辭)>를 만나게 된다. 이 <어부사>는 후대의 많은 사람들에 의해 회자되고, 어부가 계통의 작품에 직간접적인 영향을 끼친다. 이 작품은 두 화자[굴원과 어부]가 등장하여 서로 상이한 현실대응 방식을 제시하는 극적(劇的)인 구성을 취하고 있는 산문이다. 여기에 '강호 한정'은 없다. 상충하는 가치관이 부딪치고 있을 뿐이다.

전국시대(戰國時代)의 칠웅(七雄)으로 불리는 일곱 개 나라가 합종·연횡하여 격돌하던 난세에 굴원은 초나라에서 삼려대부(三閭大夫)의 벼슬살이를 했다. 당시 진나라는 장의(張儀)를 시켜 초의 회왕(懷王)을 속여서 진의 땅 무관(武關)으로 유인했다. 굴원은 말렸으나 회왕은 그의 간언(諫言)을 듣지 않았다. 회왕은 결국 진(秦)의 포로가 되어 진나라에서 객사하고 만다. 회왕의 뒤를 이은 양왕(襄王) 역시 굴원의 말에 귀를 기울이지 않고, 회왕 가까이에서 굴원을 시기하던 상관대부(上官大夫) 무리의 참언을 듣고 그를 강남으로 유배 보낸다. 굴원은 다시 <구가(九歌)>, <천문(天問)>, <어부(漁父)> 등을 지어 왕을 일깨우고자 했으나 양왕은 끝내 굴원의 충언을 외면했다. 굴원은 장차 종국 (宗國)이 망하는 꼴을 볼 수 없다 하여 마침내 상수(湘水)의 멱라에 몸을 던져 스스로 목숨을 끊는다.[23)]

굴원이 상수 가에서 어부와 문답하는 형식으로 된 <어부사>는 굴원이 지은 것이라고 전해지고 있으나, 굴원의 충정을 애모한 초나라 사람들이 엮어 전한 것이라 하기도 한다.[24)]

이 작품에 등장하는 화자는 굴원과 어부 두 사람이다. 굴원 자신이 이 작품을 지었다고 한다면 그는 자신의 내면에서 상충하는 두 가지 가치관에다 '굴원'과 '어부'라는 두 개의 탈[25)]을 씌워 화자로 내세운 셈이다. 거기에 등장하는 어부는 굴원을 알아보고 어찌하여 그곳 상수 가에 오게 되었는가를 묻는다. 이에 대해 굴원은 "세상이 온통 흐려 있는데 나 홀로 맑았고, 세상이 모두 취해 있는데 나 홀로 깨어 있었기에 이렇게 쫓겨났다(舉世皆濁我獨淸 衆人皆醉我獨醒 是以見放)"[26)]고 대답한다. 자기만이 혼자 맑고[我獨淸], 자기만이 홀로 깨어 있다[我獨醒]는 표현에서 현실과 타협하기 어려운 굴원의 오만이라 할 만한 충

---

23) "原名平, 與楚同姓. 仕於懷王爲三閭大夫. (중략) 秦使張儀詐懷王, 誘與會武關. 原諫王勿行, 弗聽而往, 爲所脅歸, 卒以客死. 襄王立, 復用讒, 遷原江南. 原復作九歌天問九章遠游卜居漁父等篇, 冀伸己志. 以悟君心, 終不見省. 不忍見宗國將亡, 遂自沈汨羅淵死."(『古文眞寶』 '離騷註')

24) 王逸이 『楚辭章句』에서 굴원의 작품으로 보았고, 『史記』 '屈原列傳'과 朱熹의 『楚辭集註』에서 또다시 왕일을 말을 따른 데서 이 <어부사>가 굴원의 작품으로 인식되어 왔다고 한다. 그러나 곽무청은 그의 『樂府詩集』에서 굴원의 <어부사> 가운데 어부의 창랑가만을 소개하면서 그것을 '고인의 글'이라는 정도로 작자에 대한 언급을 하고 있을 뿐이라고 한다.(박완식, 앞의 책, 16쪽)

25) 시적 페르소나(persona) : 융(C.G.Jung)의 용어로, '작품 속의 화자' 즉 '작품체계 속에서 드러나는 얼굴'을 말한다.

26) 『古文眞寶大全 後集』, 학민문화사, 1992.

정(衷情)을 읽을 수 있다. 아울러, 세상이 온통 흐려있고(擧世皆濁), 모든 사람이 취해 있다(衆人皆醉)고 한 데서는 당시의 정치현실에 대한 그의 강한 불만과 안타까움을 찾아볼 수 있다.

이런 태도에 대해 어부의 입을 빌어 나오는 응답은 "성인(聖人)은 세상의 물(物)에 구애받지 않고 시세의 추이에 따라 처신한다(聖人不凝滯於物 而能與世推移)."는 것이었다. 세상의 물질에 구애받지 않고 살아가는 다른 삶의 방식을 제시하고 있는 것이다. 이 작품이 굴원의 작이라고 한다면 굴원의 내면에서 갈등을 불러일으키는 또 하나의 가치관이라고 할 수 있다.

그러나 굴원은 스스로 다짐을 하듯 다시 답한다. "어찌 이토록 깨끗한 몸에다 그 더럽고 욕된 것을 받아들일 수 있단 말이오 차라리 상수에 몸을 던져 고기의 뱃속에다 장사지낼망정, 희고 흰 이내 몸이 어찌 세속의 더러운 먼지를 뒤집어 쓸 수 있겠소(安能以身之察察 受物之汶汶者乎. 寧赴湘流葬於江魚之腹中 安能而皓皓之白 而蒙世俗之塵埃乎)!"라는 것이 그 대답이다. 자신을 '희디 흰 흰색(皓皓之白)'으로 표현한 것은 앞의 '홀로 맑음[獨淸]'과 함께 한 점 부끄럼 없는 삶을 사는 사람의 자부심이 충일한 표현이라고 할 수 있다.

그러나 이 말을 들은 어부는 빙긋이 웃는다. 그리곤 뱃전을 두드리며 노래하고 떠나간다. 그 노래는 그 이전부터 인구(人口)에 회자(膾炙)되었던[27] 다음과 같은 노래다.

滄浪之水淸兮	창랑의 물이 맑으면
可以濯吾纓	내 갓끈을 씻으리,

---

27) 『孟子』 '離婁章句 上'에 공자가 이 노래를 들었다는 내용이 나온다.

滄浪之水濁兮　　　　　창랑의 물이 흐리면
可以濯吾足　　　　　　내 발을 씻으리.

　이 노래에서 어부의 빙긋 웃는 웃음의 의미가 드러난다. 흐린 물에
갓끈을 씻고자 애쓰는 굴원이 딱하다는 것이다. 굴원의 <어부사>
마지막에는 "드디어 (어부는) 가버리고 그들은 두 번 다시 이야기를
나누지 않았다(遂去不復與言)."고 하고 있는데, 어부와 굴원이 각기 말
하는 삶의 태도는 동시에 선택할 수 없는 두 갈래의 길이라는 강한
인상을 남긴다. 굴원은 결국 하나의 길, 곧 '홀로 맑음'을 지키는 상태
에서의 죽음을 선택한다.

　굴원 자신이 이 작품을 지었다면, 그가 멱라에 몸을 던지기까지 두
갈래 길에서 큰 내면적 갈등을 겪었고, 그 갈등을 두 화자의 목소리
를 빌어 표현했다고 할 수 있다. 만약 초나라 사람들이 이 작품을 지
었다면, 굳이 죽음을 선택하지 않고라도 시세의 추이에 따라 삶을 영
위하는 또 다른 길이 있음을 어부의 입을 통하여 제시하며 굴원의
죽음을 안타까워 한 셈이 된다. 어느 쪽이든 분명한 것은 이 <어부
사>에는 동시에 둘 다를 선택하기 어려운 연성주의자(軟性主義者)와
경성주의자(硬性主義者)28)의 상이한 현실대응 방법이 함께 제시되어
있다는 점이다.

　이 두 가지 서로 다른 현실대응 방법은 이후의 어부가에 작자의
성향이나 가치관에 따라 다양한 양상으로 나타난다. 먼저 성당(盛唐)
때의 시인 이기(李頎, ?~757?)의 <어부가>를 한 번 보도록 하자.

---

28) 박완식, 앞의 책, 17쪽.

白首何老人	흰 머리 노인 누구인가
蓑笠蔽其身	사립에 몸 가리고
避世長不仕	세상 피해 오래 벼슬길 나아가지 않아
釣魚淸江濱	청강 물가에서 고기 낚으며
浦沙明濯足	갯모래 밝으면 발 씻고
山月靜垂綸	산에 뜬 달 고요하면 낚시 드리우네
寓宿湍與瀨	여울 가에서 묵으며
行歌秋復春	노래하며 세월을 보내네
持竿湘岸竹	상안(湘岸)의 대로 만든 낚시 가지고
爇火蘆洲薪	노주의 섶으로 불을 때네
綠水飯香稻	녹수와 향기로운 쌀로 밥 짓고
靑荷包紫鱗	연잎으로 물고기 싸서
於中還自樂	돌아오는 길 스스로 즐거워
所欲全吾眞	원하는 바는 오로지 나의 진면목
而笑獨醒者	홀로 깬 자를 빙긋 웃네
臨流多苦辛29)	물살뺌에 꽤나 고생일 걸

이 시에서 시적 화자 '나[吾]'는 "세상 피해 오래 벼슬살이 하지 않았다(避世長不仕)", "청강 가에서 고기 낚네(釣魚淸江濱)"라고 말하고 있다. 정치현실로부터는 몸과 마음이 오랫동안 떠나서 강호 속에 안착해 있다는 말인데, 당나라 현종(玄宗)과 동시대를 살면서 개원(開元) 23년 (735) 진사(進士)가 되고 신향현위(新鄕縣尉)의 벼슬살이도 했던 작자가 시적 화자와 어느 정도 부합하는지는 의문이다. 여기서 시적 화자는 굴원의 <어부사>에서 어부가 빙그레 웃은 것(莞爾而笑)처럼 홀로 깬 자(獨醒者)를 웃고 있다. 혼탁한 세상일에 용을 쓰는 굴원의 태도가 딱

---

29) 『全唐詩』 권132(宏業書局印行, 中華民國, 1971 再版), 1338쪽.

하다는 듯 던진 바로 그 웃음이다. 방랑지어(放浪之語)를 많이 말했
다30)고 하는 이기는 굴원과 같은 경성주의자는 아닌 것으로 보인다.
시적 화자도 홀로 깨어 있는 자들이 물살을 만나 꽤나 고생을 할 거라
는 말을 던지고 있다.

　　모든 어부가가 이런 가치관을 보이고 있는 것은 아니다. 후대로 오
면서 도저히 동시에 선택할 수 없을 것 같았던 연성주의와 경성주의
의 두 갈래 길이 교묘하게 절충된 형태로 나타나기도 한다. 특히 조
선조의 어부가가 그렇다. 세상을 살아가는 데 연성주의자의 길을 택
하는 것 같으면서도 군주에 대해서는 매우 강한 충정을 표출하고 있
는 것이 대부분의 조선조 사대부들의 작품이다. 다음 작품들을 보자.

> ① 水슈國국의 フ올히 드니 고기마다 슬져읻다
>   닫드러라 닫드러라
>   萬만頃경澄딩波파의 슬ᄏ지 容용與여ᄒ쟈
>   至지匊국恩亭 至지匊국恩亭 於어思ᄉ臥와
>   人인間간을 도라보니 머도록 더옥됴타 (어부사시사, 추10-2)31)

> ② 믉결이 흐리거든 발을 싯다 엇더ᄒ리
>   이어라 이어라
>   吳오江강의 가쟈ᄒ니 千천年년怒노濤도 슬플로다
>   至지匊국恩亭至지匊국恩亭於어思ᄉ臥와
>   楚초江강의 가쟈ᄒ니 魚어腹복忠튱魂혼 낟글셰라 (어부사시사, 하10-4)

---

30) 『新唐書藝文志』에 "多爲放浪之語"라고 되어 있다.(『中國大學家大辭典』, 하락도
　　서출판사, 1978)
31) 윤선도, 『孤山遺稿』 권6 別集.

③ 草原32)

愁山含晚色	근심스러운 산은 황혼 색을 머금고
恨水瀉寒聲	한스러운 물은 차가운 소리를 쏟아내네
無限沅湘意	끝없는 원상(沅湘)가의 생각에
行人血滿纓	나그네의 피눈물이 갓끈에 가득하네

①②는 고산 윤선도(尹善道, 1587~1671)의 <어부사시사(漁父四時詞)> 40수 중의 두 수이다. ①은 최진원이 "인간(人間)을 도라보니 머도록 더욱됴타"고 한 구절을 들어 고산의 초연(超然)의 경지가 거기에 이르러 뚜렷해졌다33)고 강조할 정도로 특별히 주목한 바 있다. 고산은 <어부사시사> 전체에서 ①과 같이 어부의 한정(閑情)을 노래하며, 인세와의 심리적 거리를 드러내고 있다. 그럼에도 굴원에 대한 시각이 이기(李頎)의 <어부가>와는 다르다. ②의 "초강의 가쟈ㅎ니 어복튱혼 낟글셰라"라는 종장에는 충성심으로 비운의 삶을 마친 굴원에 대한 안타까움이 농축되어 있다. 현실에 대한 인식이 내재되어 있는 것으로 보이는 초장의 '흐린 물'이 그의 죽음을 더욱 억울한 것으로 부각시키고 있고, 중장 오자서의 고사는 억울하다는 느낌을 한층 더 짙게 만들고 있다.

③은 서계(西溪) 박세당(朴世堂, 1629~1703)이 지은 것으로 상수에 귀양가서 나라 걱정에 스스로 목숨을 끊은 굴원과 역시 나라 걱정으로 굴원을 생각하며 피눈물을 흘리는 작자와의 교감이 피부로 느껴지는 시다. 현종 1년(1660) 증광문과에 장원으로 급제하여 성균관 전적을 시작으로 예조좌랑·병조좌랑·정언·홍문관 교리 겸 경연시독관·북평사 등을 역임한 그는 신분제도의 모순과 사대부들의 무위도식에

---

32) 박세당, 『西溪集』 卷3(『韓國文集叢刊』 134, 54쪽).

33) 최신원, 「假漁翁 -<漁父四時詞>의 境遇-」, 『성대논문집』, 성균관대학교, 1960, 69쪽.

비판적 의식을 가진 실사구시의 학자였다. 당쟁에 혐오감을 느껴 동
지사 서장관으로 청나라를 다녀온 후부터는 환로에 나아가지 않고
양주(楊州) 석천동(石泉洞)에 은거했다. 숙종 23년(1697) 한성부판윤·예
조판서·이조판서 등의 관직이 수차례 주어졌지만 모두 고사하고 오
로지 학문 연구와 제자 양성에만 주력했다. 은거해 있으면서도 나라
를 걱정하는 그가 내세운 시적 자아의 마음은 굴원만큼이나 온통 인
세에 쏠려 있다.

굴원의 <어부사>에서 만나게 되는 두 가지 다른 '삶을 살아가는
태도'는 곧 인세에 대한 시각이나 대응 태도다. 그런데 이 인세의 중
심에는 언제나 임금이 있다. 정치현실에 염증을 느껴 심리적으로든
물리적으로든 거리를 두려는 사람도 임금과의 관계 설정은 늘 어려
운 문제로 남는다.

고산 윤선도는 그의 물리적 거리도 심리적 거리도 이미 인세를 떠
나 있는 상태인 65세 때에 <어부사시사>를 통하여 물외(物外)의 한
정(閑情)을 마음껏 노래하고 있으면서도 작품의 중간 중간 "맑결이
흐리거든 발을 싯다 어이하리"(夏詞4)나 "모괴를 밉다흐랴 창승(蒼蠅)
과 엇더흐니"(夏詞8) 등으로 현실에 대한 비판적 의식을 간간이 드러
내던 그는 <어부사시사>를 마치고 기어이 그의 군주에 대한 인식을
고스란히 드러낸다. <어부사시사>의 발문 뒤에 "어부ᄉ여음(漁父詞餘
音)"이라고 제하여, 다음의 <산중신곡(山中新曲)>의 만흥(漫興) 6장 중
여섯 번째 작품을 다시 싣고 있다.[34]

---

34) 작품 끝에 "此乃山中新曲漫興第六章 而以爲漁父詞餘音 故重錄於此"라고 적고
    있다.

> 江山이 됴타흔들 내分으로 누엇느냐
> 님군 恩惠를 이제 더옥 아노이다
> 아므리 갑고쟈흐야도 히올 일이 업세라

강산이 아무리 좋다고 해도 그것도 결국은 임금의 은혜라는 것이
다. 아무리 그 은혜를 갚고자 해도 할 바가 없다고 말하고 있다. 그의
생각으로는 그가 물리적으로 임금과 아무리 떨어져 있어도 심리적으
로는 조금도 벗어날 수 없을 뿐만 아니라, 강호의 생활이 즐거우면
즐거울수록 인세의 중심에 있는 임금의 은혜는 더욱 두터워지는 것
이다. 이것이 고산의 가치관이다. 고산이 심리적으로 강호를 지향하
면서도 인세의 일에 마음이 온통 쏠려 있는 굴원을 냉소로 보지 않
는 것은 군주(君主)에 뜨겁도록 쏠려 있는 그의 충정 때문이다. 그의
양면성이 논의된 것[35]도 그런 이유다. 그러나 고산에게 다소 특별한
면이 있다고 하더라도, 임금에게 보내는 절절한 충정을 고산만의 독
특한 태도로 말하기는 어렵다. 모든 것을 군은으로 돌리는 것은 조선
조 사대부들에게 관류했던 보편적 의식이었기 때문이다.

엄자릉이나 장지화가 찾아 든 강호는 통치자의 지배권력이 미치
지 않는, 미친다고 하더라도 미약한 영역으로서의 자연이다. 이들에
게는 자연의 힘에 순응할지언정 인간들이 만들어낸 인위적 질서 즉
정치권력의 틀에 몸을 맞추기는 싫다는 의식이 강하게 자리하고 있
었던 것으로 보인다. 그러나 조선조 대부분의 사대부들은 어떤 지역
의 자연도 모두 임금의 품안으로 끌어들였다. 강호든 전원이든 거기
에서 얻는 모든 즐거움이 군은(君恩)인 것이다. 그야말로 "온 누리의

---

35) 이민홍, 「漁父四時詞 研究 -漁父의 世界를 中心으로-」, 성균관대학교 석사학위논
   문, 1971.

땅은 왕의 것 아닌 곳이 없고, 온 누리의 사람들은 왕의 백성 아닌 자가 없다"36)는 생각이다. 조선조 오백 년을 이어오면서 일각에서 왕권(王權)과 신권(臣權)의 힘겨루기가 여러 양태로 이루어졌지만, 주조(主調)는 군주에 대한 충성이었음은 의심의 여지가 없다.

조선조 사대부들은 굴원의 <어부사>에서 도저히 동시에 선택할 수 없을 것으로 여겨졌던 강성주의자와 연성주의자의 길을 그들의 방식으로 절충점을 찾아내었다. 진퇴에 대한 태도는 연성주의자의 길을 택더라도 군주에 대한 충정은 강성주의자의 것을 마다하지 않는 것이었다. 그것을 조선조 사대부들의 보편적인 가치관으로 봐도 큰 무리는 없을 것이다.

그런 의식을 드러내는 예는 부지기수이지만, 하나만 더 예를 든다. 병와(瓶窩) 이형상(李衡祥)의 <창부사(倡父詞)>를 보면 1장(言掛冠)에서 '나는 본래 고기 잡고 꼴 베는 촌놈으로 세간의 명리와는 아주 멀다(我本漁樵孟渚野로 世間名利盡悠悠] 라)'고 시작하고 있다. 그런데 그 마지막 장인 9장(言感祝)은 다음과 같다.

> 一物이 自荷皇天慈ᄒ니   青山萬里靜散地로다
> 꿈씨여라 꿈씨여라   遙望天門白日晚이로다
> 華封祝華封祝感君恩ᄒ니   萬歲千秋奉君王ᄒ리라

자기는 본래 촌부로서 세간의 명리에서 벗어나 한가롭게 산다고 하여 그 물리적·심리적 거리를 인세와는 멀찍이 두고서도 임금을 천세 만세 받들겠다고 하고 있다. 이는 장지화에게서 볼 수 있는, 자연의

---

36) "北山之什 北山章, 率土之濱 莫非王土 率土之民 莫非王臣"(『詩經』'小雅')

품에 안긴 이후 정치현실 혹은 절대권력에는 눈길조차 주지 않았던 태도와는 매우 대조적이다. 조선조 사대부들의 어부사에서 보듯이, 굴원의 <어부사>에서 상충하던 경성주의자와 연성주의자의 길은 후대인들의 가치관에 따라 다양하게 절충된 양상으로 나타난다.

동시에 선택할 수 없을 것으로 보였던 경성주의자와 연성주의자의 두 갈래 길이 조선조 사대부들에 의해 절충되어 나타나기까지 수많은 사람들의 다양한 처세관이 어부가라는 그릇을 채웠다. 어부가에는 그런 개별성이 있다. 어부가의 진미를 밝히기 위해서는 그 개별성을 변별해내는 작업이 필요하다.

3. 진퇴에 담긴 의미의 다양성

강호로 가는 모든 길에는 '물러남[退]'의 의미만 깔려 있는 것인가? 설사 '물러남'만 있다고 하더라도 모든 물러남이 똑같은 의미를 지닌 것일까?

계유정난(癸酉靖難)의 공신 한명회(韓明澮, 1415~1487)가 강호염퇴지명(江湖恬退之名)을 얻고자 송나라 승상 한충헌(韓忠獻)을 의방하여 한강에 압구정을 지었다가, 최경지(崔敬止, ?~1479)에 의해 조롱을 당한 일은 잘 알려진 일화다. 최경지는 "임금을 하루 세 번 접하는 은근한 총애 도탑고 도타워/ 정자가 있으되 와서 노닐 뜻은 없었네/ 가슴 가운데 기심만 가라앉혔더라면/ 비록 벼슬길 우두머리라도 갈매기와 친압할 수 있었을 걸(三接懃懃寵渥優 有亭無計得來遊 胸中自有機心靜 宦海前頭可狎鷗)"이리는 시로 힌명회를 비꼬았다. 물리나는 데에도 기심(機

心)이 있을 수 있음을 보여준 하나의 예라고 하겠다.

치사한 후 고향으로 내려간 농암(聾巖) 이현보(李賢輔, 1467~1555)에 대한 평가는 이와는 전혀 다르다. 퇴계(退溪) 이황(李滉, 1501~1570)이 쓴 「서어부가후(書漁父歌後)」에서 그 평가의 일단을 엿볼 수 있다. 다음은 그 일부분이다.

> 오직 농암 이 선생께서는 연세가 70이 넘으셨지만 높은 벼슬자리를 던져버리고 물러나 분수의 곡을 부르며 한가롭게 지내시면서 여러 번 조정에서 불러도 일어나지 않으셨다. (선생께서는) 부귀를 뜬 구름과 같이 여기시고, 세상 밖에 우아한 회포를 부치시면서, 항상 조그마한 배에 짧은 노로 연파(煙波) 속에서 소오(嘯傲)하시면서 조석(釣石) 위를 배회하셨다. 갈매기를 잡으시면서 기미를 잊으시고, 물고기를 관찰하시면서 즐길 줄을 아셨으니, 곧 강호의 즐거움 가운데 진미(眞味)를 얻으셨다고 하겠다. (惟我聾巖李先生 年踰七十 卽投紱高躅 退閒於汾水之曲 屢召不起 等富貴於浮雲 寄雅懷於物外 常以小舟短棹 嘯傲於烟波之裏 徘徊於釣石之上 押鷗而忘機 觀魚而知樂 則其於江湖之樂可謂得其眞矣)[37]

이 글은 당시 풍기군수였던 퇴계가 농암의 청으로 쓴 글이다. 퇴계는 농암이 "강호의 즐거움 가운데 진미를 얻으셨다"고 했다. 두 분이 가까운 사이인 점을 충분히 감안한다 하더라도 한명회와는 그 지향한 바가 전혀 다르다는 점을 확연히 느낄 수 있다. 한명회가 도명(盜名)의 혐의를 벗기 어렵다면, 농암은 염퇴(恬退)의 미명(美名)을 얻은 것이 분명해 보인다.

---

37) 이황, 『退溪集』 卷43(『韓國文集叢刊』 30, 458쪽).

한명회와 이현보에 대한 평가가 극단으로 갈리지만, 어느 쪽이든
물러남[退]의 문제였다. 그럼 모든 귀거래는 하나같이 '물러남[退]'의
의미만을 내포하고 있는 것인가? 혹은 모든 물러남에는 '도명'이 아니
면 '염퇴'의 평가가 따를 뿐인가? 다음에는 치사 후 귀거래로 염퇴의
미명을 얻었던 농암 이현보와 <귀거래사(歸去來辭)>의 작자 오류선생
도잠(陶潛, 365~427)을 한번 비교해 보도록 하자.

농암이 환로(宦路)를 걸으면서도 늘 귀거래를 염두에 두었던 것은
분명해 보인다. 그는 44세 때 영천 군수를 하면서 고향인 안동 예안
분천(汾川) 가에 명농당(明農堂)을 짓고 그 벽에 도연명의 귀거래도(歸去
來圖)를 그려놓았다. 귀거래를 희구하는 내면의 의식을 그림으로 표명
한 것이다. 그러나 그가 귀거래를 실천할 수 있었던 때는 76세 되던
가정(嘉靖) 임인년(壬寅年)이었다. 이 해 농암이 비로소 규조(圭組)를 풀
고 국문(國門)을 나설 수 있었는데, 한강에서 많은 전송객들과 술잔을
나누고 취하여 배에 누워 떠올린 것은 도연명 <귀거래사>의 "배는
요요하여 가벼이 흔들리고, 바람은 표표히 옷깃을 날린다(舟遙遙以輕颺
風飄飄而吹衣)"는 구절이었다. 이 감흥으로 지은 것이 다음의 <효빈가
(效嚬歌)>다.38)

　　歸去來 귀거래 말쑨이오 가리 업석
　　田園이 將蕪ᄒ니 아니 가고 엇델고
　　草堂에 淸風明月이 나명들명 기ᄃ리ᄂ니

38) "嘉靖壬寅秋 聾巖翁始解圭組 出國門賃歸船 飮餞于漢江 醉臥舟上 月出東山 微風
　　乍起 詠陶彭澤 舟遙遙以輕颺 風飄飄而吹衣之句 歸興盆濃 怡然自笑 乃作此歌 歌
　　本淵明歸去來辭而作 故稱效嚬."(이현보,『聾巖先生文集』卷3)

팽택현령을 그만두면서 <귀거래사>를 지은 도연명과 치사(致仕)하고 귀향하면서 <효빈가>를 지은 농암이 매우 유사한 '물러남'을 실천한 것으로 보이기도 한다. 하지만, 여기에도 간과할 수 없는 차이가 있다.

농암도 <어부단가>에서 "구버는 千尋綠水 도라보니 萬疊靑山/ 十丈紅塵이 언매나 ▽롓논고/ 江湖애 月白▽거든 더옥 無心▽얘라"라고 노래하고 있는 바와 같이 진세에서 피어오르는 "십장홍진(十丈紅塵)"을 부정적으로 보고 있는 것은 분명하다. 그러나 도연명처럼 그 스스로 "세상과 내가 서로 어긋난다(世與我而相違)"고 말하지는 않는다. 농암은 환로에서 겸선(兼善)의 소임을 다하고, 그야말로 물러났다. 이에 비해 팽택현령을 벗어던진 도연명은 전원으로 허겁지겁 나아간 느낌이다. 농암이 전원으로 '물러난' 귀거래를 했다면, 도연명은 오히려 전원으로 '나아간' 귀거래를 한 것으로 보이는 것이다.

나아감[進]과 물러남[退]을 따지는 이유는 어디에 있는가? 나아감[進]은 그 기준이 목직지인 전원에 있고, 물러남[退]은 그 기준이 정치현실 혹은 임금에 있기 때문이다. 농암이 정치현실에서의 소임을 마치고 물러나는 귀거래를 했다면, 도연명은 벼슬과 전원 중 전원을 선택하는 귀거래를 했다. 인위적 질서에 충실히 순응하면서 때가 되어 물러나 자연을 즐기는 것과 인위적 질서에 불편함을 느끼고 자연의 질서에 몸을 맡기는 것이 외형상 비슷한 것 같아도 실은 상당한 '다름'이 있는 것이다. 특히 어부가에는 이런 다름이 다양한 양태로 용해되어 있다. 굴원과 태공망, 도연명과 장지화 등 우리에게 익숙한 인물들이 모두 강호(江湖)와 밀접한 관계를 갖지만, 그 관계가 지니는 의미에는 상당한 차이가 있다. 그 차이를 조금 더 살펴보도록 한다.

자신의 충언에 귀를 기울이지 않을 뿐 아니라 그를 추방하기까지 한 권력에 굴원은 절망감을 느꼈음이 분명하다. 마침내 그는 스스로 생을 마감한다. 굴원이 소상강변을 거닐면서도 그곳의 풍광은 눈에 들어오지 않았을 것임을 <어부사>를 통해 읽을 수 있다. 그의 관심은 오직 조국 초나라의 흥망이 걸린 정치현실이었다. 굴원의 경우와 정황은 다르지만 직조대시(直釣待時)의 태공망(太公望)39) 역시 끊임없이 주시하고 있었던 것은 은(殷)나라 말기의 요동치는 정세였다. 강호에 몸을 두고 있던 굴원이나 태공망의 관심의 대상은 자연이 아니라 흙먼지 휘날리는 인세였다. 태공망은 서백(西伯)[주 문왕]을 만나는 기회를 잡아 결국 인세로 나아간다. 굴원이 멱라에 몸을 던지는 것도 인세에서의 좌절감 때문이다. 이들이 지향했던 바는 정치현장에서 자신의 뜻을 이루는 것이었다. 조선조 사대부들도 대부분 그러했다. 그들에게는 정치현실이 나아갈 곳이었고, 강호는 물러나 있는 곳이었다. 문제는 그 진퇴에도 차이가 있다는 점이다.

굴원 못잖을 경성주의자로 보이는 <귀거래사>의 주인공 도연명은 가급적 정치현실과 멀어지고자 했다. "나는 다섯 되의 쌀을 위하여 향리의 소인에게 허리를 굽힐 수 없다."하고 팽택현(彭澤縣)의 현령을 사임한 후 다시는 벼슬길에 나서지 않은 그는 <도화원기(桃花源記)>에다 어부를 앞세워 현실과 별리된 세계를 찾는 은둔(隱遁) 희구(希求)의 뜻을 담았다. 그는 자연으로 '물러나는' 것이 아니라 정치권력의 힘이 닿지 않는 전원으로 '나아가기'를 염원한 것이다.

---

39) 주나라 문왕이 된 서백에 의해 등용되었고, 서백의 아들 무왕을 도와 은나라를 멸하고 주나라를 세우는 데 큰 공을 세운 병법가요 정치가. 본명은 강상(姜尙)인데 여(呂)나라에 봉하여졌으므로 여상(呂尙)이라 불렸다. 제(齊)나라 제후에 봉해져 그 시조가 되었다고 한다.

어부사(漁父詞)의 효시로 꼽는 장지화의 <어가자>도 강호로 '물러나는' 것이 아니라 자연으로 '나아가고자' 한 작자의 의식을 엿볼 수 있는 작품이다. 장지화는, 강호에서 낚시를 드리우고 있으면서도 주(周)나라 출범의 일등공신이 된 태공망과는 그 지향하는 바가 전혀 달랐다. 태공망과 장지화는 곧은 낚시 바늘을 드리우는 비슷한 어부의 형상을 취했지만, 전자가 나아간 쪽은 새로운 왕조가 건설되고 있는 진세(塵世)였고 후자가 나아간 쪽은 자연의 품이었다.

장지화에게도 도연명이 <귀거래사>에서 언급한 바의 "세상과 내가 서로 어긋난다"는 생각이 있었을지도 모르지만, 그는 진세에 어떤 종류의 거부감도 표출하지 않는다. 정치현실에는 일말의 관심도 내비치지 않고, 그냥 자연 속에 녹아든 어부의 모습만을 보이고 있을 따름이다. 자연으로 나아가서[進] 그곳에서 몸과 마음이 거(居)하는 작자의 모습을 그대로 그리고 있는 것이 장지화의 <어가자>다. <어가자> 다섯 수 중 세 수를 인용한다.

西塞山前白鷺飛　　서새산 앞 백로가 날고
桃花流水鱖魚肥　　복사꽃잎 떠가는 물에 쏘가리 살졌구나
靑箬笠　　　　　　파란 댓잎 삿갓
綠蓑衣　　　　　　푸른 도롱이 쓰고
斜風細雨不須歸　　비낀 바람 가랑비에 굳이 돌아갈 건 무어람.(5-1)

雪溪灣裏釣魚翁　　삽계만에 고기 잡는 할아비
笮艋爲家西復東　　작은 배를 집 삼아 동서로 오가누나
江上雪　　　　　　강 위의 눈
浦邊風　　　　　　갯가의 바람
笑著荷衣不歎窮　　연잎 옷 우스워도 궁함을 탄식하지 않네.(5-3)

靑草湖中月正圓   청초 호수 가운데 달은 둥글고
巴陵漁父櫂歌連   파릉 어부 뱃노래 들리누나
釣車子   낚싯대
橛頭船   배 앞에
樂在風波不用仙[40] 즐거움이 풍파에 있으니 신선이 무슨 소용.(5-5)

장지화는 강호에 살면서 스스로 연파조도(煙波釣徒)라고도 하고 「현
진자(玄眞子)」를 지어 그것으로 호를 삼기도 했다. 장지화의 삶이 그랬
듯이 위에서 인용한 <어가자>에 나타나는 화자의 관심은 오로지 자
연이다. 그리고 그 자연을 즐기더라도, 신선처럼 사는 데에 즐거움이
있는 것이 아니라 풍파를 겪는 어부의 생활 속에 즐거움이 있다(樂在風
波不用仙)고 하고, '연잎 옷' 입은 꼬락서니 우스워도 그런 궁핍을 한탄
하지 않는다(笑著荷衣不欺窮)고도 했다. 그야말로 완전히 자연 속에서
자연의 한 부분이 된 듯한 경지라고 하겠다.

태공망과 장지화의 경우에서 보듯이, 어부가류에서 작자가 시적
자아로 내세우는 어부(漁父)들의 외양은 거의 비슷하지만 그들이 추
구했던 지향점은 뚜렷한 차이를 보인다. 각자가 생각하는 진(進)의
방향이 전혀 다른 것이다.

우리의 어부가에는 이런 다름이 절충되어 다양한 양상으로 나타
난다. 여말 선초(麗末鮮初)에 일생을 환로에서 보내면서 끊임없이 강
호자연을 지향했던 어촌(漁村) 공부(孔俯, 1352~1416)는 또 하나의 경우
를 보여주고 있다. 양촌(陽村) 권근(權近, 1352~1409)의 문집 「양촌집(陽
村集)」에 그의 의식이 잘 드러나 있다.

---

40) 『新校標點 全唐詩(上)』, 권890, 宏業書局印行, 10053쪽.

저 현달하여 벼슬하는 사람들은 구차하게 영화에만 빠지나 나는 당하는 대로 편안하게 지내고, 곤궁하여 어부노릇하는 사람은 구차하게 이득만 노리나 나는 자적(自適)하는 데 낙을 두어 현달하거나 침체됨을 운명에 맡기고 진퇴를 오히려 시절대로 하여, 부귀 보기를 뜬 구름같이 하고, 공명 버리기를 헌 신짝 버리듯하여, 스스로 형해(形骸) 밖에서 방랑하니, 어찌 시속을 따라 이름을 낚으며, 환해(宦海)에 빠져 생명을 가볍게 여기며, 이득만 취하다가 스스로 깊은 수렁에 빠지는 자와 같겠는가. 이러므로 나는 벼슬을 하면서도 강호에 뜻을 두어 매양 노래에 의탁하는 것이니, 그대는 어떻게 여기는가?(彼達而仕者. 苟冒於榮. 吾則安於所遇. 窮而漁者. 苟榮於利. 吾則樂於自適. 升沈信命. 舒卷惟時 視富貴如浮雲. 棄功名猶脫屣. 以自放浪於形骸之外. 豈若趨時釣名. 乾 沒於宦海 輕生取利. 自蹈於重淵者乎. 此子所以身簪紱而志江湖. 每托 之於歌也. 子以爲如何.)[41]

위의 내용은 호형호제했던 동갑내기 친구 양촌에게 던지는 어촌의 말이다. 그 자신은 자적하는 데 낙을 두어 현달하거나 침체됨을 운명에 맡기고 진퇴를 오히려 시절대로 한다고 했다. 환해에 빠져 생명을 가볍게 여기는 자와 자신은 다르다고 말하고 있으니 정치현실에 좌절하여 목숨을 스스로 버린 굴원과는 그 처세에 대한 생각이 전혀 다르다는 점을 천명하고 있는 셈이다. 몸은 인세에 머물고 있으면서도 그의 뜻은 강호에 있다[志江湖]는 말은 몸이 벼슬길에 머물고 있지만, 뜻은 강호로 나아가고 있는 것으로 받아들여진다. 이런 어촌은 굴원과 그 처세관이 전혀 다를 뿐 아니라 태공망이나 도연명 혹은 장지화와도 그 양상을 달리 한다. 그렇다고 농암과 같은 유형으로 놓기도 어렵다.

41) 권근, 「陽村集」 권11 '漁村記'.

  현실에 좌절하여 죽음을 선택한 굴원과 오랜 기다림 끝에 입신양
명의 기회를 잡아 진세로 뛰어든 태공망은 제쳐 놓더라도, 도연명과
장지화, 농암과 어촌은 또 어떤 차이가 있는 것인가?

  도연명도 <귀거래사>에서 "부귀영화는 내 바라던 바 아니라(富貴
非吾願)"고 말했고, 퇴계도 농암을 두고 "부귀를 뜬 구름과 같이 여기
셨다(富貴於浮雲)"고 말했고, 어촌도 스스로 "부귀 보기를 뜬 구름같이
한다(視富貴如浮雲)"고 말했다. 세 사람이 모두 부귀를 뜬구름처럼 여
겼지만, 세 사람의 의식이 모두 동일했다고 말하기는 어렵다. 도연명
은 앞에서 언급한 바와 같이 세상과 자신이 서로 어긋난다고 여겼지
만, 농암과 어촌의 의식세계가 그런 것은 아니었다. 그들의 삶 자체
를 통해서도 분명한 차이를 읽을 수 있다.

  그럼 오랜 세월을 환로에서 보낸 농암과 어촌은 또 어떤 차이를 가지
고 있는 것인가? 어촌은 도교와 밀접한 관련이 있는 인물로 어촌이
스스로 피력하고 있는 정신세계는 농암을 비롯한 조선조 대다수 사대
부들과는 분명한 '다름'이 있다. 어촌은 벼슬길에 있으면서도 형해 밖을
노니는 정신적 자유로움을 구가했다. 그러나 조선조의 유자 대부분은
벼슬길에 있으면서 이런 식의 정신적 자유로움을 누리고 있다고 말하
지는 않는다. 농암의 한가로움은 벼슬길에서 물러난[退] 덕분에 얻을
수 있는 것이었다. 진세의 일에서 벗어나서 얻는 마음의 한가로움이
자연이 주는 즐거움에 더해지는 것이다. 농암 자신도 그렇게 말하고
있다. 벼슬길에 있는 한, 겸선(兼善)을 위해 최선을 다하는 것이 유자의
본분이다. 똑같이 자연을 지향하는 어촌과 농암이지만 내면에 동일시
할 수 없는 가치관이 자리하고 있는 것이다.

  농암이 어촌과 이런 차이를 보인다면, 장지화와는 또 어떤 차이가

있는 것일까? 물론 그와도 분명한 차이가 있다. 장지화가 강호로 나아가 자연의 일부로 녹아들었다고 한다면, 농암은 인세에서 물러나 그 한가로운 마음으로 자연이라는 대상을 즐겼다. 장지화는 풍파에 낙을 두어 신선같은 삶은 자신에게 소용없다(樂在風波不用仙)고 했는데, 농암은 "꽃 피는 아침이나 달 밝은 저녁에 술잔을 잡고 친구들을 불러 분강의 자그마한 배 위에서 부르게" 하는 신선같은 한정(閑情)을 즐겼다. 비슷한 것 같으면서도 다름이 있는 것이다.

이상의 논의로 어부의 형상으로 나타나는 것이 외형으로는 비슷하게 보이지만, 실제 개개의 경우를 들여다보면 적잖은 차이가 있다는 점을 확인했다. 그만큼 어부가 계열의 작품들도 다양하다는 것이다. 어부가에서 만날 수 있는 정신세계가 이처럼 다양하며, 이것 모두를 강호 한정의 처사문학이라는 균질의 대상으로 한 데 묶을 수는 없다. 그 다양성을 인정하고 개별의 묘미를 찾아내는 더 많은 노력이 필요하다.

4. 마무리

어부가가 강호 한정을 담은 처사문학이라는 것은 일찍부터 논의된 바다. 수긍할 수 있는 주장이다. 그러나 모든 어부가를 그렇게만 본다면 그 타당성을 담보하기가 어렵다. 불교나 도교 계통의 어부사를 제외하고라도, 어부가 계통의 시가작품들이 머금고 있는 사상이나 현실대응 의식은 의외로 다양하고 그 이질성의 간극도 매우 크기 때문이다.

한시 어부사 및 사부(辭賦)·산문 어부사의 종조로 운위되고 있는 굴원의 <어부사>에는 두 화자[굴원과 어부]가 등장하여 서로 다른 처세관을 제시하고 있다. 독청결신(獨淸潔身)의 강성적인 굴원의 처세관과 세상 일의 추이에 따라 운신하라는 수파축류(隨波逐流)의 연성적인 어부의 처세관이 그것이다. 여기에 강호 한정은 보이지 않는다. 현실 정치에 대한 굴원의 강한 불만에 어부는 빙긋이 웃으며 소전의 <창랑가>를 노래한다. 이 <어부사>의 마지막 대목은 어부와 굴원이 표명하는 삶의 태도가 동시에 선택할 수 없는 두 갈래의 길이라는 강한 인상을 남긴다. 독청(獨淸)의 길을 고집하는 굴원은 결국 죽음을 선택하는데, 후대의 어부가에는 이 두 가지 처세관이 작자의 가치관에 따라 다양한 양상으로 나타난다.

굴원을 향해 빙긋이 웃었던 어부를 연상케 하는 어부를 시적 화자로 등장시킨 작품이 있는가 하면, 굴원의 충정에 찬사를 보내는 작품도 있다. 고산 윤선도는 <어부사시사>에서 <창랑가>를 노래하고 인세와 멀어질수록 더욱 좋다고 하면서도 굴원의 어복충혼(魚腹忠魂)을 찬미하고 있다. 굴원의 <어부사>에서는 동시에 갈 수 없는 두 갈래 길일 것 같던 강성주의와 연성주의가 고산에 의해 절충되어 있음을 볼 수 있는데, 대부분의 조선조 사대부들이 이와 유사한 의식을 드러내고 있다. 이런 절충의 양상에 따라 어부가가 주는 메시지는 상당한 차이를 보이게 된다.

제대로 된 어부가 이해를 위해서는 진퇴의 기준이 다를 수 있다는 점을 인정해야 한다. 농암이 귀거래를 운위했지만 그 귀거래는 도잠이 보여준 귀거래와는 적지 않은 '다름'이 있다. 농암을 비롯한 조선조 사대부들이 노래한 강호 한정의 어부가는 강호로 물러나서[退] 부른 것이었다. 그들에게 있어서 나아감[進]은 당연히 출사(出仕)의 의미였다. 강호에서의 한가로운 즐거움은 벼슬길에서 물러나야 즐길 수 있는 것이었다. 유가사상이 지배이념이었던 조선조는 물론 유가사상에 기대었던 동아시아의 여러 나라들이 오랜 기간 이런 인식을 공유했다. 그러나 세상과 자신이 서로 어긋난다고 생각한 도연명은 벼슬과 전원 중 전원을 선택하여 자신이 선택한 곳으로 나아갔다.

왜 나아감[進]과 물러남[退]을 따지는가? 나아감[進]은 그 기준이 목적지인 전원에 있고, 물러남[退]은 그 기준이 정치현실 혹은 임금에 있어 구별할 필요가 있기 때문이다.

최초의 어부사(漁父詞)로 꼽히는 장지화의 <어가자>를 두고, 작자가 강호로 물러나 한정을 즐기는 내용을 담은 어부가로 해석한다면 작품의 진면목을 제대로 보지 못한 것이라 말할 수 있다. 장지화는 강호로 물러난 것이 아니라 강호로 나아갔다. 자연을 즐거움의 대상으로 삼은 것이 아니라 몸소 자연 속으로 들어갔다. 강호를 노래한 많은 어부가들이 비슷비슷한 것 같아도 이런 차이가 있다. 다음 장에서 다시 논의하겠거니와, 장지화의 <어가자>가 가졌던 특별한 영향력은 그런 다른 측면이 있었기 때문이다.

여말 선초를 살면서 어부가를 무척이나 즐겼고 호까지도 어촌(漁村)이라고 한 공부는 또 다른 하나의 경우다. 그는 장지화처럼 강호로 나아가지도 않았고 농암 이현보처럼 강호로 물러나지도 않았다. 그냥 환로에 머물러 있으면서 마음만은 끊임없이 강호를 지향했다. 어촌 역시 고려 멸망과 조선 건국의 격변기 겪은 인물이었으나, 위수가에서 낚시를 드리우며 은나라 말기의 정치현실을 주목하고 있었던 태공망이나 전국시대 말기의 혼란상을 지켜본 굴원과는 관심사가 전혀 달랐다. 몸은 환로에 머물면서 정신은 강호로 나아가는 어촌에 비해 조선조 대부분의 사대부들은 강호로 나아가는 것이 아니라 물러나는 것으로 생각했다. 농암이 그랬고, 퇴계도 그러했다.

조선조 사대부들이 장지화나 엄자릉을 운위하기는 했지만, 두 사람과 같은 의식을 드러내는 이는 거의 없었다. 벼슬살이를 했던 어촌의 정신세계와도 적지 않은 차이가 있었다.

작자의 가치관에 따라 어부가에서 시적 화자로 내세운 어부가 던지는 메시지는 상당한 차이가 있다. 어부가 전체가 '강호로 물러나서 느끼는 한가로운 정취를 읊은 노래' 일색이 아님을 이런 이질성을 통해 확인할 수 있다. 필자는 어부가의 다양성을 밝히고 그 차이를 변별해내는 것은 어부가 연구자들의 당연한 소임이라고 생각한다.

Ⅱ. 장지화 어부사의 진가

1. 들어가는 말

어부사(漁父詞)의 효시로 꼽히는 장지화(張志和, 730?~810?)의 <어가자(漁歌子)> 5수1)가 끼친 영향의 자취를 한·중·일의 여러 작품에서 찾아볼 수 있다. 중국은 그렇다 치더라도 한반도나 일본에까지 5수로 된 한 편의 어부사가 깊은 흔적을 남긴 것은 경이롭기까지 하다. 특히 일왕이 측근의 사람들과 더불어 장지화의 어부사 형태를 취한 화작(和作)을 남긴 것은 매우 특이한 일이라 하지 않을 수 없다.

이우성이 '소동파의 <완계사>는 당의 원진자 장지화의 <어부사>에 약간의 구절을 보태어 만든 것'2)이라고 장지화를 언급한 이후 윤

---

1) 『唐詩品彙』에는 '漁父歌'란 제목으로 제1수만, 『詞綜』에서는 '漁歌子'라 하여 제1수와 제3수를, 『尊前集』·『御選歷代詩餘』·『唐宋詞名作析評』에는 모두 5수가 실려 있다(朴完植, <漁父詞> 硏究 -그 類型과 思想的 背景을 中心으로-, 우석대학교 박사학위논문, 1996. 48쪽 참조). 『金匱集』에는 이와는 다른 15수를 일군으로 한 전편이 실려 있는데, 이것은 앞의 5수에 대한 和作이라는 詞學者 曹元忠의 주장이 대체로 수긍되고 있다(村上哲見, 『宋詞硏究』, 東京 : 創文社, 1967, 432쪽 참조). 본고에서는 『尊前集』의 5수를 장지화의 작품으로 다룬다.

2) 이우성, 「고려말·조선초의 어부가」, 『성대논문집』 9, 성균관대학교, 1964.

영옥이 『당서(唐書)』를 인용하여 장지화의 생애를 소개한 바 있고, 박완식[3]·이형대[4] 등의 후속 연구자들이 장지화를 꾸준히 고찰했다. 이형대는 장지화를 주목할 필요성을 강조하면서 그의 작품과 정신세계 분석을 시도했고, 박완식은 무라카미 데쓰미(村上哲見)의 연구 성과를 소개하면서 작품 수록 문헌을 비롯한 관련 자료를 상세히 밝히기도 했다. 일본 학자 무라카미 데쓰미는 그의 저서 『송사연구(宋詞硏究)』 중 「부론 어부사고(附論 漁父詞考)」[5]에서 장지화와 그의 어부사에 관한 세밀한 탐구 결과를 담아내었다.

이런 노력에 의해 장지화와 그의 어부사는 상당 부분 구명(究明)되었다. 다만 중국은 물론 우리나라와 일본에까지 미친 그 영향력의 본질에 대한 논의는 아직도 미흡하다고 본다. 따라서 본고에서는 장지화의 어부사가 많은 사람들의 마음을 움직였던 강한 힘의 바탕을 살피는 데 초점을 맞추고자 한다. 장지화의 삶을 통해 그의 세계관을 분석해 보고, 그의 어부사가 어떤 면에서 큰 영향력으로 중국은 물론 고려나 일본에까지 퍼져나갈 수 있었는지 고찰해 보도 록 한다.

2. 장지화의 생애와 세계관

최초의 어부사 <어가자>의 작자 장지화는 당나라 현종(玄宗, 재위 712~756)에서부터 숙종(肅宗)·대종(代宗)·덕종(德宗)·순종(順宗)·헌종

---

3) 박완식, 「<漁父詞> 硏究 -그 類型과 思想的 背景을 中心으로-」, 우석대학교 박사학위논문, 1996.
4) 이형대, 「漁父形象의 詩歌史的 展開와 世界認識」, 고려대학교 박사학위논문, 1997.
5) 村上哲見, 앞의 책, 431~453쪽.

(憲宗) 대에 걸쳐 살았던 인물이다. 그에 대한 중국인들의 관심이나 평가를 그가 살았던 당대(唐代)에서부터 청대(淸代)에 이르기까지 이어져 나온 기록을 통해 확인할 수 있다. 우선 그 자료들에 나타난 장지화의 생애와 그의 세계관을 살펴보도록 한다.

장지화와 같은 시대를 살면서 그와 교유했던 호주자사(湖州刺史) 안진경(顔眞卿)이 <낭적선생현진자장지화비명(浪迹先生玄眞子張志和碑銘)>을 찬(撰)하였고, 역시 그 당시의 인물인 진소유(陳少游)가 장지화의 행장인 <당금오지화현진자선생행장(唐金吾志和玄眞子先生行狀)>을 썼다. 당대(唐代)의 주경현(朱景玄)이 『당조명화록(唐朝名畵錄)』에 장지화의 이름을 올렸고, 윤주자사(潤州刺史)였던 이덕유(李德裕)는 장경(長慶) 3년(823)에 『현진자어가기(玄眞子漁歌記)』를 썼다. 남당(南唐)의 심분(沈汾)은 『속선전(續仙傳)』에 현진자(玄眞子)를 포함시켰다. 후진(後晋)의 유구와 조영 등이 편찬한 『당서(唐書)』, 그리고 송(宋)의 구양수(歐陽脩)와 송기(宋祁) 등이 편찬한 『신당서』의 '은일'조에 그의 생애가 수록되어 있다. 송대에 나온 『대평광기(太平廣記)』에도 현진자가 소개되어 있다. 이후 원대(元代)와 청대(淸代)에도 원문방(元文房)이 찬한 『당재자전(唐才子傳)』과 민일득(閔一得)이 지은 『금개심등(金盖心燈)』 등의 책에 그의 전기가 실려 있다. 현대에 와서는 『중화도교통전(中華道敎通典)』에 수록되어 있고, 현재의 절강성(浙江省) 금화시(金華市)의 시지인 『금화시지(金華市志)』에도 그 시의 인물로 장지화가 소개되어 있다. 심분이 『속선전』에서 장지화를 백일승천(白日昇天)한 신선으로 묘사한 것 외 대부분의 내용은 대동소이하다.

우리 학계에서는 윤영옥이 『당서(唐書)』(권 196, 열전 121, 隱逸)에서 장지화의 생애를 기록한 본문을 소개[6]하였고, 박완식은 『신당서(新唐

書)』의 은일열전(隱逸列傳)에 실린 그의 전기를 소개[7]하였다. 여기에
서는 그의 가치관을 읽을 수 있는 부분을 집중해서 조명하기로 한다.

장지화의 자는 자동(子同)으로 무주(婺州) 금화(金華) 사람이고, 처음
이름은 구령(龜齡)이다. 그의 아버지는 유조(游朝)인데, 「장자(莊子)」와
「열자(列子)」 두 책에 통달하여 <상망(象罔)>, <백마증(白馬證)> 등을
지어 그 학설을 도운 바 있다고 하니 장지화에게도 그의 영향이 어
느 정도 미친 것으로 보인다.

장지화는 16세 때에 명경과(明經科)에 등과하여 숙종(肅宗)에게 책
(策)을 써 올려 특별히 중한 상을 받기도 하였다. 숙종은 그에게 좌금
오위록사참군(左金吾衛錄事參軍)을 제수하고 이름까지 내렸는데, 뒤에
모종의 일에 연루되어 남포위(南浦尉)로 좌천되었다가 나중에 사면되
어 돌아왔다. 친상(親喪)을 마치고도 다시 벼슬하지 않은 채 강호에
지내면서 스스로 일컫기를 '연파조도(煙波釣徒)'라고 하였다. 「현진자
(玄眞子)」를 지었고, 그것[현진자]으로 자호(自號)하기도 했다.[8] 이로써
그가 팔십 평생에 관직에 있었던 기간은 젊은 시절 잠깐이었음을 알
수 있다. 친상을 마친 뒤에는 다시 벼슬살이를 하지 않았다(以親旣喪
不復仕)는 대목에서는 몇 가지 해석이 가능하다. 잠깐의 벼슬살이가
부모를 배려한 것이었을 가능성, 잠시의 좌천과 사면을 겪으면서 인

---

6) 윤영옥, 「<漁父詞> 硏究」, 『民族文化論叢』 제2·3집, 영남대학교 민족문화연구소,
   1982.

7) 박완식, 『韓國 漢詩 漁父詞 硏究』, 이회, 2000, 22~25쪽.

8) "張志和 字子同 婺州金華人. 始名龜齡. 父游朝 通莊列二子書. 爲象罔白馬證諸篇
   佐其說. 母夢楓生腹上而産志和. 十六擢明經 以策於肅宗 特見重賞. 命待詔翰林 授
   左金吾衛錄事參軍 因賜名. 後坐事貶南浦尉 會赦還. 以親旣喪 不復仕 居江湖 自稱
   煙波釣徒 著玄眞了 亦以自號."(『唐書』 卷196, 列傳121, 隱逸)

간사에 염증을 일으켰을 가능성 등을 생각해 볼 수 있다. 정치현실에 회의를 느껴 다시는 벼슬을 하지 않겠다는 결심을 했을 수도 있고, 애초부터 벼슬을 놓을 기회를 엿보다가 좌천·사면과 친상을 그 계기로 삼았을 수도 있다.

책(策)을 올려 숙종으로부터 중한 상을 받은 일, 「현진자」와 「내해(內解)」를 지은 일, 괘(卦)가 365인 「태역(太易)」 15편을 지은 일9) 등을 통해 그의 뛰어난 재능을 짐작할 수 있겠는데, 주목되는 것은 그가 무엇에 구애됨이 없는 자유로운 정신의 소유자였다는 점이다. 그의 얽매임 없는 영적 세계를 몇 가지 일화에서 엿볼 수 있다. 은사(隱士) 육우(陸羽)가 왕래하는 사람이 누구냐고 물었을 때, "태허를 집으로 삼고, 명월을 촛불로 삼아 사해의 뭇 사람들과 함께 거처하며 잠시도 헤어진 적이 없으니 어찌 오고 가는 사람이 있겠는가"하고 답을 한 것, 호주자사(湖州刺史)로 온 안진경(顔眞卿)에게는 '원하는 바는 떠다니는 배집(浮家泛宅)을 지어 초계(苕溪)와 삽계(霅溪)를 오가는 것이다'고 한 것 등에서 세속적 질서를 초월하는 그의 사지판을 엿볼 수 있다.

그의 이런 자유로움이 제도권 인사들과 불편한 관계로 이어지지는 않은 것으로 보인다. 호주자사였던 안진경과의 교유는 주지의 사실이다. 『속선전(續仙傳)』에는 장지화가 승천할 때 안진경에게 마지막 인사를 한 것으로 묘사10)되어 있다. 장지화의 사후 안진경은 그의 비명(碑

---

9) "有韋詣子 爲撰內解. 志和又著太易十五篇 其卦三百六十五"(『唐書』 卷196, 列傳 121, 隱逸)

10) 沈汾, 『續仙傳』 卷上. "其後 眞卿東遊平望驛. 志和酒酣, 爲水戲, 鋪席於水上, 獨坐 飮酌, 嘯詠其席. 來去遲速如刺周聲. 復有雲鶴, 隨覆其上. 眞卿親賓, 參佐觀者, 莫不 驚異. 於水上揮手, 以謝眞卿, 上昇而去. 今猶有傳, 寶其畵在於人間."(박완식, 앞의 논문, 42~43쪽에서 재인용)

銘)을 쓰기도 했다. 건중(建中) 5년(784)에 회남절도사(淮南節度使)였던
진소유(陳少游)11)는 장지화의 행장(行狀)을 썼고, 그가 관찰사로 있을
때에는 장지화에게 여러 가지를 배려했다. 장지화와 종일 함께 머무
르며 그가 사는 곳을 '현진방(玄眞坊)'12)이라 이름을 붙이기도 하고, 문
이 비좁다고 하여 토지를 매입하여 터전을 넓혀주면서 '회헌항(回軒
巷)'이라 명명하기도 했다. 장지화의 집 앞 시냇물을 건널 다리를 놓아
주기도 했는데, 사람들이 그 다리를 '대부교(大夫橋)'로 불렀다고 한다.
당 숙종은 노비 두 명을 보내주기도 했다. 장지화는 이 남녀 노비를
어동(漁童)·초청(樵靑)이라 이름 지어 주고 둘을 부부로 맺어주었다.

상기의 기록에 그의 형 학령(鶴齡)이 월주(越州) 동곽(東郭)에 지어준
집에 대한 언급이 있다. 생초(生草)로 지붕을 얼기설기 얹고 서까래와
기둥은 전혀 다듬지 않았다고 한다. 표범가죽 방석을 사용하고 종려
나무 신발을 신었다. 대포(大布)로 갓옷을 지어 입기를 바라서 그의
형수가 손수 베를 짜서 옷을 지어 주었는데, 그것을 입고는 여름이
되어도 벗지를 않았다고 한다. 이인(異人)으로서의 체취를 느낄 수 있
는 대목이다.

이런 생활의 모양새보다도 더욱 짙게 그의 가치관을 드러내는 것
은 그의 태도다. 현령이 도랑을 치라고 해도 삼태기를 잡고서 싫어하
는 기색이 없었다13)는 것이 고위 관료들과 친분을 나누었던 그가 보

---

11) '秦少游'(박완식, 앞의 책, 23쪽)의 '秦'은 '陳'의 오자로 보인다.
12) '玄眞坊'과 '元眞坊'이 혼기되어 나타나고 있다. 顔眞卿이 찬한 <浪迹先生玄眞子張
   志和碑銘>에는 '元眞坊'으로, 陳少游가 쓴 <唐金吾志和玄眞子先生行狀>에는 '玄
   眞坊'으로 되어 있다.
13) "兄鶴齡恐其遁世不還 爲築室越州東郭 茨以生草 橡棟不施斤斧 豹席棳屬. 每垂釣
   不設餌 志不在魚矣. 縣令使浚渠 執畚無忤色. 嘗欲以大布製裘 嫂爲躬績織 及成衣

인 태도였다.「현진자어가기(玄眞子漁歌記)」를 쓴 이덕유(李德裕)는 이런 장지화에 대해 '숨어있으나 유명하고, 드러나면서도 일이 없고 궁하지 않으면서도 영달하지 않는 것이 엄광(嚴光)에 비견할 만하다'14)고 평가하였다. 이덕유의 언급은 장지화의 저서『현진자』에 관한 다음 박완식의 언급과도 통하는 것으로 보인다.

> 장지화 그 자신은 그의 저서『현진자』'碧虛'편에서 이를 더욱 관념화하고 추상화시켜 "玄이 없는 玄을 眞玄이라 하고, 眞이 없는 眞을 玄眞이라 한다.(無玄而玄, 是謂眞玄. 無眞而眞, 是謂玄眞)"하였다. 다시 말하면 玄이라는 그 이름 자체조차도 없는 玄이 참다운 玄이며, 眞僞라는 상대적 眞마저도 초월한 眞諦가 곧 玄眞이라는 것으로 超超越的 名字不立의 眞空의 세계를 뜻하고 있다.15)

장지화는 그 자신이 '태허를 집으로 삼고, 명월을 촛불로 삼아 사해의 뭇 사람들과 함께 거처하며 잠시도 헤어진 적이 없다'고 말하고 있듯이, 그의 의식은 모든 것에 열려 있었다. 고위 관료들과의 교류를 일부러 마다하지도 않았고, 도랑 치는 삼태기를 잡는 것도 꺼려하지 않았다. 그는 당시 사람들이 가지고 있는 일반적인 인식의 틀에 자신을 가두려 하지 않은 것이다. 심분의『속선전』의 내용에서 보듯이 많은 사람들이 그를 신선으로 여긴 것도 이런 자유로운 의식과 그에 부합하는 삶의 실천이 있었기 때문이다. 그리고 그의 어부사는

之 雖暑不解"(『唐書』卷196, 列傳121, 隱逸)

14) "善圖山水 酒酣 或擊鼓吹笛 舐筆輒成 嘗撰漁歌 憲宗圖眞求其歌 不能致. 李德裕 稱志和 隱而有名 顯而無事 不窮不達 嚴光之比云"(『唐書』卷196, 列傳121, 隱逸)

15) 박완식, 앞의 책, 25쪽.

그런 작자의 모습을 그대로 담고 있다. 그의 어부사가 가졌던 강한 영향력은 이런 작자의 가치관과 결코 무관할 수 없을 것이다. 그의 어부사를 보도록 하자.

3. 장지화의 〈어가자〉

다음은 어부사(漁父詞)의 효시로 꼽히는 장지화의 〈어가자〉 5수 전문이다.

西塞山前白鷺飛	서새산 앞 백로가 날고
桃花流水鱖魚肥	복사꽃잎 떠가는 물에 쏘가리 살졌구나
青篛笠	파란 댓잎 삿갓
綠蓑衣	푸른 도롱이 쓰고
斜風細雨不須歸	비낀 바람 가랑비에 굳이 돌아갈 건 무어람.
釣臺漁父褐爲裘	낚시터 어부는 털옷으로 갈아 입고
兩兩三三舴艋舟	둘씩 셋씩 배를 타고 있네
能縱櫂	노를 그냥 놓아두어도
慣乘流	흐르는 물 타고 갈 테니
長江白浪不曾憂	긴 강 흰 물결이 걱정될 일 없구려.
霅溪灣裏釣魚翁	삽계만에 고기 잡는 할아비
舴艋爲家西復東	작은 배를 집 삼아 동서로 오가누나
江上雪	강 위의 눈
浦邊風	갯가의 바람
笑著荷衣不歎窮	연잎 옷 우스워노 궁함을 탄식하지 않네.

松江蟹舍主人歡　　　송강 게딱지같은 집이라도 주인은 즐거워
菰飯蓴羹亦共餐　　　줄나무밥 순채국 모두 먹을 수 있어
楓葉落　　　　　　　단풍잎은 떨어지고
荻花乾　　　　　　　억새꽃은 말랐는데
醉宿漁舟不覺寒　　　취하여 고깃배에 잠드니 추위도 모를래라.

青草湖中月正圓　　　청초 호수 가운데 달은 둥글고
巴陵漁父櫂歌連　　　파릉 어부 뱃노래 들리누나
釣車子　　　　　　　낚싯대
橛頭船　　　　　　　배 앞에
樂在風波不用仙[16)　　즐거움이 풍파에 있으니 신선이 무슨 소용이리.

　　장지화의 어부사에 내세워진 시적 화자는 앞에서 살폈던 장지화의
실제의 삶을 고스란히 보여주고 있다. 시적 화자가 "긴 강 흰 물결이
걱정될 일 없구려(長江白浪不曾憂)", "연잎 옷 우스워도 궁함을 탄식하
지 않네(笑著荷衣不歎窮)", "송강 게딱지같은 집이라도 주인은 즐거워(松
江蟹舍主人歡)", "취하여 고깃배에 잠드니 추위도 모를래라(醉宿漁舟不覺
寒)", "즐거움이 풍파에 있으니 신선이 무슨 소용이리(樂在風波不用仙)"
라고 노래하는 그 어부는 다름아닌 바로 장지화 자신이다. 시인은
<어가자>의 시적 화자를 통해 인간사회의 인위적인 틀에서 벗어나
자연의 일부처럼 살고 있는 자신의 뜻과 모습을 그대로 드러내고 있
다. 여기에서는 굴원의 <어부사>에서 보았던 인세에서의 갈등 같은
것은 없다. 그러니 이런 세상을 '살아야 하나, 죽어야 하나' 하는 고민
도 없다. 세상의 잣대로는 궁색해 보여도, 자신에게는 즐거움과 자유

---

16) 『新校標點 全唐詩(上)』, 권890, 宏業書局印行, 10053쪽.

로움이 있을 뿐이다.

자연은 시시로 변덕을 부리기도 하지만, 작자는 "비낀 바람 가랑
비에 굳이 돌아갈 건 뭐냐(斜風細雨不須歸)"며 자연과의 교묘한 조화를
이끌어낸다. 첨성(添聲) 3자구 '능종도(能縱櫂), 관승류(慣乘流), 강상설
(江上雪), 포변풍(浦邊風), 풍엽락(楓葉落), 적화건(荻花乾)' 등에서 그냥
천인합일의 경지가 자연스럽게 드러난다. 자연과 하나되어 있는 시
적 자아에게는 얽매일 것이 없다. 작품 전편에 걸쳐 '비낀 바람 가랑
비'나 '긴 강 흰 물결'과 같은 자연에 크게 구애되지 아니하고, '연잎
옷', '게딱지같은 집', '줄풀밥', '순채국'이 상징하는 궁한 생활에도 전
혀 개의치 않는, 무엇에든 구애받지 않는 자유로움이 드러나고 있는
것이다. 지극한 자족의 경지다.

이런 시어(詩語)들이 다른 작품에서 나타나지 않는 바 아닌데, 유독
장지화의 어부사가 특이한 영향력을 발휘한 것은 무엇 때문일까? 소동
파가 "현진자(玄眞子) 장지화(張志和)의 어부사(漁父詞)가 극히 청려(淸
麗)"[17]하다는 언급을 한 적이 있긴 하나, 그의 작품이 청려하기 때문이
라는 이유만으로는 충분한 답이 되지 않을 것 같다. 필자는 '연파조도
(煙波釣徒)'라고 자호(自號)한 바에 부합하는 그의 삶이 있었기 때문이라
고 본다. 서새산 앞을 청약립과 녹사의를 두르고 오가는 어부, 갓옷을
입고 노를 놓고 물결에 내맡겨 두고 있는 어부, 작은 배를 집 삼아
동서로 오가는 삽계만의 어부, 우스꽝스런 연잎 옷을 입고도 궁함을
한탄하지 않는 어부, 송강의 게딱지같은 집에서 줄풀밥 순채국을 즐거
운 마음으로 먹는 어부, 풍파에 낙을 두어 신선 부럽지 않은 이가 장지

---

17) "玄眞子漁父詞 極淸麗 恨其曲度不傳 故嘗加其語 以浣溪沙歌之矣"(『詞學叢書』
   宋人詞菓二, 東坡樂府, 世界書局, 98쪽)

화 자신에 다름 아닌 것이다.

작품 속에는 서새산(西塞山), 삽계만(雪溪灣), 송강(松江), 청초호(靑草湖), 파릉(巴陵) 등 장지화가 삶의 무대로 삼았던 지역의 실제의 산천 이름이 많이 등장하고 있다. '도화(桃花)'와 같이 도연명을 연상케 하는 관념적인 시어가 없는 것은 아니지만, 장지화의 어부사는 관념보다는 구체적인 경험의 표출이 강한 설득력으로 청자나 독자의 마음을 압도하고 있다. 서새산은 무창(武昌)[호북성(湖北省) 무한시(武漢市)]의 동남에 있는 황주(黃州)에서 다시 조금 내려온 장강(長江)에 임한 수백 척(尺)의 석벽인 '도사기(道士磯)'를 가리킨다는 설이 있다.[18] 삽계나 송강은 호주(湖州) 부근의 강이고, 청초호는 악양(岳陽) 서남에 있어 동정호(洞庭湖)에 접하는 호수이며, 파릉은 악양성(岳陽城) 가운데의 산의 이름도 되고 악양의 별칭이기도 하다. 장지화가 안진경에게 '원하는 바가 배를 집 삼아 초계와 삽계를 오가는 것'이라고 말한 바대로 그곳들은 그의 삶의 무대였다. 장지화로 인해 그 산천의 이름들이 특별한 의미를 함축하는 시어가 되어 버렸다.

"작가는 자연경개에 대한 단순 묘사는 너무나 단조롭다는 점을 자각하고서 이 한 폭의 그림 위에다 작가 자신을 어부화하여 너슬너슬한 삿갓에 푸른 도롱이, 그리고 석양 바람, 가랑비 속에 웅크리고 있는 자신을 삽입시켰다"[19]는 해석도 있으나, 작품의 단조로움을 피하기 위해 자신을 삽입했다기보다는 자연 속에서 자연의 일부처럼 그

---

18) 村上哲見은 '이 산의 위치에 대한 一說'이라고 하여 陸游의 「入蜀記」 乾道 6년 (1170) 8월 16일 條에 "晚過道士磯, 石壁數百尺 (중략) 磯一名西塞山, 卽元眞子漁父辭所謂西塞山前白鷺飛者"라는 대목이 있다고 소개했다.(村上哲見, 앞의 책, 437~438쪽)

19) 박완식, 앞의 논문, 49쪽.

렇게 살아가는 장지화 자신을 그대로 그린 것이라고 보는 것이 더 적절할 것이다. 그의 삶이 그러했기 때문이다.

장지화의 삶이 흠모의 대상이 되었기에 그의 어부사는 사람들에게 더욱 큰 감동으로 와 닿았을 것이고, 어부사가 있었기에 장지화를 흠모하는 마음을 거듭 확인할 수 있었을 것이다. 장지화의 삶과 작품이 서로 상승 작용을 일으킴으로써 <어가자>가 큰 영향력을 발휘하게 된 것이다. 당 헌종(憲宗, 재위 805~820)이 그의 초상화를 그려두고 그의 노래를 구하려 했으나 뜻을 이루지 못했다고 하는 일화도 그런 정황과 일맥이 통하는 이야기다.

장지화의 어부사 어디에도 정치현실에 대한 관심은 물론 조그만 비판의식조차도 보이지 않는다. 인세에는 아예 눈길을 두지 않고 있는 것이다. 그에게는 그저 강호가 있고 강호 속에 자신이 있을 뿐이다. 이것이 장지화이고, 이런 장지화가 그의 어부사에 그대로 용해되어 있다. 다른 많은 어부사가 관념만의 소산물이라면, 장지화의 어부사는 작자의 세계관에 강호의 체험이 용해된 결정체라 할 수 있다. 그의 어부사가 발휘한 힘은 그런 데서 비롯한 것으로 판단된다.

4. 장지화와 〈어가자〉의 영향력

박완식은 당대(唐代)와 오대(五代), 그리고 송대(宋代)에 이르기까지 장지화의 어부사에 화창하거나 의방하여 지은 작품과 그 작품들의 수록 문헌에 대해 상세히 밝힌 바[20] 있다. 본고에서는 한·중에서 볼

---

20) 박완식, 앞의 책, 22~32쪽.

수 있는 장지화 어부사의 영향을 몇 가지 짚은 다음, 국내의 다른 학
자들에 의해 소개된 바 없는 일본 왕실의 화작(和作)을 중점적으로 다
루기로 한다.

장지화의 <어가자>를 필두로 하여 중국 내에서는 많은 어부사가
창작되었다. 장지화의 형 송령(松齡 혹은 학령(鶴齡))이 아우에게 화답한
<어부>를 비롯하여 화응(和凝)21), 구양형(歐陽炯)22), 이순(李珣) 등이
장지화의 <어가자>와 같이 7·7·3·3·7자 단조체 형태를 취한 어
부사를 지었다. 여기서는 3수로 된 이순(李珣)의 <어부>23)를 한번 보
도록 하자.

水接衡門十里餘	강물은 형문을 따라 10리 남짓
信船歸去臥看書	배를 타고 돌아가 누워 책을 보네
輕爵祿	작록을 가벼이 여기고
慕玄虛	현허를 사모하나니
莫道漁人只爲魚	어부가 다만 고기에만 뜻이 있다고말하지 마오.

避世垂綸不記年	세상을 피해 낚시줄 드리운 지 몇 해인지 몰라
官高爭得似君閒	관직이 높을수록 그대처럼 한가롭기 바라
傾白酒	백주잔을 기울이며
對青山	청산을 마주하나니
笑指柴門待月還	웃으며 기다리던 달 돌아왔다 싸리문 가리키네.

---

21) "白芷汀寒立鷺鷥 蘋風輕翦浪花時 煙羃羃 日遲遲 香引芙蓉惹釣絲"(<漁父>, 『全
唐詩』卷893, 10090쪽)
22) "擺脫塵機上釣船 免敎榮辱有流年 無繫絆 沒愁煎 須信船中有散仙 風浩浩寒溪照膽
明 小君山上玉蟾生 荷露墜 翠煙輕 撥刺游魚幾箇驚"(<漁父>, 『全唐詩』 卷896,
10125쪽)
23) 『全唐詩』 卷896, 10118쪽.

櫂警鷗飛水濺袍   노 소리에 갈매기 날아 튀는 물에 옷 적셔
影隨潭面柳垂綃   물 위에는 수양버들 그림자가 드리워 있네
終日醉   하루 종일 술에 취해
絶塵勞   세속의 힘드는 일 끊어
曾見錢塘八月濤   8월 전당강의 파도를 본 적 있네.

작록을 가벼이 여기고 현허를 사모하는 시적 자아가 누구인지 단언하기 어렵다. 작자 자신이 어부의 탈[persona]을 쓴 것일 수도 있고, 그 서정적 자아를 장지화로 생각했을 수도 있다. 이런 작품의 생산이 장지화로 인해 촉발된 것은 분명하다.

고형(顧夐)·손광헌(孫光憲) 등은 3·3·7·3·3·6자가 쌍으로 된 쌍조체를 짓기 시작했다. 동파 소식(蘇軾)은 장지화의 <어가자>를 개작하여 7·7·7·7·7·7자 쌍조의 완계사(浣溪沙)를 지었을 뿐 아니라 새로운 단조체 <어부> 4수를 짓기도 했다. 황산곡(黃山谷)은 다시 이것을 개작하여 <자고천(鷓鴣天)>을 지었다. 이후 황산곡의 사위 서사천(徐師川)을 비롯한 여러 사람들의 많은 어부사가 뒤를 이었다.24)

어부사의 형태를 취하고는 있으나 어부지취가 아니라 종교적 이념만 가득 찬 작품이 나오기도 한다. 당나라 말기의 승려 선자화상(船子和尙)의 선시(禪詩) 어부사는 이후의 불교 어부사 생성에 매우 큰 영향을 끼친다.25) 장지화의 <어가자>처럼 7·7·3·3·7자로 되어 있되 모두 도교의 언어로 채운 여암(呂巖, 798~870)의 <어부사일십팔수(漁父詞一十八首)>가 지어지기도 했다.

---

24) 박완식, 앞의 책, 25~32쪽 참조.
25) 박완식, 앞의 책, 32~46쪽 참조.

장지화의 어부사는 고려의 식자들에게도 널리 알려진 게 분명하다. "백로 나는 곳에 장지화로세(白鷺飛邊張志和)"라는 김극기(金克己)의 시구(詩句)는 고려조에 장지화의 어부사가 널리 알려져 있었던 상황을 입증하고 있다. 장지화의 <어가자> 5수 중 첫 수의 두 구[桃花流水 鱖魚肥, 斜風細雨不須歸]가 <악장어부가>26)에 집구되어 있는 것도 그의 어부사가 널리 알려졌던 정황을 말해주고 있다. 이런 분위기를 감안한다면, 지금은 전하지 않고 있는 공부의 어부사권(漁父詞卷)에도 장지화의 <어가자>가 틀림없이 수록되어 있었을 것으로 짐작된다.

일본의 경우, 헤이안(平安) 시대 초기의 왕이었던 사가(嵯峨) 천황(786 ~842, 재위 809~823)은 장지화의 <어부>를 화작한 <어가(漁歌)> 5수를 지었는데,『경국집(經國集)』27) '잡언(雜言)'편에 수록되어 있다. 다음이 그 작품이다.28)

漁歌 5수29)	어가 5수
江水渡頭柳亂絲	강가 포구에는 버들가지 어지러워
漁翁上船煙景遲	어옹이 배를 몰아 느릿 연경(煙景)에 드네
乘春興	춘흥을 타고
無厭時	싫증나지 않는 때

---

26) 『악장가사』 소재의 <어부가>를 가리키는 약칭으로 李亨大가 「漁父形象의 詩歌史 的 展開와 世界認識」(고려대학교 박사학위논문, 1997)에서 사용했다. '원어부가'라는 호칭보다는 더 객관성이 있는 것으로 보아, 이후 이 약칭을 사용하기로 한다. 아울러 농암의 <어부가> 9장과 <어부단가> 5결도 필요에 따라 <농악어부가>와 <농암어 부단가>로 약칭하기로 한다.

27) 『經國集』은 827년 일본 淳和天皇이 칙명을 내려 발간한 문집인데, 본고에서는 1926 년 日本古典文學刊行會에서 간행한 日本古典文集(제1회)을 참고했다.

28) 『經國集』 권14, 日本古典文集刊行會(『日本古典文集』第一回), 1926, 173쪽.

29) '漁歌 五首'라고 써놓은 아래에 '(每歌用「帶」字)'라 적어 놓았다.

求魚不得帶風吹   고기는 잡지 못하고 바람만 가득(5-1)

漁人不記歲時流   어옹은 세월의 흐름을 몰라
淹泊沿洄老棹舟   쉬었다 노 저어 물길 거스르네
心自放   마음 얽매이지 않아
常狎鷗   늘상 갈매기와 친해
桃花春水帶浪遊   복사꽃 떠오는 봄 물결 따라 노니네(5-2)

靑春林下度江橋   푸른 봄날 숲 아래 강다리 건너
湖水翩翩入雲霄   호수 속 나는 구름이 들어 비춰네
煙波客   연파객
釣舟遙   낚싯배 아득
往來無定帶落潮   조수따라 쉼 없이 오고 가네(5-3)

溪邊垂釣奈樂何   시냇가에서 낚싯대 드리우니 얼마나 즐거운지
世上無家水宿多   세상에는 집 없이 물 위에서 묵는 이 많아
閑酌醉   한가로이 마신 술 취해
獨棹歌   홀로 뱃노래 부르니
浩蕩飄飆帶滄波   호탕하게 부는 바람 푸른 물결 띠고 오네(5-4)

寒江春曉片雲晴   봄날 새벽 쌀쌀한 강가에 조각 구름 맑고
兩岸花飛夜更明   양안에 꽃잎 흩날리며 밤은 다시 밝아오네
鱸魚膾   농어회와
蓴荼羹   순채나물국 먹고
滄罷酣歌帶月行   거나히 취해 노래하며 달빛 두르고 가노라(5-5)

     장지화의 <어가자>와 똑같이 5수로 7·7·3·3·7자의 시형을 취하고 있다. 장지화가 각 수의 종구(終句) 다섯째 글자를 '不'로 운을 맞춘 것에 대해 위의 <어기>는 '帶'로 운을 맞추고 있다. 이 어부사

의 음악적 요소가 어느 정도까지 일본에 전해졌는지는 알 수 없으나
시형은 충실히 따르고 있음을 볼 수 있다.

봄날 아지랑이 피어오르는 평화로운 포구를 느릿 배저어 가는 어부
형상을 통하여 강호의 여유로운 즐거움에 대한 사가 천황의 호기심과
부러움을 느낄 수 있다. 사가 천황은 홍인(弘仁) 원년(810) 일어난 '구스
코(藥子)의 변(變)'[30] 이후, 홍인(弘仁)·천장(天長)·승화(承和)의 약 30년
간 태평성세를 이룬 왕이다. 이 시기 궁중 의례와 시문(詩文) 등의 문
화가 크게 융성했는데, 소위 홍인문화(弘仁文化)가 그것이다. 율령 정
치의 정비를 위해 편찬된 「홍인격(弘仁格)」·「홍인식(弘仁式)」이나 시문
을 모은 「능운집(凌雲集)」·「문화수려집(文華秀麗集)」·「경국집(經國集)」
등은 그 정화라고 할 수 있다. 30년 태평성세를 이뤄낸 일본의 왕이
중국 은자(隱者)의 어부사에 화작한 것은 동아시아의 정신문화를 이해
하는 데 있어 주목되는 부분이다.

위의 어부사는 홍인 14년(823, 당나라 穆宗 長慶 3년)에 지어져 장지화
의 원자에 불과 49년 뒤질 뿐[31]이라고 한다. 사가 천황은 홍인 14년
4월 황태제 오토모 신노(大伴親王)에게 양위하고 황태후 다치바나노
가치코(橘嘉智子)와 더불어 냉연원(冷然院)에서 살았다. 1926년에 간행
된 활자본 『경국집』에 작자를 상왕(上王)이라는 의미의 '太上天皇'이
라 표기하고 있는 것으로 보아, 이 <어가> 5수가 823년에 지어진 것
이 확실하다면 양위 직후에 지은 것이 분명하다.

---

30) 弘仁 元年(810), 병 때문에 嵯峨天皇에게 양위한 형 平城上皇이 太政官人 절반을
   데리고 平城舊京으로 천도하고 寵妃 藤原藥子의 옹립으로 다시 朝政에 간섭하게
   되자, 嵯峨天皇이 兵을 파견하여 上皇을 제압하고 藤原藥子는 자살하게 되는 사건.
31) 吳熊和 著·李鴻鎭 譯, 『唐宋詞通論』, 계명대학교 출판부, 1991, 233쪽.

『경국집』 '잡언(雜言)'에는 사가 천황의 <어가>뿐 아니라 우치코 나이신노(有智自內親王)[32]와 시게노노 사다누시(滋野貞王 85~852)[33]도 같은 형식으로 2수와 5수의 어부사를 남기고 있다. 다음이 그 작품들이다.

奉和漁家[34]	봉화어가
白頭不覺何老人	센머리에 언제 노인이 되었는지
明時不仕釣江濱	젊었을 때부터 벼슬 않고 강가에서 낚시했네
飯香稻	향도(香稻)로 밥짓고
苞紫鱗	자린(紫鱗)을 싸서
不欲榮華送吾眞	부귀영화 바라지 않는 나의 진심 보내노라
春水洋洋滄浪淸	봄물은 넘실넘실 창랑은 맑은데
漁翁從此獨濯纓	어옹은 이를 좇아 홀로 갓끈을 씻누나
何鄕里	고향은 어디고,
何姓名	성명은 무엇인가
潭裏閑歌送太平	물 위에 떠돌며 한가한 태평세월을 보내네

---

32) 嵯峨天皇의 皇女, 弘仁 원년에 賀茂의 齋院이 되어, 承和 14년 10월에 죽음(猪口篤志 저, 심경호·한예원 역, 『일본한문학사』, 소명출판, 2000, 136쪽). 「經國集」(1926)에는 작자를 '公主'라고만 표기하고 있다.

33) 활자본 『경국집』(1926)에는 '滋貞王'으로 표기되어 있다. 본명은 滋野貞王으로 헤이안 시대 전기의 공경(公卿)이요 학자, 시인이다. 칙찬(勅撰) 한시집 『文化秀麗集』 『경국집』 편찬에 관여했다. 『凌雲集』 외 칙찬 한시집에 34수의 한시가 수록되어있다. 장녀는 54대 닌묘(仁明)천황의 왕비가 되고 차녀는 55대 몬토쿠(文德)천황의 왕비가 된다.(上田王明 외 3인편, 『日本人名大辭典』, 講談社, 2002, 905~906쪽)

34) 「經國集」, 日本古典全集 第一回, 日本古典全集刊行會, 1926, 173쪽. 여기에는 "奉和漁家"라고 되어 있는데, 원본 「經國集」(827)에도 그렇게 되어 있는지 알 수 없지만, '家'는 '歌'의 오자로 생각된다. 그 아래에 '(每歌用「逆」字)'라고 써놓았다. '逆'은 '送'의 오식이 확실하다.

同35)

| 漁夫本自愛春灣 | 어부는 본디 춘만(春灣)을 좋아했으니 |

漁夫本自愛春灣　어부는 본디 춘만(春灣)을 좋아했으니
鬢髮皎然骨性間　골성(骨性) 사이에는 수염이 희끗희끗
水澤畔　　　　　못 가,
蘆葉間　　　　　갈대 잎 사이
挐音遠去入江還　멀리 멀어졌던 나음(挐音)이 강으로 돌아오네

微茫一點釣翁舟　아득히 떠있는 낚시하는 늙은이 배
不倦遊漁自曉流　새벽부터 쉬지 않고 떠다니며 고기 잡네
濤似馬　　　　　큰 물결은 말과 같고
湍如牛　　　　　단수는 소와 같아
芳菲霽後入花洲　방비(芳菲)가 갠 뒤 화주(花洲)로 들어가네

潺湲綠水與年深　잔잔히 흐르는 녹수 해와 함께 깊어가고
棹歌波聲不厭心　뱃노래 파도소리 싫증나지 않는다네
砂巷嘯　　　　　사항(砂巷)에서 부르고
蛟浦吟　　　　　교포(蛟浦)에서 읊조리네
山嵐吹送入單衿　산바람은 불어와 홑 소매 속으로 들이오네

長江萬里接雲倪　아득히 긴 강은 운예(雲霓)에 닿았고
水事心在浦不迷　물가에서 지내는 심사 미혹함 없다네
昔山住　　　　　이전에는 산에서,
今水栖　　　　　지금은 물가에서 지내나니
孤竿釣影入春溪　외로운 낚싯대 그림자 봄 시내에 비치네

水泛經年逢一浦　물위에 떠 세월 보내다 한 포구 만나
舟中暗識聖人生　배 가운데 성인 태어났음 가만 알게 됐네

---

35) 위(雜言. 奉和漁家)와 같다는 의미로, 제목을 따로 쓰지 않고 "同"이라고만 써 놓았
다. 작자는 '滋貞王'이라 표기하고 있다.

無思慮	걱정 없고,
任時明	때에 임함 밝아
不罷長歌入曉聲	긴 노래 그치지 않더니 새벽까지 들리네

우치코(有智子) 공주는 2수로만 된 작품 각 수의 종구 다섯째 자를 '送'으로 했고, 시게노노 사다누시는 5수로 된 작품 같은 위치의 글자를 'ㅅ'운으로 맞추었다. 공주의 <봉화어가(奉和漁家)> 2수에서 "젊었을 때부터 벼슬 않고 강가에서 낚시했네(明時不仕釣江濱)"라고 한 것이나 시게노노 사다누시가 "배 가운데 성인 태어났음 가만 알게 됐네(舟中暗識聖人生)"라고 한 표현은 장지화를 염두에 둔 것이 분명하다. 그들이 장지화에 관한 어떤 이야기를 전해 들었는지는 알 수 없으나, 시게노노 사다누시가 '성인'이라고까지 표현하고 있는 것으로 보아 현실을 초월한 능력의 인물로 인식했을 것으로 짐작할 수 있다. 위의 어부사에 어부지취를 살리기 위한 '농어회'와 '순채나물국' 등의 시어가 동원되어 있긴 하지만, 설사 소박한 어부의 삶을 상징하는 이런 음식들을 그들이 맛보았다 할지라도 결국은 언어의 유희에 그칠 수밖에 없다는 점은 자명하다.

사가 천황은 <사기독경 부득장자방(史記讀竟 賦得張子房)>란 시에 "적송자(赤松子)를 추종하였기에, 세상을 피함이 홀로 초연하였다.(追從赤松子 避世獨超然)"[36]고 읊기도 했다. 이런 시구로 봐서 그는 노장적 성향의 인물들에 상당한 관심을 지녔던 듯하다. 그렇다면 장지화에 관심을 보인 것도 그런 취향과 무관하지는 않을 것이다. 취향이 그렇다고 하더라도, 사가 천황이 측근의 사람들과 더불어 장지화의 어부

---

36) 이노구치 아츠시(猪口篤志), 앞의 책, 133쪽.

사에 화작을 남긴 것은 매우 특별한 일이 아닐 수 없다. 그런 일이 가능하도록 만든 힘은 자연 속에 용해되어 자연의 일부처럼 살았던 장지화의 삶과 그것을 고스란히 작품으로 육화한 <어가자>가 서로 상승 작용을 일으킨 결과라고 본다. 아울러 그를 신선처럼 여겼던 그 시대의 분위기 역시 그와 그의 어부사가 끼쳤던 강한 영향력에서 비롯된 것으로 보아야 할 것이다.

5. 마무리

장지화의 <어가자>는 한·중·일 3국에 널리 회자되었고, 다른 어부사가 지어지는 데 큰 영향을 미쳤다. 같은 형태로의 화작뿐만 아니라 다른 형태로의 화작 혹은 개작 등 다양한 양상으로 어부지취의 작품이 창작되었다. 작자층도 일반 문사에서부터 중국이나 일본의 황실, 혹은 도인이나 승려에 이르기까지 다양했다. 그 영향력이 실로 지대했다고 할 수 있다.

장지화의 어부사가 이런 영향을 끼칠 수 있었던 것은 청려(淸麗)했던 작품 자체의 우수성뿐 아니라 그 배경에 많은 사람이 추중했던 장지화의 삶이 있었기 때문이다. 그의 삶에 대한 사람들의 관심은 특별했다. 은사(隱士) 육우(陸羽), 호주자사(湖州刺史) 안진경(顔眞卿), 회남절도사(淮南節度使) 진소유(陳少游), 당(唐) 헌종(憲宗) 등의 인물들과 관련된 일화와 이덕유(李德裕)의 장지화에 대한 평가, 그리고 장지화가 승천하였다는 심분의 『속선전(續仙傳)』의 기록 등에서 장지화에 대해 가졌던 사람들의 관심과 선망을 확인할 수 있다.

다양한 계층의 사람들이 장지화를 흠모한 이유는 그의 세계관과 그 세계관에 따라 실천한 그의 삶 때문이다. 장지화는 사환(赦還)한 이후 두 번 다시 벼슬길에 들어서지 않았을 뿐 아니라 정치현실에 눈길조차 주지 않았다. 그는 벼슬살이든 고기잡이든 어느 것에도 집착하지 않는 정신적 자유로움을 추구했다. 소박한 의식주, 기존의 사회적 질서나 형식에 얽매이지 않는 가치관으로 진세에는 곁눈질하지 않고 오로지 자연 속에서 자연의 일부가 되어 살았다. 그의 어부사에는 그 자신의 가치관과 그 가치관에 따라 산 삶 자체가 그대로 농축되어 있다. 그런 이유로 장지화가 삶의 무대로 삼았던 산천의 이름이 어부사에 많이 나온다. 그래서 실제의 작자인 장지화와 작품 속에 내세워진 서정적 자아인 어부와의 구별이 어렵다. 작자가 작품 속의 서정적 자아요 서정적 자아가 작자 자신이라고 해도 과언이 아니다. 작자와 서정적 자아가 동일시되기 어려운 다른 어부사와는 확연히 구별된다. 이것은 장지화 <어가자>의 뚜렷한 특징이다.

자연 속에서 자연의 일부처럼 살아가는 것이 장지화의 삶이고, 그런 자신을 그대로 시적 화자로 내세운 것이 그의 어부사다. 그의 어부사가 강한 영향력으로 동아시아에 널리 전파될 수 있었던 것은 그의 어부사와 그 내용에 부합하는 그의 삶이 서로 상승 작용을 일으켰기 때문으로 보아야 할 것이다.

Ⅲ. 혜심의 〈어부사〉

1. 들어가는 말

진각국사(眞覺國師) 혜심(慧諶, 1178~1234)은 불교개혁을 주창한 지눌(知訥, 1158~1210)의 후계자가 되어 그의 개혁사상을 불교문학에 담아 펼쳤던 고려의 고승이다. 혜심은 많은 선시(禪詩)를 지어 현재 전하는 것만도 350여 수에 이른다. 그의 시는 『무의자시집(無衣子詩集)』, 『조계진각국사어록(曹溪眞覺國師語錄)』, 『선문염송염송설화회본(禪門拈頌拈頌說話會本)』, 『조계진각국사어록보유(曹溪眞覺國師語錄補遺)』에 전해지고 있다.[1]

『조계진각국사어록보유』에 실려 있는 〈어부사(漁父詞)〉는 우리나라에서 나온 '어부사'란 제목의 현전 최고(最古) 작품이다. 박경주는 "어부가로서 이제까지 가장 오래된 작품은 『악장가사』의 〈어부가〉였으나 혜심의 어부가를 이 계열에 넣고 본다면 당연히 혜심의 〈어부사〉가 그 자리를 차지하게 될 것"[2]이라고 했다. 이 〈어부사〉를 어부가 계통 최고(最古)의 작품으로 다루어야 한다는 말이다. 박완식

---

1) 이상미, 『진각혜심의 게송문학』, 박이정, 2007, 26쪽.
2) 박경주, 『한문가요연구』, 태학사, 1998, 74쪽.

은 고려조의 문사 임춘(林椿)의 시 <어부>가 현존하는 문헌상 어부
사의 남상3)이고, 혜심(慧諶) 진각(眞覺)의 어부사는 어가오(漁家傲)에
의한 전형적 전사(塡詞)로서 공식적으로 어부사라는 제목을 처음 붙
인 것4)이라고 했다. 무엇이 처음인가 하는 문제는 언제나 가변의 여
지가 있지만 12·13세기의 고려조 시가문학 속에 '어부'가 본격적으
로 자리를 잡게 된 것은 분명해 보인다.

장지화와 동시대를 살았고 안진경의 청에 의해 장지화의 부택(浮
宅)의 낙성을 축하하는 노래를 지었다5)고 하는 승려시인 교연(皎然,
?~790경)의 존재나 교연·장지화에 비해 조금 뒤의 인물이었거나 동
시대에 생존했을 것으로 추측6)되는 선자화상(船子和尙)의 불교 어부
사를 생각한다면 우리나라에 불교 어부사가 창작된 것이 별로 이상
한 일은 아니다. 그런 당위성에도 불구하고 고려조의 혜심이 송(宋)
나라 때에 유행한 사패의 하나인 어가오에 전사(塡詞)하여 <어부사>
를 지었다는 것은 매우 흥미로운 일이 아닐 수 없다.

굴원의 <어부사(漁父辭)>나 장지화의 <어가자>에서 보듯이 어부
가는 태생적으로 그 근저에 힘[권력]과 그 힘의 행사에 대한 인간의
반응을 내포하고 있다. 그 힘이 순리로 행사되고 있느냐 아니냐에 따

---

3) 박완식, 『韓國 漢詩 漁父詞 研究』, 이회, 2000, 96쪽.

4) 박완식, 앞의 책, 107쪽.

5) <奉和顔魯公眞卿 落玄眞子孟艋舟歌>(『全唐詩』 권821, 『四庫全書』 제1431책,
128쪽)

6) 박완식, 앞의 책, 40쪽. 박완식은 선자화상이 "교연, 장지화에 비해 조금 뒤의 인물이
었거나 동시대에 생존했을 것"으로 추측하고, "그의 생애에 관하여 현존 문헌 가운데
가장 자세한 것은 『五燈會元』의 本傳"이라고 하여 그 내용을 간추려 소개하고 있다.
거기에 선자화상이 藥山선사에게서 心印을 받았다는 내용이 있는데, 약산선사
(751~834)가 출생한 해도 장지화에 비해 21년이나 뒤이므로 선자화상은 조금 더 뒤
의 인물로 보는 것이 옳을 듯하다.

라 처신을 달리한다는 태도가 있기도 하고, 인간들이 만든 권력의 자장(磁場)에서 벗어나려는 의도가 담기기도 하고, 또는 그 힘에 순응하는 태도가 담기기도 한다. 어떤 이는 그 인간의 권력이 자연의 이법에 따라야 한다고 생각하기도 했고 어떤 이는 그 모든 자연이 인간의 권력 안에 놓여 있는 것이라고 여기기도 했다. 불교 어부가는 힘에 대한 반응을 담는 그릇이 되었던 이 어부가에 더 큰 힘의 순환원리를 깨우치게 만드는 종교적 이념이 스며든 작품이라고 말할 수 있다.

본고에서는 현전 최고(最古)의 어부사를 남긴 혜심과 그 〈어부사〉를 살핀 다음, 그것이 중국의 사(詞) 형태를 취할 수 있었던 당시의 정황을 살펴보고자 한다.

2. 혜심과 그의 〈어부사〉

혜심은 고려조 무신집권기 수선사(修禪社)[7] 제2대 사주(社主)로 당시 선종의 대종장(大宗匠)이었다. 그는 고려 명종 8년(1178)에 나주(羅州) 화순현(和順縣)에서 태어났으며, 속성(俗姓)은 최(崔)이고 이름은 식(寔)이었다. 혜심(慧諶)은 그의 휘(諱)이고, 자는 영을(永乙), 자호는 무의자(無衣子)이다.

수선사의 초대 사주는 보조국사(普照國師) 지눌(知訥, 1158~1210)이었다. 고려의 불교혁신운동을 시도하고 10년 동안 전남 순천 송광사인

---

7) 지눌이 1190년(고려 명종20) 팔공산 居祖寺에서 법회를 열어 〈勸修定慧結社文〉을 발표했을 때의 초명은 定慧結社 곧 정혜사였다. 1200년(신종 3) 송광산의 吉祥寺로 옮기고, 1205년 길상사 중수공사가 끝나면서 왕명에 따라 송광산을 조계산으로, 정혜사를 수선사로 개칭하였다.

수선사에서 자기 사상을 펴고 저술을 하는 데 힘쓴 결과 새로운 불교의 커다란 맥락을 이룩한[8] 지눌의 제자가 혜심이다. 혜심의 아버지 최완(崔琬)은 향공진사(鄕貢進士)였고, 어머니는 배씨(裵氏)였다. 일찍이 아버지를 여의고 편모 슬하에서 자랐는데, 그는 출가할 것을 원하였으나 어머니는 허락하지 않고 유학(儒學)을 공부하기를 독려하였다. 그가 24세 되던 1201년(신종 4)에 사마시(司馬試)를 합격하여 곧 태학(太學)에 들어갔지만, 오래지 않아 어머니의 병보(病報)를 받고 귀향하게 된다. 어머니는 불력(佛力)으로 병이 나았으나 이듬해 세상을 떠난다. 이에 재(齋)를 올려 모친의 명복을 빈 다음 불문에 귀의할 것을 결심한다.

1202년 당시 지눌이 조계산(曹溪山)에서 수선사를 열고 있었다. 혜심은 지눌을 찾아 불문에 귀의할 뜻을 말하고, 지눌은 이를 허락한다. 혜심은 불경 공부와 함께 피나는 고행의 수련을 쌓았다. 1205년 (희종 1) 그의 나이 28세 때, 지눌은 "내 이미 너를 얻었으니 죽어도 한이 없다. 너는 마땅히 불법을 펴는 것을 자신의 임무로 생각하고 본래의 소원을 바꾸지 말아라(吾旣得汝 死無恨矣 當以佛法自任 不替本願 也)"[9]는 말로 선맥(禪脈)을 이어라는 뜻을 밝힌다. 1208년 지눌이 그의 자리를 잇도록 명하지만 혜심은 고사하고 지리산에 숨어 종적을 감추어 버린다. 2년 후 지눌이 입적하자 제자들이 왕에게 보고하고, 왕은 칙명으로 그 뒤를 잇게 하니 그는 할 수 없이 사원에 들어 개당(開堂)하였다.

---

8) 조동일, 『한국문학통사2』(제3판), 지식산업사, 1994, 62~63쪽.

9) 조선총독부, 『朝鮮金石總覽』上, 462쪽(인권환, 『고려시대 불교시의 연구』, 고려대학교 민족문화연구소, 1989(재판), 58쪽에서 재인용)

그의 교화가 드날리자 제자가 되기를 원하는 이가 줄을 이었고, 당시 권력을 움켜쥐고 있던 최씨 일가에서 그를 서울로 모시고자 하였으나 끝내 사양하여 서울 땅을 밟지 않았다고 한다. 1214년, 즉위 당년의 고종(高宗)은 제서(制書)를 내려 선사(禪師)를 제수하고, 이어 대선사(大禪師)로 가자(加資)하였는데 선시(選試)를 거치지 않은 채 승관직(僧官職)에 오른 것은 그가 처음이었다. 그는 각처의 사찰(寺刹)을 주유(周遊)하면서 선법(禪法)을 펴다가 고종 20년(1233) 겨울 본사에서 병이 나 이듬해 제자 마곡(麻谷)이 지켜보는 가운데 가부좌(跏趺坐)를 한 채 월등사(月燈寺)에서 입적했다. 고종이 진각국사(眞覺國師)라는 시호(諡號)를 내려주었는데, 향년 57세이고 승랍 32년이었다.[10]

인권환은 『高麗時代 佛敎詩의 硏究』에서 그에 대해 "초연한 선인(禪人)", "세속적인 것을 멀리한 선승(禪僧)", "철저한 고행주의자", "온화한 가운데 해박한 지식의 소유자", "여조(麗朝) 선(禪)의 지평(地平)을 넓힌 사람" 등으로 평가했다. 그는 수선사 제2대 사주로 지눌의 이념과 사상을 그대로 잇고 있지만, 지눌에게서는 볼 수 없었던 많은 선시(禪詩)를 남긴다. 문학을 종교이념 표현의 주요한 도구로 활용한 혜심은 국문학에 있어서 최초의 본격적인 선시(禪詩) 창시자[11]의 위치를 점하게 된다. 그의 『무의자시집(無衣子者詩集)』은 우리나라 최초의 선시집으로 꼽힌다. 불교의 오의(奧義)를 많은 시로 표현했던 혜심은 중국 당·송 때에 유행한 사(詞)의 형태를 취하고 있는 어부사(漁父詞)도 지었다. 다음은 『진각국사어록(眞覺國師語錄)』 '보유편(補遺篇)'에 전하는 그의 〈어부사〉이다.

---

10) 인권환, 『고려시대 불교시 연구』, 고려대학교 민족문화연구소, 1983, 57~59쪽 참조.
11) 인권환, 앞의 책, 116쪽.

一葉片舟一竿竹	한 척의 조각배 낚싯대 하나
一蓑一笛外無畜	도롱이와 피리밖에 아무 것도 없어.
直下垂綸鉤不曲	곧바로 늘인 줄 바늘은 굽지 않았으니
何撈摝	무엇을 잡으려나
但看負命魚相觸	다만 죽는 줄도 모르는 고기가 와서 서로 부딪는 것이나 볼 뿐.
海上煙岑翠簇簇	바다 위 연기 속 푸른 빛만 우거지고
洲邊霜橘香馥馥	물가의 익은 귤 향내도 물씬물씬
醉月酣雲飽心腹	술 취한 달과 구름, 배 부른 마음
知自足	스스로 족함을 아니
何曾夢見閑榮辱	어찌 꿈에라도 영욕을 보겠는가.
脫略塵緣與繩墨	속세의 인연이나 규법을 벗어났으니
騰騰兀兀度朝夕	떳떳한 마음 기상으로 하루를 보낸다
獨是一身無四壁	오로지 한 몸 사방의 벽 하나 없어
隨所適	가는 대로 두어라
自西自東自南北	서쪽 동쪽 남쪽 북쪽으로.
落落晴天蕩空寂	아득히 맑은 하늘 빈 듯이 고요하고
茫茫煙水漾虛碧	끝없이 아슴프레한 물 푸르름 일렁이누나
天水混然成一色	하늘과 물 혼연히 한 빛이니
望何極	어느 끝 바라보랴
更兼秋月蘆花白	가을 달에 갈대꽃 흰 빛만 더하네.12)

여기에도 곧은 낚시 바늘[鉤不曲]이 등장한다. 그러나 때를 기다리는 태공망의 곧은 바늘과는 전혀 다르다. 이 어부사의 시적 화자는

---

12) 박경주, 앞의 책, 186~187쪽에서 재인용.

"스스로 족함을 아니 어찌 꿈에라도 영욕을 보겠는가" 하고 노래한다. 서정적 자아가 지닌 것은 일엽편주(一葉片舟)와 낚싯대 하나, 도롱이 하나와 피리 하나다. 그밖에는 아무 것도 없다. 애초에 고기를 낚아 살생을 저지를 일도 없지만, 그것으로 때를 낚을 요량도 아니다. 그냥 물끄러미 물 속을 들여다보는 것이다. 미끼 달린 보통 낚시 바늘이었다면 거기에 낚여 죽게 될지도 모를 고기가 자기의 운명은 알지도 못한 채 그냥 낚시 바늘에 와 닿는 것을 볼 뿐이다.

태공망이 곧은 낚시 바늘 끝에 천하를 경륜할 뜻을 담아 낚시를 드리우고 있었다면, 이 작품의 시적 화자는 곧은 낚시 바늘에 깨달음으로 안내하는 무상(無常)이라는 화두를 걸어두었다. 무신집권기 탐욕스런 인간들이 벌이는 추악한 다툼을 보며, 혜심은 인간들이 자신들을 죽음에 이르도록 만드는 도구인지도 모른 채 낚시 바늘에 와 닿는 물고기와 다름 없다는 생각을 했을 법도 하다. 탐(貪)·진(瞋)·치(癡) 삼독(三毒)에 젖어 아웅다웅 다투고 죽이고 빼앗아보지만, 결국 무(無)로 돌아갈 수밖에 없는 삶의 실제를 시적 사아는 투녕한 물 속의 물고기를 들여다보듯이 보고 있는 것이다. 불가의 종교적 이념이 어부사에 보기좋게 스며들어 있다. "불교의 깊은 선지(禪旨)를 문학으로 승화시킨 빼어난 선취시(禪趣詩)"[13]라는 평가가 적절해 보인다.

위 작품은 송사(宋詞)의 사패(詞牌)의 하나인 어가오(漁家傲)조에 전사한 형태를 취하고 있다. 어가오는 총 62자, 전·후 결(関) 각 5구, 측운(仄韻)으로 된 사패 명칭이다.[14] 고려조의 고승이 송사의 사패의

---

13) 박완식, 앞의 책, 313쪽.

14) "詞牌名. 因宋晏殊<珠玉詞>中 '神仙曲漁家傲'一句而得名. 雙調, 六十二字, 前後 関各五句"(『漢語大詞典』, 漢語大詞典出版社, 1995)

하나인 어가오조의 노랫말 형태를 취하여 어부사를 지었다는 것은 매우 흥미로운 일이 아닐 수 없다. 그런데 어가오조는 보통 쌍조로 지어지는데, 위의 작품은 그 두 배인 4결로 늘여져 있다. 그리고 "중국의 어부가 가운데에서는 「어가오」조로 지어진 작품은 찾아보지 못했다"15)고 하는데, 만약 중국에서 어가오란 사패로 어부사를 지은 적이 없는 것이 사실이라면, 혜심이 처음 어가오조로 어부사를 지은 셈이 된다. 혜심이 고체시와 근체시, 배체시(俳體詩)[유희시(遊戱詩)]인 회문시(回文詩)와 보탑시(寶塔詩) 등과 함께 작례가 희소한 육언고시(六言古詩)를 남긴16) 것을 보면 문학적 창의력이 뛰어난 시승있던 것이 분명해 보인다. 혜심의 나이 49세 때 제자 진훈(眞訓) 등과 함께 편찬하여 간화선(看話禪)의 교과서로 활용된 『선문염송』에는 그의 작품 22수가 전해지고 있는데, 거기에 육언으로 된 고시 <건찰화>와 <해탈화> 두 편이 있다고 한다.17)

이렇듯 창의력이 돋보이는 뛰어난 문학적 재능을 지닌 혜심은 우리나라 최초의 어부사(漁父詞)를 지었고, 이 작품은 장지화의 어부사를 화창한 당승(唐僧) 선자화상의 어부사와 함께 이후의 불교계의 어부사 생산에 깊은 영향을 끼친 것으로 보인다.

18세기의 승려 연담(蓮潭) 유일(有一, 1720~1799)은 그의 『임하록(林下錄)』에 조선조의 승려로서 가장 많은 어부사를 썼는데, 그는 <어부사> 2수와 <어부> 1수, 그리고 사패 어가오 형태를 취한 <어부사> 2수를 지었다. 12·13세기의 혜심이 송나라에서 유행한 사패에 전사

---

15) 박경주, 앞의 책, 75쪽.
16) 이상미, 앞의 책, 71쪽.
17) 이상미, 앞의 책, 31쪽.

하여 지은 것과 같은 형식의 어부사를 5·6백 년 후의 승려 연담 유일이 지은 데는 어떤 연유가 있는 것일까? 자세한 논의는 후고로 미루더라도, 교연과 선자화상으로 이어지는 중국 불교계의 어부사가 우리 불교계의 어부사 출현을 자극했고, 특별히 송의 사패의 하나인 어가오조에 전사한 혜심의 〈어부사〉를 기화로 우리나라에서도 많은 승려들의 어부사가 나왔던 것은 틀림이 없다.

3. 시대적 배경과 혜심의 〈어부사〉

혜심은 무신의 난(1170년)이 일어난 8년 뒤에 태어나 평생 무신정권을 지켜보며 살았다. 어린 시절은 명종·신종대에 삼남(三南) 각지에서 30여 년간에 걸쳐 일어난 민란 소식을 풍문으로라도 이리저리 들었을 것이고, 도처에서 벌어지는 부패한 관리들의 수탈로 도탄에 빠진 백성들의 참상도 적잖이 보았을 것이다. 그가 활동한 시기는 거의 최씨 정권 치하였다고 하겠는데, 1196년(명종 26) 이의민 부자를 죽이고 정권을 차지한 최충헌 형제는 이의민의 3족을 멸하고 많은 조신들을 죽여 피비린내를 조야에 짙게 풍기며 권력을 잡았다. 이듬해 최충헌은 명종을 폐하고 신종을 세운 뒤 스스로 대국상장군이 되고, 태자비 문제로 충돌을 일으킨 동생 최충수마저 죽이고는 사저에 도방(都房)을 설치하여 문무관의 인사를 처리하면서 권력을 사유화한다. 그야말로 군신간의 의리도 형제간의 우애도 권력을 향한 욕망 앞에서 모두 무너진 무도(無道)의 시기인 셈이다.

혜심은 일찍부터 홀로된 어머니의 뜻을 거역하기 어려워 유학을 공부하고 사마시에 합격하여 태학에까지 들어가지만 어머니의 사거 후 바로 출가를 결심하고 실천한다. 귀족세력과 밀착하여 세속화한 사찰을 찾은 것이 아니라, 기존의 귀족불교를 비판하고 불교 혁신운 동을 일으킨 지눌을 찾았다. 당시 지눌은 수선사(修禪社)라는 신앙 단 체를 결성하여 새로운 불교 중흥을 꾀하던 중이었다. 다음은 당시의 상황을 간단히 정리하고 있는 『한국문학통사』의 한 부분이다.

　　지눌(1158~1210)은 기존의 불교가 세속의 이익을 탐욕스럽게 찾고 있다고 격렬하게 비판하고서, 명리를 버리고 산림에 은둔해 함께 일하고 수련할 동지를 모아 나중에 수선사라고 하는 단체를 결성했다. 그 취지 를 밝힌 글 <권수정혜결사문>(勸修定慧結社文)이 불교 혁신운동의 선 언문이다. 기존 불교의 세력기반인 사원에 들어갈 수 없었으므로 사(社) 를 따로 결성하기로 하고, 승려든 속인이든 선종·교종·유학·도교 가운 데 어느 쪽을 따르는 사람이라도 취지에 찬동을 하면 참여하라고 했다. 최충헌 정권이 수립된 지 4년째 되던 해인 1200년(신종 3)의 일이었다.[18]

　혜심이 활동했을 때의 중국은 남송(南宋)시대였다. 당(唐)·오대십 국(五代十國)에 이은 송(宋)이 여진족의 금나라에 의해 휘종(徽宗)과 흠 종(欽宗)이 포로로 끌려가는 정강의 변(靖康之變, 1127년)을 겪으면서 종 언을 고하자, 흠종의 아우 조구(趙構, 1107~1187 : 남송 고종이 됨)가 남쪽 으로 내려와 송의 명맥을 잇기 위해 세운 나라가 남송이다. 남·북 송나라 때에는 이학(理學)이 창성하여 많은 학자들이 배출되었고, 이 시기 발달한 성리학이 고려에 유입되어 조선 건국의 이념적 기틀이 된 것은 주지의 사실이다. 이런 사상과 함께 사문학(詞文學)이 크게

---

18) 소동일, 앞의 책, 62쪽.

발달하여 고려조에 유입되었다.

당나라 때 성립한 사(詞)는 오대(五代)에 들어 일대 발전을 하고, 송에 들어서는 극히 왕성하게 된다.[19] 8세기부터 12세기까지 수백 년간 누적된 당·송의 수천 수백 개의 사조(詞調)[20]는 어떤 식으로든 상당수 고려조에 전해진 것이 분명하다. 이런 시대적 상황이 혜심의 어부가 창작에 영향하였을 것임은 의심의 여지가 없다.

어부사 단조체(單調體)의 효시가 된 장지화(張志和)의 <어가자(漁歌子)>의 경우, 당시 조야(朝野)에서 화작(和作)한 사람들이 안진경(顔眞卿) 등 수십 명에 이를 뿐 아니라 일본에까지 전해져서 일왕 사가 천황이 측근의 인물들과 함께 이 어부사에 화작했다는 것은 앞에서 언급한 바다. 고려조에도 이 장지화의 어부사가 널리 알려졌을 것임을 김극기(金克己)의 다음과 같은 시에서 확인할 수 있다.

黃鶯囀處杜工部	노란 꾀꼬리 우짖는 곳에 두공부요
白鷺飛邊張志和	흰 해오라기 나는 곳에 장지화로세
澤畔恐遭漁父笑	연못가에서 어부가 웃을까 두려우나
朱顔頹玉幕辭酡	붉은 얼굴 크게 취해도 술잔 사양치 마오[21]

"흰 해오라기 나는 곳에 장지화로세(白鷺飛邊張志和)"라고 한 승구(承句)는 장지화가 그의 어부사로 이미 고려조의 식자들에게는 유명했음을 말해주고 있다. 전구(轉句)의 "연못 가에서 어부가 웃을까 두려우나(澤畔恐遭漁父笑)"라는 대목에서는 굴원의 <어부사>를 떠올리게 되

19) 문선규, 『中國文學史』, 경인문화사, 1972, 91~92쪽.
20) 吳熊和 著·李鴻鎭 譯, 『唐宋詞通論』, 계명대학교 출판부, 1991, 232쪽.
21) 『新增東國輿地勝覽』 卷51 '平安道 平壤府'.

는데, 어부가 계통의 시문학이 고려조 문사들 사이에 널리 유통되고 있었음을 이 한 수의 시를 통해서 유추해 볼 수 있다.

고려조에 영향한 인물로 북송의 대시인 소동파(蘇東坡, 1037~1101)를 거론하지 않을 수 없다. 매년 과거의 방이 나붙으면 사람마다 올해는 동파 30명이 나왔다[22]고 표현할 정도였다고 하니 고려조 문사들에게 소동파는 어떤 존재였던가 짐작할 만하다. 소동파는 시(詩)뿐만 아니라 사(詞)에도 특출한 능력을 발휘하여, "그때까지의 사(詞)의 주류가 기정염사(綺情艶思)와 이한별원(離恨別怨)을 노래한 여성적 완약(婉約)으로 흐르던 것을 그는 이시위사(以詩爲詞)의 기법으로 호매분방(豪邁奔放)한 새로운 사풍(詞風)을 진작함으로써 소위 호방파(豪放派)의 창시자로 공인"[23]받을 정도였다.

고려조의 많은 문사들은 소동파가 장지화의 어부사에 화작한 <완계사>도 분명히 주목을 했을 것이다. 동파는 "현진자(玄眞子) 장지화(張志和)의 어부사(漁父詞)가 극히 청려(淸麗)하나 그 곡도(曲度)가 부전(不傳)하는 것을 한(恨)하여 일찍이 그 조어(調語)에 더 보태어 완계사(浣溪沙)로 노래 부른다."[24]고 하면서 장지화의 <어가자>를 다음과 같이 개작했다.

西塞山邊白鷺飛　　서새산 가에 백로가 날고
散花洲外片帆微　　꽃이 흩어진 물에 한 돛단배가 희미해

---

22) "方今爲詩者 尤嗜讀東坡之文 故每歲榜出之後 人人以爲 今年又三十東坡出矣" (이규보, 『東國李相國集』, '答全履之論文書')

23) 車柱環, 「東坡詞硏究」, 『震檀學報』 35, 진단학회, 81~120쪽.

24) "玄眞子漁父詞 極淸麗 恨其曲度不傳 故嘗加其語 以浣溪沙歌之矣"(『詞學叢書』 宋人詞集二, 東坡樂府, 世界書局, 98쪽)

桃花流水鱖魚肥	복사꽃잎 흘러가는 물에 궐어 살졌구나
自庇一身靑箬笠	파란 댓잎 삿갓으로 한 몸 가리는구나
相隨到處綠蓑衣	온갖 곳을 따라 푸른 도롱이 입고
斜風細雨不須歸	비낀 바람 가랑비에 굳이 돌아갈 건 뭐람

'그 조어에 더 보태어 완계사로 노래부른다'고 한 말과 같이 장지화의 어부사 5장 중 제1장의 내용에다 글자를 더해 사패의 하나인 〈완계사〉를 만들었다. 장지화의 어부사와는 또 다른 형태의 노래가 지어진 것이다. 뒤이어 이를 개작한 황산곡(黃山谷)의 〈완계사〉와 〈자고천(鷓鴣天)〉, 다시 이를 모방한 황산곡의 사위 서사천(徐師川)의 〈완계사〉 〈자고천〉 각 2수 등등 같은 형태로 화작하거나 그 뜻의 대강을 이어받으면서도 형태를 달리하는 방법으로 지어진 어부사가 고려에도 전해져서 큰 영향을 끼쳤던 것으로 보인다.

또, 동파는 다음과 같은 〈어부〉 4수를 짓기도 했다.

漁父飮 誰家去	어부가 뉘 집에서 술을 마실고
魚蟹一時分付	물고기와 게는 줄 수 있도다
酒無多少醉爲期	술은 많고 적고 간에 반드시 취하고
彼此不論錢數	서로가 돈에 대해서는 말하지 않는다
漁父醉 蓑衣舞	어부가 취해 도롱이 입고 춤을 추누나
醉裏却尋歸路	취해서 문득 돌아길 길을 찾으니
輕舟短棹任斜橫	가벼운 배 짧은 돛대가 기우뚱거리는구나
醒後不知何處	깬 후에는 어디인지 알지 못하더라
漁父醒 春江午	어부가 술을 깨니 춘강은 점심때라
夢斷落花飛絮	꿈을 깨니 낙화가 솜처럼 날더라

醉醒還醉醉還醒　　술은 깨면 또 취하고 취하면 또 깨어나
一笑人間古今　　　인간의 고금을 한 번 웃노라

漁父笑 輕鷗擧　　　어부가 웃으니 갈매기가 가벼이 날구나
漠漠一江風雨　　　강에 비바람이 막막한데
江邊騎馬是官人　　강가에 말타고 가는 벼슬아치가
借我孤舟南渡　　　나에게 남쪽으로 갈 배를 빌려달라 하네

위 작품 속의 시적 화자는 "술이 깨면 또 취하고 취하면 또 깨어나
(醉醒還醉醉還醒), 인간의 고금을 한 번 웃노라(一笑人間古今)"라고 말하
고 있다. 작자 소동파의 현실에 대한 불편한 심기가 묻어 있는 것으
로 보이는 대목이다. 신법을 펴는 왕안석(王安石)과의 대립 관계 속에
서 정치적 부침을 겪은 그로서는 인간사를 돌아보며 일소(一笑)하는
어부로 시적 화자를 내세웠을 법도 하다.

　동파에 심취해 있었던 고려의 문사라면 이런 동파의 어부사에 대
한 관심을 어렵잖게 눈치챌 수 있었을 것이다. 이우성은 동파의 어부
사가 고려의 문인들에게 널리 회자되었음을 진작에 주목한 바25) 있
다. 또 하나 주목되는 것은 송사(宋詞)의 사패의 하나인 어가오조의
유입이다. 이 역시 소동파를 주목할 필요가 있다.

　다음은 어가오조로 지어진 <칠석(七夕)>이란 동파의 작품이다. 이
작품이 고려에 소개되었는지 여부는 단언하기 어렵지만, 소동파에
대한 고려조 문사들의 관심으로 봐서 유입 가능성은 충분하다고 할
수 있다.

---

25) 이우성, 「고려말·조선초의 어부가」, 『성대논문집』 9, 성균관대학교, 1964, 16쪽.

七夕	칠석
皎皎牽牛河漢女	반짝반짝 빛나는 견우와 직녀
盈盈臨水無由語	넘실대는 은하수가에서 말문 열지 못하네.
望斷碧雲空日暮	빈 저녁 하늘 푸른 구름만 넋 놓고 보건만
無尋處	찾을 곳이 없으니
夢回芳草生春浦	꿈 속에서나 방초 돋은 봄 포구로 돌아가리.
鳥散餘花紛似雨	새 날아가니 지다 남은 꽃잎은 비 오듯 흩날리고
汀洲蘋老香風度	물가 개구리밥은 익은 향 바람에 전해오네
明月多情來照戶	명월은 다정하게 다가와 나의 문을 비추건만
但攬取	손으로 만져볼 뿐
清光長送人歸去	마알간 그 빛은 언제나 돌아가는 사람을 전송한다[26]

전후결이 '7·7·7·3·7·7·7·7·3·7'총 62자로 된 어가오조의 작품이다. 이외에도 '어가오'의 사조로 지어진 왕안석(王安石), 안수(晏殊) 등의 작품이 고려조에 많이 소개되었을 것으로 추측된다. 특히 안수는 "높은 조를 나란히 하니, 신선의 한 곡 '어가오'라네"(齊揭調, 神仙一曲漁家傲)라고 하였을 정도로 '어가오' 곡을 매우 좋아하였다. 그가 지은 '어가오'사는 14수가 있는데 <주옥사(珠玉詞)> 중에서 가장 많이 사용한 조라고 한다.[27]

고려조의 문사들이 그저 어가오조의 작품을 감상한 데 그치지 않고 직접 창작도 했음을 백운거사 이규보(1168~1241)가 남긴 <집 동산에 올라 멀리 풍악 소리를 듣고 곧 사를 지음(登家園遙聽樂聲卽作詞)>

---

26) 蘇軾, 『東坡樂府』, 上海; 上海古籍出版社, 1979.(박경주, 앞의 책, 76쪽에서 재인용)
27) 吳熊和 著·李鴻鎭 譯, 앞의 책, 226쪽.

이라는 작품에서 확인할 수 있다. '작시(作詩)'라고 하지 않고 '작사(作詞)'라고 한 점을 주목할 필요가 있다. 중국의 사(詞)를 고려의 문사들이 어느 정도까지 향유할 수 있었는지 의문이지만, 사를 짓는다는 인식으로 창작을 했음은 분명하다. 다음은 집 동산에 올라 멀리 풍악 소리를 듣고 지었다는 그 사(詞)이다.

鱗錯萬家遙可按	비늘같이 섞인 많은 집들 멀리서도 알아봐
玉樓高處褰羅幔	옥루 높은 곳에 깁 장막 걷어 올려졌구나
應是筵開紅錦爛	필시 잔치자리 벌어지고 붉은 비단 찬란하리
方望斷	바야흐로 시선을 거두는데
唯聞風送金絲慢	오직 들리는 건 바람이 보내오는 풍악 느슨한 소리
緬想倡兒揎露腕	먼 생각 창아가 소매 걷고 팔 드러내
嬌顔捧酒流微盼	애교 띤 얼굴로 술잔 들고 가느다란 눈길 흘리는데
日脚垂歆人不散	햇발 기울어도 사람들 흩어지지 않으리라
遮老漢	이 늙은 사나이
灰心煽起那堪亂[28]	식은 마음 부채질해 일으키니 어찌 어지러워 견디겠는가

　당대(當代)를 풍미했던 대시인 이규보는 중국의 시문에 남다른 소화력을 보였을 법도 하다. 위의 작품은 많은 송사 사패 중 어가오가 우리나라에 전래되었고, 고려조 문사들이 사를 지었다는 하나의 증거다. 물론 어가오라는 사조가 문자로 그 형태만 들어왔는지 아니면 곡조까지 함께 고려조에 전해졌는지 알 수는 없다. 다만 7·7·7·3·7자를 1결로 하여 전·후결 쌍조를 이루는 어가오조의 노랫말 형태

---

28) 차주환, 『中國詞文學論考』, 서울대학교 출판부, 1982, 245~246쪽에서 재인용.

가 전해진 것이 분명함은 위의 예로 확인할 수 있다. 혜심 역시 이런 어가오조의 작품을 접했을 것이다.

또 한편으로 주목되는 것은 불교 어부사의 유입이다. 장지화의 〈어가자〉를 화창한 당나라 승려 선자화상(船子和尙)의 〈어부사〉가 우리나라 들어와서 우리 승려들에게 큰 영향을 끼쳤던 것은 여러 자료에서 확인된다. 13세기의 승려 원감(圓鑑) 충지(沖止, 1226~1292)는 〈차운봉답염상국(次韻奉答廉相國)〉에서 선자화상의 고사를 인용한 시 〈우서(偶書)〉를 지었다고 하고, 14~15세기의 승려 함허(涵虛) 득통선사(得通禪師, 1376~1433)는 〈금강경설의(金剛經說誼)〉에서 야보가 인용한 선자화상의 〈어부사〉 아래에 18구의 게송을 붙이고 있다고 한다. 벽송(碧松) 지엄(智嚴, 1464~1534)은 『염송설화』를 축약한 「염송설화절록(拈頌說話節錄)」에서도 〈천척조(千尺條)〉를 수록하여 선자화상의 〈어부사〉에 대해 논급29)하였다. 이런 자료들을 통해 선자화상의 어부사가 우리 불교계에 끼친 영향이 얼마나 컸던가를 어렵잖게 짐작할 수 있다.

이상의 논의로 혜심이 어떤 시대적 환경 속에서 〈어부사〉를 짓게 되었는지 어느 정도는 그 정황이 정리된 것으로 보인다. 당·오대를 거쳐 송대에 성행하게 된 사문학(詞文學)이 고려조에 유입되어 문사들에게 널리 유통되었던 것이 창작의 계기를 마련하였을 것이다. 특히 고려 문사들에게 영향력이 컸던 북송의 소동파가 장지화의 〈어가자〉를 화작하여 지은 〈완계사〉나 그의 〈어부〉시, 그리고 어가오조로 지은 사 작품이 큰 영향을 미쳤을 수도 있다. 무엇보다 선자화상의 어부사는 혜심에게 강한 충격으로 다가갔을 것이다. 이런 요소들이 어떤 측면으로든 문학적 감수성이 뛰어난 혜심에게 어부사 창작 의욕을 고취했

---

29) 박완식, 앞의 책, 311~372쪽.

을 것은 분명해 보인다.

혜심이 중국 사패의 하나인 어가오를 접했고 그 형태를 취한 위의
작품을 지었다면, 쌍조로 짓지 않고 4조로 지은 것은 무슨 까닭일까?[30]
박경주는 "혜심의 <어부사>도 노래로 불렸다고 보아야 할 것"이라고
하고, "실제 악곡에 얹혀 가창되었다기보다는 음영 위주의 방식으로
향유되었을 듯하다."[31]는 견해를 피력했는데, 당시 그 <어부사>는
어떤 방법으로 향유되었을까? 또, 박경주는 혜심의 <어부사>가 취한
연장체 형식에 대해 "연장체의 형식은 고려속요나 경기체가에서 두드
러지는 우리말 노래의 형식이므로, 혜심의 <어부사>가 연장체의 형식
을 보이는 것은 중국의 노래 형식에서 우리 노래의 형식으로 나아가려
는 지향을 표출한 것"[32]이라는 견해를 표명하기도 했는데, 이 주장처
럼 '혜심의 <어부사>가 연장체의 형식을 보이는 것은 중국의 노래
형식에서 우리 노래의 형식으로 나아가려는' 중간 단계의 형태를 보여
준 것인가? 이런 물음들이 이어질 수 있다.

혜심의 <어부사>가 어가오조 사패를 취하면서, 쌍조로 짓지 않고
그 두 배인 4결로 늘인 것은, 그가 육언고시를 짓는 등 시형의 틀에
얽매이지 않았던 점을 고려하면 크게 놀라운 일은 아닐 듯하다. 어떤
시형을 참고하여 자신이 담고자 하는 내용을 담는 데 의미를 두었지,
그 시형의 틀을 고수하는 데 큰 의미를 두지는 않았던 것이다.

향유방법 문제에 대한 답을 찾기는 어렵다. 송의 곡조가 그대로 도
입되어 가창되지는 않았을 것이다. 우리식으로 음영했을 가능성이

---

30) 차주환은 "漁家傲도 그 體가 여러 가지 있다."(차주환, 앞의 책, 246쪽)고 했는데,
　　그 體의 범주가 어디서 어디까지인지에 대한 자세한 설명은 없다.
31) 박경주, 앞의 책, 75쪽.
32) 박경주, 앞의 책, 186~188쪽.

높다고 본다. 그러나 연장체에 대한 박경주의 견해에 찬의를 표하기는 어렵다. 연장체 형식은 중국이나 우리 어디에서든 볼 수 있는 형식이다. 주지하다시피 균여대사의 〈보현십종원왕가〉도 연장체로 되어 있다. 혜심의 〈어부사〉가 4결의 연장체로 나타난 것은 '중국의 사(詞)와 우리 어부사의 중간 단계'여서가 아니라 쌍조를 두 배로 늘인 결과일 뿐이다.

4. 마무리

고려조 무신집권 시기, 불교가 세속의 이익을 탐욕스럽게 좇는 것을 신랄하게 비판하며 불교계 혁신을 주창한 지눌은 뜻을 같이 하는 사람들과 명리를 떠난 수련을 할 목적으로 정혜사(이후 수선사)라는 단체를 결성했다. 수선사의 제2대 사주가 된 혜심은 지눌의 생각을 문학을 통해 구체화한 선승으로 많은 선시를 지었다.

우리나라 최초의 선시집인 『무의자시집』 외 『조계진각국사어록』, 『선문염송염송설화회본』, 『조계진각국사어록보유』 등에 남아 있는 그의 시는 350여 수 정도이다. 철저한 고행주의자요 온화하면서도 해박한 지식을 소유했던 선승으로 평가되고 있는 혜심은 불교의 오의를 많은 선시로 표현했다. 그는 중국 송나라 때에 유행한 사패의 하나인 어가오조에 전사한 〈어부사(漁父詞)〉를 지었는데, 이것은 우리나라 현전 최고(最古)의 어부사이다.

이 〈어부사〉에도 곧은 낚시 바늘[鉤不曲]이 등장한다. 그러나 때를 기다리는 태공망의 곧은 바늘과는 전혀 다르다. 이 어부사의 서정적 자아가 지닌 것은 일엽편주(一葉片舟)와 낚싯대 하나, 도롱이 하나와 피리 하나다. 그밖에는 아무 것도 없다. 애초에 고기를 낚아 살생을 저지를 일도 없지만, 그것으로 때를 낚을 요량도 아니다. 그냥 물끄러미 물속을 들여다보는 것이 전부다. 보통의 낚시라면 죽을지도 모를 고기가 자기의 운명은 알지도 못한 채 서로 부딪거나 그냥 낚시바늘에 와 닿는 것을 볼 뿐이다. 자신의 운명을 알지 못한 채 탐(貪)·진(瞋)·치(癡) 삼독(三毒)에 젖어 서로 다투고 죽이고 빼앗아보지만, 결국 무(無)로 돌아갈 수밖에 없는 삶의 실체를 시적 자아는 투명한 물 속을 들여다보듯이 보고 있는 것이다. 불가의 종교적 이념이 어부사에 보기좋게 스며들어 있는 작품이다.

고려조에 대량으로 유입된 당·송의 시문이 혜심의 <어부사> 창작에 영향을 끼친 것은 분명한 일로 보인다. 특히 장지화의 <어가자>와 교연과 선자화상으로 이어지는 중국 불교계의 어부사가 큰 자극이 되었을 것이다. 장지화의 어부사를 다른 완계사나 자고천 등의 사패로 화작하거나 모방한 소동파·황산곡·서사천 등의 작품도 분명히 유입되어 창작 의욕을 고취했을 것이다. 김극기의 시의 내용이나 이규보가 지은 사(詞)의 형태 등으로 보아 중국의 시문이 다량 유입된 당시의 정황을 짐작할 수 있다.

혜심이 중국의 여러 종류의 어부가와 어가오조를 포함한 다양한 사패의 작품을 접했고, 거기에 자신의 창의력을 더해 자신의 <어부사>를 지었을 것이라는 점은 이론의 여지가 없을 것이다. 혜심이 전사한 송의 사패 어가오조는 본래 전·후 쌍결로 된 것인데, 혜심은 자신의 어부사를 4결로 지었다. 혜심이 어가오조 사패를 취하면서도 쌍조로 짓지 않고 그 두 배인 4결로 늘인 것은, 육언으로 된 고시를 짓는 등 시형의 틀에 얽매이지 않았던 그의 성향을 고려하면 충분히 이해할 수 있는 일이다. 어떤 시형을 참고하여 자신이 담고자 하는 내용을 담는 데 의미를 두었지, 그 시형의 틀을 고수하는 데 큰 의미를 두지는 않았던 것이다.

　가창 문제에 대한 답을 찾기는 어렵다. 우리식으로 음영했을 가능성이 크다고 본다. 시형의 연장체 형식은 중국이나 우리나 어디에서든 볼 수 있는 형식이다. 혜심의 〈어부사〉가 4결의 연장체로 나타난 것은 중국의 사(詞)와 우리 어부사의 중간 단계였기 때문이라고 보기는 어렵다.

Ⅳ. 〈악장어부가〉의 생성과 변개

1. 들어가는 말

『악장가사(樂章歌詞)』에 수록되어 있는 〈어부가〉에 대한 논의는 어부가 연구 초기부터 시작되었고, 대부분의 어부가 연구자들이 이 작품을 꾸준히 언급하고 있다. 어부가 계통 작품들 가운데서도 그만큼 중요한 위치를 점하고 있기 때문이다. 그러나 적지 않은 연구 성과에도 불구하고 이 작품에 관한 논란은 여전히 이어지고 있다. 논란의 진원지에는 작자 문제가 크게 자리하고 있는데, 이 작품의 상당 부분이 집구된 시구(詩句)로 이루어진 점과 무관하지 않다.

〈악장어부가〉에 유명 한시에서 집구(集句)된 시구(詩句)가 여럿 포함되어 있다는 점은 진작부터 주목의 대상이 되었고, 이재수1)·윤영옥2)·여기현3) 등의 학자들은 집구된 시구(詩句)의 원시를 상당수 밝혀내었다. 여기현은 그렇게 집구된 〈어부가〉가 압운이나 평측에 구

---

1) 이재수, 『尹孤山硏究』, 학우사, 1958.
2) 윤영옥, 「〈漁父詞〉 硏究」, 『民族文化論叢』 제2·3집, 영남대학교 민족문화연구소, 1982.
3) 여기현, 『고전시가의 표상성』, 도서출판 월인, 1999.

애되지 않은 점을 지적하며 그것은 〈악장어부가〉가 "우리의 노래방식대로 불려지기 위하여 창작되었음 의미하는 것"[4]이라고 했다. 매우 중요한 문제에 대한 타당한 주장이라고 생각한다. 〈악장어부가〉의 집구시로서의 불완전성은 이 작품의 작자와 생성에 관한 문제의 답을 얻는 데에 중요한 단서가 될 수 있다. 문제는 그 실마리를 통해 어떤 추론이 가능한가 하는 점이다.

본고에서는 〈악장어부가〉에 한시가 집구(集句)된 양상과 그 의미를 다시 한 번 짚어보고, 이 작품에 관련된 몇 가지 문제에 관한 더욱 설득력 있는 답을 찾아보고자 한다. 실제 〈악장어부가〉에 관한 새로운 자료가 나타날 가능성은 그리 크지 않은 것으로 보인다. 지금 우리가 할 수 있는 최선은 현전의 자료로 내릴 수 있는 '가장 합리적인 판단'이다.

2. 집구의 양상과 그 의미

12장으로 된 〈악장어부가〉는 4구의 7언 한시(漢詩)에 우리말 토를 달고, 거기에다 어부사 특유의 행주과정을 나타내는 조흥구와 노젓는 소리의 의성어로 된 후렴구가 더해진 형태를 취하고 있다. 각 장에는 집구된 시구(詩句)가 불규칙하게 섞여 있다. 우선 작품부터 살펴보도록 한다. 다음이 그 12장이다.

---

4) 여기현, 앞의 책, 89쪽.

雪鬢漁翁이 住浦間ᄒ야셔   귀밑머리 하얀 어부 물가에 살면서
自言居水勝居山이라 ᄒᄂ다   어촌의 삶이 산중보다 낫다고 하네
빈떠라 빈떠라   배 띄어라 배 띄어라
早潮ㅣ纔落거를 晩潮ㅣ   썰물이 나가자 늦물 밀려오는구나
來ᄒᄂ다
지곡총 지곡총 어ᄉ와   지국총 지국총 어사와
어ᄉ와   어사와
一竿明月이 亦君恩이샷다.   달밤에 낚시하는 여유도 임금의 은혜로다

青菰葉上애 涼風이 起커를   푸른 줄 풀잎에 시원한 바람불어 일어나니
紅蓼花邊에 白鷺ㅣ   붉은 여뀌 꽃 핀 물가에 백로는 한가롭네
閑ᄒᄂ다
닫드러라   닫 들어라
洞庭湖裏예 駕歸風ᄒ오리라   동정호의 바람 타고 돌아오니
지곡총 지곡총 어ᄉ와   지국총 지국총 어사와
어ᄉ와   어사와
一生蹤跡이 在滄浪ᄒ두다.   한 생애 발자취가 강호에 있구나

盡日泛舟煙裏去ᄒ고   진종일 이 내에 배 띄우고
有時搖棹ᄒ야 月中還ᄒ놋다   때때로 노를 저어 달빛 아래 돌아오도다
이어라 이어라   이어라 이어라
我心隨處自忘機ᄒ라   내 맘 닿은 곳 세상사를 잊었으니
지곡총 지곡총 어ᄉ와   지국총 지국총 어사와
어ᄉ와   어사와
一江風月이 趁漁船ᄒ두다.   강 위의 바람과 달은 고깃배를 따르네

萬事를 無心一釣竿ᄒ요니   온갖 일에 무심한 낚싯대 하나
삼공으로도 不換此江山   삼공 벼슬과도 이 강산 바꾸지
이로다   않으리
돋ᄃ라라 돋ᄃ라라   돛 달아라 돛 달아라

帆急ᄒ니 前山이 忽後山
이로다

돛단배 급히 가니 앞산을 건듯 지나
뒷산이 다가오네

지곡총 지곡총 어스와
어스와

지국총 지국총 어사와
어사와

生來예 一舸로 趂隨身ᄒ오라.

한 생애 배 한 척으로 이 몸을 맡겼도다

東風西日에 楚江深ᄒ니

동풍 불어오는 해질녘에 초강은 더욱 깊고

一片苔磯오 萬柳陰이로다

한 조각 이끼 낀 낚시터에 만 가닥 버들
가지 그늘

이퍼라 이퍼라

이퍼라 이퍼라

綠萍身世오 白鷗心이로다

푸른 부평초같은 신세는 백구의 맘이라

지곡총 지곡총 어스와
어스와

지국총 지국총 어사와
어사와

隔岸漁村이 兩三家ㅣ로다.

강 건너 어촌에는 두세 집만 있을 뿐이네

一尺鱸魚를 新釣得ᄒ야

한 자 되는 농어를 새로 낚아서

呼兒吹火荻花間ᄒ오라

아이 불러 물억새꽃 사이에 불을 지피네

비셰여라 비셰여라

배 세워라 배 세워라

夜泊秦淮ᄒ야 近酒家ᄒ오라

밤에 진회에 정박하니 술집이 가깝구나

지곡총 지곡총 어스와
어스와

지국총 지국총 어사와
어사와

一瓢애 長醉ᄒ야 任家貧ᄒ오라.

표주박 술에 취하니 가난함도 잊었도다.

落帆江口에 月黃昏커를

강 입구 돛 내리니 달빛 어스럼한 황혼

小店애 無燈欲閉門이로다

작은 주점에는 불 꺼지고 문 닫으려하네

돗디여라 돗디여라

돛 대어라 돛 대어라

柳條애 穿得錦鱗歸로다

버드나무 가지에 쏘가리 꿰어 돌아오네

지곡총 지곡총 어스와
어스와

지국총 지국총 어사와
어사와

夜潮留向月中看ᄒ오리라.

밤 물에 머물면서 달을 향하여 바라보네.

夜靜水寒魚不食이어를	밤은 고요하고 물 찬데 물고기 물지 않아
滿船空載月明歸ㅎ노라	배에 가득 달빛만 싣고 돌아오는구나
비미여라 비미여라	배 매어라 배 매어라
釣罷歸來예 繫短篷ㅎ노라	낚시질 파하고 돌아와 짧은 쑥대에 배 매어 두네
지곡총 지곡총 어스와 어스와	지국총 지국총 어사와 어사와
繫舟唯有去年痕이로다.	지난해 배 매어놓은 자국만 있구나
極浦天空際一涯ㅎ니	먼 포구 하늘 끝 아련히 물가에 닿아
片帆이 飛遇碧瑠璃로다	조각배는 파란 유리같은 물결 위를 나는 듯하네
아외여라 아외여라	아외여라 아외여라
帆急ㅎ니 前山이 忽後山이로다	돛단배 급히 가니 앞산을 건듯 지나 뒷산이 다가오네
지곡총 지곡총 어스와 어스와	지국총 지국총 어사와 어사와
風流未必載西施니라.	풍류에 반드시 서시를 태우지 않아도 좋아.
一自持竿上釣舟ㅎ요므로	낚싯대 하나 들고 고깃배에 오른 뒤로
世間名利盡悠悠ㅣ로다	세간의 부귀공명 멀리하였네
이퍼라 이퍼라	이퍼라 이퍼라
桃花流水鱖魚肥ㅎ두다	복사꽃 흐르는 물에 쏘가리 살졌는데
지곡총 지곡총 어스와 어스와	지국총 지국총 어사와 어사와
欸乃一聲山水綠ㅎ두다.	뱃노래 가락 속에 산수는 푸르러 가네
江上晚來堪畵處에	저물녘 강산이 그림처럼 찾아오니
漁翁披得一蓑歸로다	늙은 어부는 도롱이 걸치고 돌아가네
돈더러라 돈더러라	돛 내려라 돛 내려라
長江風急浪化多ㅎ두다	긴 강에 바람불어 물결이 많이 일어나니

지곡총 지곡총 어스와 어스와	지국총 지국총 어사와 어사와
斜風細雨不須歸라.	비긴 바람에 꼭 돌아갈 필요는 없어

濯纓歌罷汀洲靜커를	탁영가 그치자 강변이 고요하거늘
竹徑柴門猶未關이로다	대나무 길 사립문은 아직까지 열려 있구나
셔스라 셔스라	서사라 서사라
繫舟猶有去年痕이로다	배 묶은 자리에 지난해 흔적 남았는데
지곡총 지곡총 어스와 어스와	지국총 지국총 어사와 어사와
明月靑風一釣舟ㅣ로다.	밝은 달과 맑은 바람만이 가득한 고깃배로다

여기현은 앞선 연구의 성과를 디딤돌로 삼아, 〈악장어부가〉의 7
언으로 된 총 48개 시구에서 21개의 집구된 시구를 가려내는 한편
그 출전을 밝히고 상세한 설명을 곁들였다.5) 덕분에 〈악장어부가〉
의 실상은 한결 분명하게 드러났다. 집구된 것으로 파악된 시구와 원
시의 제목과 작자를 표로 정리하면 다음과 같다. 위에 〈악장어부가〉
본문이 있으므로 표에는 우리말 토와 조흥구 및 후렴구를 뺀 한시구
만 적고, 비고에는 필자의 몇 가지 첨언을 담기로 한다.

---

5) 여기현, 앞의 책, 55~119쪽.

장	〈악장어부가〉에 집구된 시구	출전	비고
1	雪鬂漁翁住浦間 自言居水勝居山 **早潮纔落晚潮來** 一竿明月亦君恩	〈潮汐〉　白居易 **早潮才落晚潮來** 一月周流六十回 不獨光陰朝復暮 杭州老去被潮催	
4	**萬事無心一釣竿** **三公不換此江山** 帆急前山忽後山 生來一舸趁隨身	〈釣臺詩〉　戴復古 **萬事無心一釣竿** **三公不換此江山** 平生恨識劉文叔 惹起虛名滿世間	
5	東風西日楚江深 一片苔磯萬柳陰 **綠萍身世白鷗心** 隔岸漁村兩三家	〈漁父〉　趙汝回6) 東風西日楚江深 一片苔磯万柳陰 別有風流難畫處 **綠萍身世白鷗心**	여기현은 '이재수 교수가 그 출전과 시제를 밝히지 않았고, 필자도 찾지 못하여 그대로 재인용한다'고 언급하면서, 작자를 杜牧으로 하고 시구 둘(簡裡風流難畫處 綠萍身世白鷗心)을 제시하였다.
6	一尺鱸魚新釣得 呼兒吹火荻花間 夜泊秦淮近酒家 一瓢長醉任家貧	〈淮上漁者〉　鄭谷 白頭波上白頭翁 家逐船移浦浦風 **一尺鱸魚新釣得** **呼兒吹火荻花間**	
		〈泊秦淮〉　杜牧 烟籠寒水月籠沙 **夜泊秦淮近酒家** 商女不知亡國恨 隔江猶唱後庭花	
		〈醉後〉　劉商 春月秋風老此身 **一瓢長醉任家貧** 醒來還愛浮萍草 漂寄官河不屬人	
7	**落帆江口月黃昏** **小店無燈欲閉門** 柳條穿得錦鱗歸 夜潮留向月中看	〈江寧峽口五首〉　王安石 **落帆江口月黃昏** **小店無燈欲閉門** 側出岸沙楓半死 系船應有去年痕	
8	**夜靜水寒魚不食** **滿船空載月明歸** 釣罷歸來繫短篷 繫舟唯有去年痕	〈漁父詞〉　船子和尙 千尺絲綸直下垂 一波纔動萬波隨 **夜靜水寒魚不食** **滿船空載月明歸**	박완식은 선자화상의 〈어부사〉가 원래 몇 수인지는 명확하지 않으며, 그의 현존 〈어부사〉는 『五燈會元』의 本傳(5권)에 수록된 6수라고 밝혔다. 여기에 집구된 것은 그 6수 중 제2수나.7)

		〈江村卽事〉 司空曙 **釣罷歸來不系船** 江村月落正堪眠 縱然一夜風吹去 只在蘆花淺水邊	원시의 "釣罷歸來不系船"이 〈악장어부가〉에는 "釣罷歸來繫短篷"로 되어 있다.
		〈舟下建溪〉 方惟深 客航收浦月黃昏 夜店無燈欲閉門 倒出岸沙楓半死 **系舟猶有去年痕**	원시의 "系舟猶有去年痕"이 〈악장어부가〉에는 "繫舟唯有去年痕"으로 되어 있다.
9	極浦天空際一涯 片帆飛遇碧瑠璃 帆急前山忽後山 **風流未必載西施**	〈憶松都八詠 西江月艇〉 李齊賢 江寒夜靜得魚遲 獨倚篷窓捲釣絲 滿目靑山一船月 **風流未必載西施**	
10	一自持竿上釣舟 世間名利盡悠悠 **桃花流水鱖魚肥** 欸乃一聲山水綠	〈漁歌子〉 張志和 西塞山前白鷺飛 **桃花流水鱖魚肥** 靑箬笠 綠蓑衣 斜風細雨不須歸	
		〈漁翁〉 柳宗元 漁翁夜傍西巖宿 曉汲淸湘燃楚竹 烟銷日出不見人	
11	江上晚來堪畫處 漁翁披得一蓑歸 長江風急浪花多 **斜風細雨不須歸**	〈雪中偶題〉鄭谷 亂飄僧舍茶烟濕 密洒高樓酒力微 **江上晚來堪畫處** **漁人披得一蓑歸**	원시의 "漁人"이 〈악장어부가〉에는 "漁翁"으로 되어 있다.
		〈漁歌子〉 張志和 西塞山前白鷺飛 桃花流水鱖魚肥 靑箬笠 綠蓑衣 **斜風細雨不須歸**	

---

6) 남송시대의 시인 조여회의 시 〈어부〉를 확인한 것은 중국 포털의 하나인 '바이두(www.baidu.com)'를 통해서이다. 원전 확인 방법으로 아직 문제가 있을 수 있음을 인정하지만, 이 방법으로나마 확인할 수 있어 다행으로 생각한다. 현재 바이두(百度)는 중국 최대의 검색 엔진으로 평가되고 있다.

7) 박완식, 『韓國 漢詩 漁父詞 硏究』, 이회, 2000, 42~43쪽.

| 12 | 濯纓歌罷汀洲靜
竹徑柴門猶未關
繫舟猶有去年痕
明月青風一釣舟 | <舟下建溪>方惟深
客航收浦月黃昏
夜店無燈欲閉門
倒出岸沙楓半死
系舟猶有去年痕 | 8장에는 "繫舟唯有去年痕"이라 되어 있고, 12장에는 "繫舟猶有去年痕"이라 되어 있다. 원시는 "系舟猶有去年痕"이다. |

　이상 7언으로 된 시구 총 48개 중 집구된 21개의 출전을 다시 확인했다. 나머지 27개의 시구는 집구한 이가 스스로 지은 것인지 아니면 그것도 어디에서 집구한 것인지 지금으로서는 단언하기가 어렵다. 분명한 것은 이 어부가가 이미 지적된 바와 같이 순정한 집구시를 지향한 작품은 아니라는 점이다.

　집구시는 일종의 시형식으로 서진(西晉)의 부함(傅咸)으로부터 시작되어 송대에 이르러 유행하기 시작하였다. 전인들의 시구를 이용하기 위하여서는 그들의 시구에 매우 익숙하여야 할 뿐만 아니라 자신의 교사의경(巧思意境)이 있어야 하는 일종의 재창조다. 그 운용이 익숙하지 못하면 생경하고 견강부회하는 병폐가 있게 된다. 따라서 집구는 혼연천성(渾然天成)하여 절무흔적(絶無痕迹)해야 한다. 그래야 한 사람의 손에서 나온 듯 공교롭게 되기 때문이다.[8] 집구시 역시 한 편의 시로서 높은 완성도를 필요로 한다는 것이다.

　고려조에는 집구시가 성행하고 있었던 것으로 보인다. 고려조 문인들의 집구시에 대한 관심은 280여 수의 집구시를 남긴 고려 중기의 문인 임유정(林惟正)의 집구시집 「백가의시집(百家衣詩集)」에서 볼 수 있다. 조선 초기의 문인 남수문(南秀文, 1408~1442)이 쓴 '백가의발(百家衣跋)'에서도 집구시 발전에 크게 기여했던 북송(北宋)의 문필가 왕안석(王安石, 1021~1086)에 대한 관심을 읽을 수 있다.

---

8) 여기현, 앞의 책, 86~87쪽.

그러나 〈악장어부가〉는 일반의 집구시에 비해 그 경우가 조금 다르다. 〈악장어부가〉는 집구의 방법만을 취했을 뿐, 집구시로서의 완성도는 의도하지 않았던 하나의 노래일 따름이다. 평측이나 압운에 구애되지 않은 〈악장어부가〉 자체가 그것을 입증하고 있다. 궁극의 도달점은 '노래'이지 집구시가 아니었다는 이야기다. 집구하고 보충해서 지은 한시에 우리말 조사가 들어가고 조흥구와 후렴구까지 더해진 노래가 〈악장어부가〉다. 다음은 그런 차이를 적절히 밝히고 있는 여기현의 언급이다.

　　〈원어부가〉는 무엇보다도 노래불려지기 위하여 창작되었다. 한시의 구조적 특성-문학성-과는 다르다. 한시가 그 기승전결의 구조와 내재적 규율에 의한 구조적 특성을 지닌 것이라면, 〈원어부가〉는 그것과는 무관하게 이루어진 집구시라는 것이다. 후렴구의 삽입이나 현토를 한 가장 중요한 이유가 바로 여기에 있다. 그것은 한시의 미의식과의 차이성에 말미암은 것이다.[9]

작자가 분명히 드러나는 집구시의 작자는 자신의 작품이 언제든 평가의 대상이 될 수 있다는 것을 의식하지 않을 수 없다. 그러나 〈악장어부가〉는 그런 점에서 자유롭다. 집구시로서의 공교함보다는 어부가로서의 흥취를 불러일으키는 내용이 필요할 따름이다. 후에 농암이 이 노랫말에 중첩된 것이 있음을 지적하고 산개(刪改)의 욕구를 느낀 것도 이런 사정과 무관치는 않을 것이다.

이처럼 〈악장어부가〉가 집구시로서의 완성도에 개의치 않았던

---

9) 여기현, 앞의 책, 119쪽.

결과물이었다는 것은 작자 문제에 있어 매우 중요한 의미를 갖는다. <악장어부가>의 작자는 자신의 집구시라고 굳이 내세울 일도 없었을 것이고, 주위의 청자들도 그것이 누구의 집구시라고 인식하지도 않았을 것이다. 애초부터 작자 미상의 작품으로 전해질 가능성이 높은 것이다. 또 작자에 대한 인식이 희박한 만큼 개사(改詞)의 가능성도 더 커진다고 볼 수 있다. 작자 문제에 대한 논의가 더욱 까다로울 수밖에 없다.

3. 〈악장어부가〉의 특성과 작자 문제

이우성은 어촌 공부의 가계(家系)와 교유 관계 등을 소개하고, 그가 선창(善唱)한 어부가가 <악장어부가>였으리라 추측하면서 그 작자는 어촌 공부였을 것이라는 견해를 표명하였다.[10] 이후의 여러 어부가 관련 논문에서는 작자가 어촌이라는 주장을 대체로 수긍한 것으로 보인다. 송정숙은 어촌이 어부가를 창작한 시기를 1376년에서 1385년 사이로 추정하기도 했다.[11]

이우성의 논문이 나온 30여 년 뒤에 이 어촌의 창작설에 대한 두어 가지 이론(異論)이 제기되었다. 이형대는 "현전자료를 볼 때 공부가 이 노래를 즐겨 불렀고, 그것을 들으며 작중세계에 몰입하여 감상을 창화시로 남긴 향유그룹이 존재했던 것은 실증이 되지만, 공부를 작자로 단정하기에는 증거가 분명하지 않다. 증거가 분명하지 않은

10) 이우성, 「고려말·조선초의 어부가」, 『성대논문집』 9, 성균관대학교, 1964, 20~21쪽.
11) 송성숙, 「漁父歌系 詩歌 研究」, 부산대학교 박사학위논문, 1990, 29쪽.

이상 김영돈을 포함하여 공부의 시기에 이르는 동안 지속적으로 창
작·보완되었다고 보는 것이 옳을 듯하다"12)는 견해를 표명했다. 여
기현은 그 〈어부가〉가 12장의 노래의 시의와 작품내 시공간성, 시
적 화자의 시각 등은 각기 다르거나 혹은 중첩되어 일관되어 보이지
않기 때문에 공백공 한 개인에 의하여 창작[집구(集句)]되었다고 보기
어렵다고 하고, 한 사람에 의해 지어진 것이라기보다는 오히려 어느
자리에서 여러 사람이 고인지영을 집구하여 불렀다고 보는 것이 타
당하다는 주장13)을 폈다. 이밖에 작자 문제에 대한 논란이 부담스러
워선지 그냥 '작자 미상'으로 처리한 경우14)가 보이기도 한다. 작자
미상이라는 결론에 귀결되더라도 다른 각도에서 접근한 경우도 있
다. 박해남은 삼봉이 지은 칠언고시 〈제공백공어부사권중(題孔伯共漁
父詞卷中)〉과 〈악장어부가〉의 내용을 비교하는 방법으로 공부가 불
렀던 〈어부가〉의 실체를 파악하고자 했다. 공부의 〈어부가〉와 〈악
장어부가〉가 별개의 작품이라는 결론을 도출하면서, 〈악장어부가〉
는 백거이의 〈어부〉를 모본(母本)으로 하여 4개외 장으로 구성된 것
이 원형이었고 시간이 지나면서 여기에 다른 작품들이 더해져 현전
의 모습으로 변했다는 견해15)를 피력했다.

　이형대와 여기현이 내린 결론에는 차이가 있으나, 그 근저에는 공
히 〈악장어부가〉가 한 사람에 의해 지어진 수미상응의 팽팽한 구성

---

12) 이형대, 「漁父形象의 詩歌史的 展開와 世界認識」, 고려대학교 박사학위논문, 1997,
　　47~48쪽.
13) 여기현, 『고전시가의 표상성』, 도서출판 월인, 1999, 73~74쪽.
14) 권정은, 『자연시조 : 자연미의 실현 양상』, 보고사, 2009.
15) 박해남, 「〈樂章歌詞本 漁父歌〉 再考」, 『泮橋語文研究』 28집, 반교어문학회, 2010,
　　148쪽.

을 자랑하는 하나의 유기적 조직체는 아니라는 생각이 자리한 것으로 보인다. 그러나 앞에서 살폈듯이, 그것은 이 작품의 태생적인 한계이므로 여러 사람이 창작에 참여했다는 것을 입증할 충분조건이라고 하기는 어렵거니와 그것이 지속적으로 창작·보완된 흔적이라고 단언하기도 어렵다. 이형대의 주장을 조금 더 살펴보도록 하자.

이형대는 <악장어부가>가 공부의 시기에 이르기까지 지속적으로 창작·보완되었다고 보면서, 그 틀이 궁중에 유입된 우리 민요라는 주장16)을 폈다. 『고려사』 의종조에 수희(水戲)에 관한 기록이 처음으로 보이는데, 이형대는 고려 의종이 환관 백선연, 간신 최유칭 등과 함께 수희를 관람했다는 내용에 주목했다. 특히 고기잡이를 생업으로 했던 예성강의 뱃사공과 어부들이 수희의 연행 주체였다는 점을 들어 어부노래가 궁중악으로 정착된 정황을 살폈다. 고려 전기 귀족 사회의 최말(最末)에서 민요 어부노래는 왕실과 문신 귀족 관료들이 향유한 질탕한 유흥 문화의 일환으로 자연스럽게 궁중에 포섭되었다는 것이다.

그는 여기에서 더 나아가 "속악의 연행은 반드시 궁정의 내부에서만 한정되지는 않았던 듯하다. 기생을 동반한 사대부의 연회석에서나, 관료들의 풍류마당에서 불려질 수 있었던 것이다. 이러한 자리에서 개작된 <악장어부가>는 그 향유층이 조선 개국의 주도자로 부상함에 따라 이전까지 궁중에서 연행된 속악 어부노래의 창사(唱詞) 대치를 유도할 수 있었다고 본다. 이것이 <악장어부가> 생성이 최종 단계이다."17)라고 <악장어부가>가 민요 어부노래를 틀로 하여 생성

---

16) 이형대, 앞의 논문, 38~48쪽.
17) 이형대, 『한국 고전시가와 인물형상의 동아시아적 변전』, 소명출판, 2002, 69쪽.

했을 것이라는 견해를 피력했다. 궁중으로 유입된 민요 어부노래에 이색·정몽주·공부·권근·정도전·성석린·이직 등의 조선 개국의 주도적 역할을 하게 되는 신진사대부들이 노랫말을 대치하여 〈악장어부가〉가 만들어졌다는 생각인데, "의종대에 궁중악에 수용된 민요체의 속악 어부노래가 현전하는 〈악장어부가〉로 최종 정착된 시기는 공민왕·우왕 연간의 어느 무렵이었을 가능성이 높다."[18]고 그 시기를 추정했다.

고려 백성들이 부르던 어부노래가 있었고, 그것이 궁중의 향락적 수회의 흥을 돋우는 노래로 유입될 수 있었던 점[19]은 수긍하는 데는 별 어려움이 없어 보인다. 하지만, 다른 사람도 아닌 고려말의 신진사대부들이 궁중의 향락적 놀이에 동원된 어부노래를 전혀 다른 분위기의 노래를 담을 틀로 취했을 가능성을 상정하기란 쉽지가 않다. 이 노래에 대한 평가를 생각해 본다면 더더욱 그럴 가능성을 생각하기가 어렵다.

〈악장어부가〉의 작자 문제의 중심에 서 있는 어촌 공부의 노래에 대해 양촌 권근은 「어촌기」에서 그가 "이따금 흥이 무르익어 어부시를 노래하면 그 소리가 맑고 깨끗하여 천지에 가득 차는데, 마치 증삼이 상송을 노래하는 것을 듣는 듯하여 사람들의 가슴 속을 유연하게 하여 마치 강호에 있는 듯한 느낌을 준다.(往往興酣. 歌漁父詞. 其聲淸亮. 能滿天地. 髣髴聞曾參之謳商頌. 使人胸次悠然. 如在江湖)"[20]고 했고, 삼봉 정도전도 "백공은 마음에만 즐기는 것이 아니라 또 성음에 나타내어 술잔을 들 적마다 어부사를 노래하니, 궁상도 아니요 율려도 아니지

18) 이형대, 앞의 책, 68쪽.

19) 박노준, 「俗謠의 형성과정」, 『高麗歌謠의 研究』, 새문사, 1990, 25~33쪽.

20) 권근, 「陽村集」 권11, '漁村記'.

만 높고 낮은 것이 서로 응하고 절주가 화협하니 이는 아마도 자연히 나오는 것이리라.(伯共 不惟樂之於心 而又發之於聲 每酒酌 歌漁父詞 非宮非商非律呂 而高下相應 節奏諧協 皆出於自然者也)"21)고 했다. 공부 스스로도 "나는 자적(自適)하는 데 낙을 두어 현달하거나 침체됨을 운명에 맡기고 진퇴를 오히려 시절대로 하여, 부귀 보기를 뜬 구름같이 하고, 공명 버리기를 헌 신짝 버리듯하여, 스스로 형해(形骸) 밖에서 방랑(吾則樂於自適升沈 信命舒卷 惟時視富貴如浮雲 棄功名猶脫屐 以自放浪於形骸之外)"22)한다고 말한 바도 있다. 같은 맥락의 이야기다. 후대의 농암도 이 어부가에 대해 "사어가 한적하고 의미가 심원해서 읊조리는 사이에 사람들에게 공명을 벗어나서 표표히 멀리 세속을 벗어나는 뜻을 일으켰다.(余觀其詞語閒適 意味深遠吟詠之餘 使人有脫略功名 飄飄遐擧塵外之意)"23)고 했고, 고산 역시 "사람들로 하여금 표연히 세상을 버리고 홀로 서고자 하는 뜻을 가지게 한다.(諷詠則江風海雨生牙頰間 令人飄飄然有遺世獨立之意)"24)는 평을 더했다. 모두가 이 노래를 통하여 세속을 벗어나는 듯한 마음을 얻을 수 있었음을 토로하고 있는데, 이것이 바로 이 노래의 성격이고 기능이다. 이런 가치관에 부합하는 내용을 담는 데에 노동을 하면서 흥을 돋우려는 민요 자체이거나 질탕한 연회에 어울리는 그런 민요를 굳이 기본 틀로 삼겠다는 마음을 일으킬 수 있었을까? 아무래도 <악장어부가>는 고려 궁중에 유입된 민요 어부노래와는 다른 가닥의 노래라고 하지 않을 수 없다.

---

21) 정도전, 『東文選』 권103, '題漁村記後'.
22) 권근, 『陽村集』 권11.
23) 이현보, 『聾巖先生文集』 雜著 권3.
24) 윤선도, 『孤山遺稿』 권6 別集.

　　〈악장어부가〉의 성격과 이 노래에 관련된 여러 정황들을 종합하면 작자는 역시 공부일 가능성이 가장 크다. 다만 전승되는 과정에 다소의 변개가 이루어졌을 가능성을 부정하기는 어렵다. 기록과 작품을 통해 그 가능성을 조금 더 짚어보도록 한다.

4. 정종(定宗)과 어부가

　　12장의 〈어부가〉가 『악장가사』에 수록되기까지의 과정은 여전히 궁금증을 불러일으키는 문제다. 『태종실록』에 언급된 '어부가'를 〈악장어부가〉로 보는 시각도 있으나 단언할 수 있는 것은 아니다. 『태종실록』에는 궁중에서 〈어부가〉를 불렀다는 내용이 두 군데 나온다. 우선 태종 12년(1412) 4월에 있었던 일의 기록을 살펴보기로 한다.

　　　　경복궁 누각과 못에 거둥하여 두루 돌면서 살펴보고, 또 본궁 수각에 거둥하여 상왕을 맞이하여 타구하는 것을 구경하고 잔치를 베풀어 극진히 즐기었다. 사람을 시켜 또 못에서 고기를 잡게 하고, 창기(唱妓)에게 명하여 어부사를 부르게 하였다. 상기(上妓)와 악공(樂工)에게 저화(楮貨) 1백여 장을 주었다.(幸景福宮樓池 周旋顧觀 又幸本宮水閣 迎上王觀打毬 設宴極歡 令人叉魚于池 命妓唱漁父詞 賜上妓樂工楮貨百餘張)25)

　　태종이 상왕인 정종을 위해 본궁 수각에 가서 극진한 잔치를 베풀면서, 못에서 고기를 잡게 하고 창기에게 어부사를 노래하도록 했다

---

25) 『태종실록』 권23, 12년 4월 辛未條.

는 것이다. 고려 의종 때의 향락적 분위기와 같지는 않았을 것이다. 고려 말 궁중의 사치스런 여악에 조선 건국의 주역인 신흥사대부들이 비판의 목소리를 내었을 뿐 아니라, 태종 스스로도 '자신은 천성이 악을 좋아하지 아니하다(予性不好樂)'26)고 밝힌 바도 있으니 고려 왕실의 수회와는 분명 정도의 차이가 있었을 것이다. 그럼에도 유흥의 분위기는 상당히 무르익었던 것으로 보인다.

이때 창기가 불렀던 어부사는 어떤 노래였을까? 이 노래가 우리가 지금 확인할 수 있는 <악장어부가> 바로 그 노래일까? 그렇게 단언하기는 어렵다. 조금 더 논의가 필요하지만 당시 여러 종류의 어부가가 있었을 가능성이 있고, 무엇보다 현전 『악장가사』의 편찬 시기가 1412년보다는 적어도 2백 수십 년 후라는 점이 속단을 어렵게 만든다.

지금까지 발견된 『악장가사』의 이본은 모두 3종으로 일본 京都大學 부속도서관 소장 蓬左文庫本, 전남 해남 윤선도 종택 소장 윤씨본(尹氏本), 한국정신문화연구원 장서각 소장본이 있다. 세 이본 모두 동일 목활자본이지만 표제, 편철 순서, 작품 수, 행관·광곽은 이본 간에 큰 차이를 보이고 있다. 그 편찬 및 개찬 시기는 봉좌문고본의 경우 17세기 말에, 윤씨본은 18세기 초에, 장서각본은 19세기(초)에 이루어진 것으로 추정된다고 한다.27)

태종이 상왕을 위해 연회를 베푼 두 달 후인 6월에는 다시 상왕인 정종이 태종을 맞아 경회루에서 잔치를 베푼다. 다음은 실록에 기록된 그때의 일이다.

---

26) 「태종실록」, 권24, 12년 11월 辛亥條.

27) 김녕준, 『악상가사 주해』, 도서출판 다운샘, 2004, 11~17쪽.

상왕이 임금을 맞아 경회루에 잔치를 베풀고 기생을 시켜 빈풍 칠월 편(豳風七月篇)을 송(頌)하였다. 임금이 대언(代言) 등에게 일렀다. "상왕이 이르시기를 '내가 예전에 판예빈시사(判禮賓寺事) 김자순(金子恂)의 어부가를 들으니 매우 잘 부르던데, 지금 다시 듣고자 한다'고 하시니, 김자순을 불러 노래를 부르게 하는 것이 어떠한가?" 지신사(知申事) 김여지(金汝知)가 대답하기를 "상왕이 이미 청하였으니, 노래하게 한들 무엇이 해롭겠습니까?"하였다. 이에 김자순을 불러 노래를 부르게 하니, 상왕이 김자순에게 옷을 내려주고, 극진히 즐기다가 밤이 되어서 파하였다.(上王邀上設宴于慶會樓 上王令妓 頌豳風七月篇 上謂代言等曰 上王云 予昔者聽判禮賓寺事金子恂漁父歌甚善 今欲更聽 召子恂唱之如何 知申事金汝知對曰 上王旣請 使歌何害 乃召子恂唱之 上王賜子恂衣 極歡 抵夜乃罷)[28]

태종이 옆에 있는 대언 등에게 '상왕이 예전에 판예빈시사 김자순의 어부사를 들으니 매우 잘 부르던데, 지금 다시 듣고자 한다.'고 했고, 이에 지신사 김여지가 "상왕이 이미 청하였으니, 노래하게 한들 무엇이 해롭겠습니까?"하고 대답하고 김자순을 불러 노래를 부르게 한다. 상왕은 김자순에게 옷을 내려주고, 극진히 즐기다가 밤이 되어서 파했다고 하는 내용이다.

이때 김자순이 부른 것은 어떤 어부사였을까? 두 달 전, 경복궁에서 창기가 불렀던 바로 그 노래일까? 이것 역시 확언하기 어렵다. 정종(定宗)이 다른 창자(唱者)만을 원한 것인지, 다른 창자의 다른 어부가를 원한 것인지 판단할 단서가 없기 때문이다. 그러나 한두 자를 실마리로 하여 어떤 유추를 해볼 수는 있다.

---

28) 「태종실록」, 권23, 12년 6월 戊辰條.

상왕이 김자순의 어부가를 듣고자 한다는 말을 태종이 했을 때 지신사 김여지가 "노래하게 한들 무엇이 해롭겠습니까?"하고 대답한 것은 예사롭지가 않다. 이때 주고받는 말의 분위기로 봐서 상왕이 김자순의 어부가를 좋아한다는 것이 공공연한 일은 아니었던 것으로 보인다. 그리고 김여지가 '使歌何害'라고 대답한 것으로 보아, 어떤 어부가의 경우 그 해로움을 따질 여지가 있었던 것은 아닌가 하는 추측을 낳게 한다. 형해 밖을 방황하는 내용의 어부가가 드러내는 가치관에 끊임없이 권력을 추구했던 태종이 듣기에 불편할 요소가 있을 수 있기 때문이다.29) 그렇다면 두 달 전 태종이 상왕을 위하여 잔치를 베풀면서 못에서 고기를 잡게 하고, 창기(唱妓)에게 명하여 부르게 했던 어부가는 다른 노래일 가능성이 커진다. 그것은 흥겨운 수회(水戱)의 노래였을 가능성이 있는 것이다.

태종과는 달리 정종이 김자순이 부르는 어부사를 좋아했다는 사실은 매우 흥미로운 추측을 가능하게 한다. 정종 이방과(李芳果)는 태조 이성계(1335~1408)의 차자(次子)로 1377년(우왕 3) 이성계의 지리산 왜구 토벌전에 참여하는 등 일찍부터 무장으로 활동하면서 그의 부(父) 이성계가 조선을 건국하는 데 큰 힘이 되었다. 조선왕조가 새로 서고 얼마 지나지 않아 일어난 제1차 왕자의 난(1398)이 성공하면서 정안군 방원의 양보로 세자가 되고, 1개월 뒤 부왕의 뒤를 이어 조선조 제2대 임금이 된다. 그리고 1년 반이 지나 또 제2차 왕자의 난(1400)을 지켜보게 된다. 제2차 왕자의 난이 일어난 며칠 후 동생 방

---

29) 박해남의 지적(박해남, 앞의 논문, 141쪽)도 있었거니와, 이 노래를 금지곡으로 보는 견해(송정숙, 「漁父歌系 詩歌 硏究」, 부산대학교 박사학위논문, 1990, 31쪽)는 너무 지나친 추론으로 판단된다. 上王이 今上을 위한 자리에서 굳이 今上의 심기를 건드릴 금지곡을 요청했다고 보기는 어렵다.

원을 왕세제로 삼고 결국 그 해 동생에게 양위하고 만다.

실권을 쥔 동생의 뜻에 의해 왕이 되고, 2년 정도 위(位)를 지키다가 실권자인 동생에게 양위하고 상왕으로 유유자적한 여생을 누렸던 정종 이방과의 내면세계는 동생 태종과는 분명 다른 부분이 있었을 것이다. 혈육이 살해되고 건국의 공신들이 참살되는 것을 보며, 무골의 그였지만 동생의 힘에 두려움을 느끼면서 인간들의 권력을 향한 욕망에 염증이 일었을 법도 하다. 삼봉이 어촌을 두고 노래한 바의 강해를 떠올리는 한가로운 정취가 그에게 매우 강한 느낌으로 와 닿았을 개연성이 충분한 것이다. 상왕이 된 정종이 어촌이 불렀던 것과 같은 '소리가 맑고 깨끗하여 천지에 가득'하고, '높고 낮은 것이 서로 응하고 절주가 화협'한 어부가를 즐겨했을 가능성이 매우 커 보이는 이유다. 그렇다면 김자순이 불렀던 노래는 어촌이 즐겨 불렀을 것으로 추측되는 〈악장어부가〉였을 가능성이 높다.

만약 김자순이 부른 노래가 〈악장어부가〉라면 그는 어디에서 그 노래를 배웠을까? 김자순이 태종과 상왕 앞에서 노래를 했던 때는 1412년으로 어촌이 세상을 떠나기 3년 전이다. 궁 밖 어딘가에서 공부의 어부사를 들을 기회가 있었고, 노래에 소질이나 취미가 있는 사람이라면 따라 부르기도 했을 법하다.

김자순이 불렀던 그 어부사가 후대의 『악장가사』에 그대로 전해져 수록되었을까? 아니면 지금은 일실되었지만 태종 당시에 어떤 형태로든 있었을 궁중의 악장가사에 수록되었다가 전해지게 되었을까? 김자순이 판예빈시사의 위치에 있는 인물이니만큼 연회에 나설 창기들에게 이 노래를 계속 익히게 했을 법도 하다. 그것이 궁중에서 계속 이어지다가 『악장가사』에 실리게 되었을 가능성을 생각해 볼 수 있다. 그러나 김여지의 대답이나 태종의 성향으로 봐서 태종 당시에 김자순의 어부가가 궁중의 악장으로 쓰였을 가능성은 낮아 보인다.

변개의 가능성도 생각해 볼 문제다. 농암 이현보처럼 대규모의 산개는 아니더라도 조금씩 고쳐졌을 가능성을 배제하기는 어렵다. 현재 전하는 3종의 『악장가사』 중 가장 빠른 것으로 보이는 봉좌문고본조차도 17세기 말엽에 편찬된 것이라면 그 시기의 문헌에 정착되기까지 전승의 과정에 따라 다양한 변개의 가능성도 생각해 볼 수 있다.

5. 변개의 가능성

고려 말에 지어졌을 <악장어부가>가 어느 시기에 조선조 악장으로 수용되기까지 다소의 변개가 없었으리라고 말하기는 어렵다. 그러나 어떤 변개가 있었는지 그 여부나 과정을 파악할 수 있는 자료는 거의 없다. 농암이 산개(刪改)한 결과물인 <어부장가>와 이후 편찬된 현전의 『악장가사』에 수록된 <어부가>가 동원 가능한 가장 분명한 자료이다. 그래서 모두들 이 두 가지를 근거로 변개 문제를 논의해 왔다. <악장어부가>에서 농암이 어떻게 바꾸었다는 것이다.

이런 논의에 문제는 없는 것인가? 선행 연구에서 건드리지 않고 지나친 가장 큰 문제는 현전 『악장가사』의 발간이 농암 이후에 이루어졌다는 사실이다. 농암이 입수할 당시의 <악장어부가>가 어떠했는지, 농암 이후에 현전의 <악장어부가>에 이르기까지 어떤 변화가 없는 것인지 누구도 단언하기가 어렵다. 그렇다면 <악장어부가>에서 〈농암어부가〉로 어떤 부분이 어떻게 산개되었다는 논의는 그 출발부터 불안한 요소를 안고 있는 셈이다. 본고에서는 노랫말 변개의 문제에 있어 가장 큰 의구심을 자아내는 "一竿明月이 亦君恩이샷다" 구절을 집중 조명해 보고자 한다.

〈악장어부가〉를 농암이 산개했다는 사실을 굳게 믿는 연구자들은 제1장에 있는 "一竿明月이 亦君恩이샷다"라는 구절을 농암이 빼고 이제현의 〈동정추월(洞庭秋月)〉에서 "依船漁父 一肩高"를 가져 온 것으로 말하는 데 별다른 의구심을 표하지 않고 있다. 시간상 〈악장어부가〉가 먼저이고 〈농암어부가〉는 그 뒤라고 믿기 때문이다. 과연 그렇게 믿어도 문제는 없는 것인가?

필자는 『악장가사』의 편찬이 16세기 중반에 노년기를 보낸 농암 이후에 이루어졌다는 점에 주목한다. 앞에서 언급한 바와 같이 지금까지 발견된 『악장가사』의 이본은 모두 3종으로 그중 가장 빠른 봉좌문고본이 17세기 말에 나온 것이다. 농암의 몰년(沒年) 이후 백수십 년이 지난 뒤이다. 변개가 있었을 시간적 가능성은 충분하다.

다음 어촌 공부란 사람의 가치관을 생각해 보자. 그는 벼슬을 헌신짝처럼 여긴다고 공공연히 말했을 뿐 아니라 실제 그의 삶의 태도도 세속적인 성취에 얽매이지 않는 것이었다. 그런 그의 가치관으로 봐서, 그가 '낚시 드리우고 있는 밤하늘에 걸린 달마저도 임금의 은혜(一竿明月이 亦君恩이샷다, 12-1)'라는 구절을 노래에 굳이 넣었으리라고 보기는 어렵다.

반면 농암은 어촌과는 다르다. 그는 자신이 약작한 〈어부단가〉에서 군주에 대한 걱정을 지울 수 없음을 토로하고 있다. 그런 그가 입수한 작품에 있는 "一竿明月이 亦君恩이샷다"를 빼고 고려 시인 이제현의 시구로 대체해 넣었을 가능성은 낮아 보인다.

　정리해서 말하면, 농암이 <악장어부가>를 입수했을 당시는 제1장에 "依船漁父이 一肩이 高로다" 구절이 있었고, 농암은 자신이 9장으로 정리한 <어부가>에 그것을 그대로 둔 것이라는 이야기다. 이것을 빼고 "一竿明月이 亦君恩이샷다"를 넣게 된 것은 이 노래가 궁중에서 악장의 하나로 쓰였을 때라는 것이다. 이 노래가 궁중의 악장으로 안착한 시기는 농암이 치사 후 귀향한 16세기 중반 이후로 보이지만 그것도 단언하기는 어렵다.

6. 마무리

　본고에서는 <악장어부가>에 한시가 집구(集句)된 양상과 그 의미를 먼저 짚어본 다음 이 작품에 관련된 몇 가지 문제에 관한 더욱 설득력 있는 답을 찾고자 했다.

　12장으로 된 <악장어부가>는 4구의 7언 한시(漢詩)에 우리말 토를 달고, 거기에다 어부사 특유의 행주과정을 나타내는 조흥구와 노젓는 소리의 의성어로 된 후렴구가 더해진 형태를 취하고 있다. 선행 연구에 의해 총 48개의 시구 중 21개 시구가 집구된 것으로 파악되었다. 본고에서는 여기현이 '이재수 교수가 그 출전과 시제를 밝히지 않았고, 필자도 찾지 못하여 그대로 재인용한다'고 언급하며, 제시한 두목(杜牧)의 시구 둘(箇裡風流難畵處 綠萍身世白鷗心) 대신 조여회의 시 <어부>를 확인하고 원시를 제시하였다.

　집구시는 한 편의 시로서 높은 완성도를 필요로 한다. 그러나 <악

장어부가>는 집구의 방법만 빌었을 뿐 집구시에서 요구되는 까다로운 제약에서 자유로운 하나의 노래였을 따름이다. <악장어부가>가 집구시로서의 완성도에 개의치 않았던 결과물이었다는 것은 작자 문제에 있어 매우 중요한 의미를 갖는다. <악장어부가>의 작자는 자신의 집구시라고 굳이 내세울 일도 없었을 것이고, 주위의 청자들도 그것이 누구의 집구시라고 인식하지도 않았을 가능성이 크다. 작자 부전(不傳)의 큰 이유가 될 수도 있는 부분이다. 또 작자에 대한 인식이 희박한 만큼 개사(改詞)의 가능성도 더 커진다고 볼 수 있다.

어촌 공부가 <악장어부가>의 작자였으리라는 추측이 이우성에 의해 나온 후 많은 학자들이 이 견해를 따랐다. 30여 년 뒤, 몇몇 학자들에 의해 <악장어부가>의 작자 문제에 관한 다른 견해가 제시되었다. 궁중에 유입된 민요를 틀로 해서 지속적으로 창작·보완되었으리라는 견해와 한 사람에 의해 지어졌다기보다는 오히려 어느 자리에서 여러 사람이 고인지영을 집구하여 불렀다는 견해가 제시되었다. 작자 논란을 피해 '삭자불명'을 견지한 연구자도 있다. 박해남은 삼봉의 칠언고시 <제공백공어부사권중>과 <악장어부가>의 내용을 비교하여 공부의 <어부가>와 <악장어부가>가 별개의 작품이라는 결론에 이르렀다. 이제까지 시도한 적이 없었던 양자의 비교는 그 자체로 의미가 있다. 삼봉이 어촌의 <어부가> 내용을 어느 정도 시로 수용했는지 의문이지만 자료가 부족한 상황에서 필요한 시도라고 생각된다.

고려조에 민요가 궁중에 유입되었다는 것은 충분히 인정이 되지만 당시 향락적 성격이 짙은 수회에 흥을 돋우기 위해 불렀던 그 민요를 틀로 하여 신흥사대부들이 거기에 한시문을 대입했다고 보기는 어렵다. 당시 신흥사대부들이 추구했던 개혁 의식으로 보나 어촌의 노래에 대한 평으로 보나, 질탕한 연회에 수반된 어부들의 뱃노래를 그 틀로 삼으려 했을 가능성은 낮아 보인다. <악장어부가>가 '사어가 한적하고 의미가 심원해서 읊조리는 사이에 사람들에게 공명을 벗어나서 표표히 멀리 세속을 벗어나는 뜻을 일으키고', '사람들로 하여금 표연히 세상을 버리고 홀로 서고자 하는 뜻을 가지게 한' 바로 그 작품이라면 질탕한 연회에 수용되었던 그 민요를 틀로 했을 가능성을 상정하기는 어렵다. 서로 다른 가닥의 노래라고 봐야 할 것이다.

<악장어부가> 12장의 노래의 시의와 작품내 시공간성, 시적 화자의 시각 등은 각기 다르거나 혹은 중첩되어 일관되어 보이지 않기 때문에 공백공 한 개인에 의하여 창작되었다고 보기 어렵고, 어느 자리에서 여러 사람이 고인지영을 집구하여 불렀을 것이라는 견해 역시 큰 설득력은 없다고 보았다. 그것은 <악장어부가>의 태생적 한계이기 때문에 그것으로 작자를 판단하기는 어렵다는 것이다.

『태종실록』에는 궁중에서 어부가가 가창되었다는 언급이 두 군데 있다. 혹자는 이 둘을 <악장어부가>로 보기도 하지만 단언할 수 있는 것은 아니다. 본고에서는 김여지의 '使歌何害'라고 한 대답을 실마리로 몇 가지 유추를 해 보았다. 태종과 상왕인 정종의 성향으로 봐서 두 어부가는 서로 다른 노래일 가능성이 있다. 양자(兩者) 중 김자순에 의해 불려졌던 어부가가 <악장어부가>일 가능성이 높다.

정종은 김자순이 부르는 <어부가>를 좋아했던 것이 분명하지만, 태종에게는 어땠는지 알 수 없다. 혹 마음에 '害'가 되었을지도 모르는 일이다. 두 차례 왕자의 난까지 권력 투쟁으로 점철된 세월을 보내고 마침내 왕위에 오른 태종 이방원과 실권을 쥔 동생의 뜻에 의해 왕이 되었다가 2년 뒤 실권자인 동생에게 양위하고 즐거움을 좇아 산 상왕 이방과의 정서가 같지는 않았을 것이다.

김자순이 태종과 상왕 앞에서 노래를 했던 때는 1412년으로 어촌이 세상을 떠나기 3년 전이다. 궁 밖 어딘가에서 공부의 어부사를 들을 기회가 있었고, 노래에 소질이 있는 김자순이 따라 부르기도 했을 법하다. 태종의 취향으로 봐서 태종 당대에 이 노래가 악장으로 쓰였을 가능성은 없어 보인다.

〈악장어부가〉의 작자 의식이 희미한 만큼, 창작후 『악장가사』에 수록되기까지 농암이 한 것과 같은 대규모는 아니더라도 다소의 변개가 있었을 가능성은 높다. 본고에서는 『악장가사』의 편찬이 16세기 중반에 노년기를 보낸 농암 이후에 이루어졌다는 점에 주목했다. 현전 3종의 『악장가사』 중 가장 빠른 봉좌문고본이 17세기 말에 나온 것이라고 한다.

본고에서는 악장으로 쓰이면서 변개되었을 가능성이 가장 높은 '낚시 드리우고 있는 밤 하늘에 걸린 달마저도 임금의 은혜(一竿明月이 亦君恩이샷다, 12-1)'는 대목을 소명했다.

어촌의 성향으로 봐서 애초 이 구절이 들어 있었으리라 보기 어렵고, 농암의 성향으로 봐서도 들어 있던 이 구절을 일부러 뺐으리라 보기도 어렵다. 다시 말하면, 농암이 〈악장어부가〉를 입수했을 당시에는 "依船漁父이 一肩이 高로다" 구절이 있었고, 농암은 자신이 9장으로 정리한 〈어부가〉에 그것을 그대로 둔 것이다. 이것을 빼고 "一竿明月이 亦君恩이샷다"를 넣게 된 것은 이 노래가 궁중에서 악장의 하나로 쓰였을 때일 것이다. 이 노래가 궁중의 악장으로 안착한 시기는 농암이 치사 후 귀향한 16세기 중반 이후로 짐작되지만 확언할 수는 없다.

V. 어촌 공부와 어부가

1. 들어가는 말

어촌 공부(孔俯, 1352~1416)는 <악장어부가>에 관한 논의의 중심에 있는 인물이다. 어부가 문제에 <악장어부가>가 중요한 만큼 이 작품의 작자일 가능성이 높은 그도 중요한 것은 물론이다. 이우성은 공부가 <악장어부가>의 작자일 가능성을 처음으로 언급했다.

> 한마디로 말하여 악장가사(樂章歌詞)의 어부가(漁父歌)는 바로 공부(孔俯)의 창(唱)한 어부가였으리라는 것이며 좀 더 대담(大膽)하게 추론(推論)을 한다면 농암(聾巖)도 퇴계(退溪)도 그 뒤의 고산(孤山)도 한결같이 누구의 작(作)인지 모른다던 어부가의 작자가 바로 공부 그 사람이라고 할 수도 있을 것 같다."[1]

농암이나 퇴계, 고산이 누가 지은 것인지 모르겠다고 한 그 어부가는 <악장어부가>이며, 그 작자는 공부라는 주장이다.

이우성은 이와 더불어 역시 주목할 만한 언급을 했다. 이재수의 주

---

1) 이우성, 「고려말·조선초의 어부가」, 『성대논문집』 9, 성균관대학교, 1964, 21쪽.

장에 대한 반론을 통해 어부가라고 하여 반드시 한 가지 만을 뜻하고 있는 것이 아닐 수 있다는 것이다.

이제현(李齊賢, 1287~1367)은 김영돈(金永旽, ?~1348)을 애도하여 지은 만시(輓詩)를 남겼다. "사부의 풍류는 물결따라 흘러가니/ 창생이 지금 무엇을 바라리오/ 귀봉 봉우리 아래 달빛이 배에 가득/ 어부가 한 가락이 애를 끊누나(謝傳風流逐逝波 蒼生有望奈今何 龜峯峯下滿船月 腸斷一聲漁父歌)"[2]라는 시다. 이 만시에는 "본관이 술에 취하면 언제고 표피라는 기생을 시켜 어부사를 노래하게 하였다(本官醉後每令妓豹皮歌漁父歌)"는 주가 달려 있는데, 이재수는 이 시에서 말하고 있는 <어부가> 및 타 자료에 언급된 몇몇 어부가가 <악장어부가>일 가능성을 제기했다.[3] 그러나, 이우성은 이재수의 주장에 찬의가 가지 않는다고 했다. 그 이유로, <악장어부가> 속에 익재의 시구(<강서월정(江西月艇)>)의 "風流未必載西施"가 편입되어 있다는 점과 장지화의 것이나 동파의 것이 얼마든지 창(唱)으로 불려질 수 있었음을 생각하면 어부가라고 하여 반드시 한 가지 만을 뜻하고 있는 것이 아닐 수 있다는 점을 들었다.

앞 장에서 <악장어부가>의 작자에 대한 다른 주장이 있음을 거론하였다. 본고에서는 어촌을 집중 조명함으로써 그 문제에 대해 조금 더 설득력 있는 답을 찾고자 한다. 우선 어촌이 활동했던 고려말 조선초의 시대적 상황을 필요에 따라 짚어본 다음, 그의 생애를 정리해 보기로 한다. 이어서 그와 어부가의 관련성을 살피도록 한다. <악장어부가>의 작자 논의의 가장 핵심에 있는 그를 집중해서 조명하는 가운데, 어부가에 관한 더 나은 답을 찾는 실마리를 마련할 수도 있으리라 믿는다.

---

2) 이제현, 「益齋亂藁」 권4 '悼龜峰金政丞永旽'.

3) 이재수, 『尹孤山研究』, 학우사, 1958, 131~132쪽.

2. 시대적 배경

어촌이 생존했던 고려말 조선초의 시대적 배경은 여러 각도에서 조명할 수 있다. 우선 어부사가 지어지고 향유된 고려말의 여건들이 어떠했는가를 몇 가지 측면에서 살피도록 한다.

먼저 중국의 문물이 대거 수입되어 고려 사회에 영향을 끼친 점을 주목해 볼 만하다. 특히 많은 서적이 유입되었는데, <한림별곡(翰林別曲)>에서도 그런 정황을 읽을 수 있다.

　　唐漢書 老莊子 韓柳文集
　　李杜集 蘭臺集 白樂天集
　　毛詩 尙書 周易 春秋 周戴禮記
　　위 註조쳐 내 외온ㅅ景 긔 엇더ᄒ니잇고
　　太平廣記 四百餘卷 太平廣記 四百餘卷
　　위 歷覽ㅅ景 긔 엇더ᄒ니잇고　　　　(<한림별곡> 8-2)

모시(毛詩)·상서(尙書)·주역(周易)·춘추(春秋)·예기(禮記) 등의 경서와 당서(唐書)·한서(漢書), 노자(老子)와 장자(莊子), 그리고 이백(李白)과 두보(杜甫)의 문집 등등을 열거하고 있는 것을 보면 당시 고려 사회에 다양하고도 상당한 규모의 중국 서적이 유통되고 있었음을 짐작할 수 있다.

중국의 많은 서적이 우리나라에 들어온 것은 그밖의 문헌으로도 확인된다. 『고려사』에 보이는 "송나라에 사신으로 갔을 때 선사받은 돈과 비단은 수행한 사람들에게 나누어 주고 나머지는 모두 다 책을 사가지고 돌아왔다"4)는 언급이나, 『증보문헌비고』에 있는 "판전교(判典校) 홍약(洪瀹)은 태자부참군(太子府參軍)으로 남경에서 금은화폐

150덩이를 내어 경적(經籍) 1만 8백권을 사게 해가지고 돌아왔다[5]"는 등의 기록은 당시 서적 수입이 어느 정도 이루어졌는가를 보여주는 구체적 예가 된다.

이렇게 유입된 서적을 통하여 중국의 많은 문학작품과 문인들이 우리나라에 소개되었고, 당·송의 뛰어난 문인들이 고려 문사들의 관심의 대상이 되었다. "학사(學士) 이미수(李眉叟)[李仁老]가 말하기를 문을 닫아 걸고 깊이 틀어박혀서 황산곡(黃山谷)·소동파(蘇東坡)의 두 시문집을 읽은 뒤에 말이 힘차고 운이 유창해져서 시를 짓는 요결을 얻었다."[6]는 이야기도 당시의 분위기를 말해주고 있다. 앞에서 살핀 바와 같이 매년 과거의 방이 나붙으면 사람마다 '올해는 동파 30명이 나왔다'고 말할 정도였다고 하니, 고려의 문인들이 특별히 동파(1037~1101)의 글을 애독하였음을 알 수 있다.

문학과 함께 음악 또한 대거 유입되어 고려에 영향을 끼쳤다. 고려 광종 때에는 당에 사신을 보내어 당악기 및 공인을 청한 바 있다. 이 당아은 자손들이 세습했는데, 충렬왕 때는 긴여영, 충숙왕 때는 득우(得雨)가 각각 장악하였다. 이와 같이 당악이 들어왔는가 하면, 송조(宋朝)에서는 교방악(敎坊樂)이 들어오고, 다시 예종대(睿宗代)에 이르러서는 송의 신악(新樂)과 대성아악(大晟雅樂)이 수입되어 고려 악계에 커다란 변화를 일으키게 되었다. 예종대에 들어온 중국의 아악 역시 고려 음악사상 특기할 만한 일의 하나라고 한다.[7] 11세기 말엽에는 <좌립

4) "奉使入宋 所賜金帛 分與從子 餘悉買書籍以歸"(『高麗史』 권95, 列傳 제8, '鄭文').
5) 「增補文獻備考」 권242.
6) "李學士眉叟曰, 杜門讀黃蘇兩集, 然後言遒然韻鏘然, 得作詩三昧"(崔滋, 「補閑集」 卷中 46)
7) 장사훈, 「한국음악사」, 『한국문화사대계』 Ⅶ, 고려대학교 민족문화연구소 출판

부기(坐立部伎)>에 속하는 교방악인 이른바 <당악(唐樂)>이 고려에 전해진 뒤부터 고려에서는 <당악>의 가사인 중국의 사문학(詞文學)과 접촉하게 되었고, 고려의 대시인 이규보는 당악 가무극에 익숙했던 모양으로 음악과 관계되는 <구호(口號)>, <치어(致語)>, <구합곡(句合曲)> 등 악어(樂語)를 짓기도 했다.[8]

8세기부터 12세기까지 당송(唐宋)에서 생겨난 수많은 사조(詞調)[9] 중 상당수가 고려조에 전해졌을 것으로 짐작되는데, 사패의 하나인 '어가오(漁家傲)'가 전래되고, 장지화(張志和)의 <어가자(漁歌子)>나 이에 조어(調語)를 보탠 소동파의 <완계사(浣溪沙)> 등의 노래가 유입되었다. 중국으로부터 유입된 이러한 사패나 어부사 작품은 우리의 어부가 생성에 영향하게 된다.

1170년의 무신란과 그 이후 100년간의 무신정권, 그리고 그 사이에 일어난 원(元)의 침공은 고려 왕조 붕괴의 요인으로 잠복하고 있었다. 무신정권의 뒤를 이은 권문세족들은 대륙의 정세변화와 왜구의 침입 등에 적절히 대처하여 고려를 지탱하기에는 역부족이었다. 중국으로부터 들어온 성리학(性理學)은 기울어가는 나라를 일으킬 유일한 정신적 대안으로 차츰 부상하게 되고, 이제현(李齊賢)·정몽주(鄭夢周)·이색(李穡)·정도전(鄭道傳)·권근(權近)과 같은 많은 학자들이 배출된다. 이런 학문적·사상적 변화의 흐름은 고려 왕조의 붕괴를 재촉했다.

부, 1992(三版), 989~990쪽.

8) 위욱승 저, 이해산·우쾌제 공역, 『한국문학에 끼친 중국문학의 영향』, 아세아문화사, 1994, 14쪽.

9) 오웅화 저·이홍진 역, 『당송사통론』, 계명대학교 출판부, 1991, 232쪽.

그럼에도 성리학을 받아들인 초기 고려의 문사들은 불교나 도교에 대체로 관대했음을 볼 수 있다. 궁극에는 척불숭유(斥佛崇儒)로 가게 되지만, 고려말의 유자(儒者)들이 승려들과의 격이 없는 교류를 나눈 것을 많이 확인할 수 있는데, 삼은(三隱)의 한 사람으로 정몽주·김구용(金九容)·박상충(朴尚衷) 등과 함께 명륜당에서 성리학 흥성에 큰 몫을 했던 도은(陶隱) 이숭인(李崇仁, 1347~1392)이 <기인흥사(寄仁興寺)>나 <송승남귀(送僧南歸)>, <억석기은봉선사(億昔寄隱峰禪師)> 등 절이나 승려와 관련된 시를 여럿 남긴 것은 그러한 예가 된다고 하겠다.

성리학과 함께 유입된 송(宋)의 도교도 고려조에 영향을 끼쳤다. 송 휘종은 고려에 도사를 파견했고, 개성 북쪽에는 복원관(福源觀)이 세워졌다고 한다.[10] 고려 문사들의 선망의 대상이었던 소동파와 같은 중국 문인들의 작품에 내재되어 있는 도교적 성향은 어떤 형태로든 고려 사회에 영향을 끼치지 않을 수가 없었을 것이다. 죽림고회(竹林高會)의 한 사람으로 실의와 빈곤 속에서 깊은 좌절감으로 짧은 생을 마감한 임춘(林椿)이 유·불·도가 서로 배척될 것이 아님을 주창한 <송이미수서(送李眉叟序)>[11]와 같은 글은 당시 사상이 혼재된 데서 오는 혼란이 있었음을 역설적으로 입증하고 있다. 「불씨잡변(佛氏雜辨)」을 쓴 삼봉도 정주학(程朱學)의 한계를 불교와 도교의 부분적 절충을 통해서 극복하고, 심지어는 민간의 참설(讖說)까지 원용하여 보다 자유스러운 자기세계를 보여주었다.[12] 역시 이 시대를 살았던 조선조의 태종(1367~1422)도 도교에 대한 관심을 적잖이 드러내는데, 다

---

10) 위욱승, 앞의 책, 18쪽.

11) 임춘, 『西河集』 권5, '送李眉叟序'.

12) 한영우, 『鄭道傳思想의 研究』, 서울대학교 출판부, 1987(改訂版), 259쪽.

음의 일에서 도교에 기대고자 했던 그의 마음을 읽을 수 있다.

> 궁중에서 도마뱀으로 기우를 행하였다. 순금사 대호군 김겸(金謙)이 말하기를, "전에 보주(甫州) 수령으로 있을 때 소동파의 시를 보니, '독 가운데 도마뱀이 참으로 우습다.'라는 글귀가 있었는데, 그 주(註)에 비를 비는 법이 갖추 실려 있으므로, 겸이 그 법에 따라 시험해서 과연 비를 얻었습니다."하였는데, 임금이 이 말을 듣고 이 날 김겸을 불러 물어보고 곧 광연루 아래에서 시험할 것을 명하였다. …(중략)… 이틀 동안이나 빌었으나 비를 얻지 못하였으므로, 동자들을 놓아 보내고 각각 쌀 1석씩을 주었다.(行蜥蜴祈雨于宮中. 上聞巡禁司大護軍金謙. 言前 守甫州. 見東坡詩. 有瓮中蜥蜴眞堪笑之句. 注備載祈雨之法. 謙依其法 試之. 果得雨. 是日召謙問之. 卽命試之於廣延樓下. …(중략)… 旣二日 不得雨. 放童子各賜米一石)13)

태종이 도교의 의식을 행하고자 할 때 누구보다도 자주 찾았던 인물이 어촌 공부다. 실패로 돌아간 상기의 기우제 이후에 태종은 어촌으로 하여금 여러 차례 동남동녀를 거느리고 광연루(廣延樓)나 상림원(上林園) 등에서 기우제를 지내게 했음이 실록에 기록되어 있다.14) 분위기로 봐서 그 시대의 많은 사람들이 도교에 관심을 가질 법은 하지만, 어촌은 도교의 의식을 행하는 데 남다른 능력이 있었음이 분명해 보인다. 그의 생애를 살펴 그 실상을 확인해 보도록 한다.

---

13) 『太宗實錄』 권13, 7년 6월 癸卯.

14) "命檢校漢城尹孔俯. 聚十二歲童男三十二人于廣延樓前禱雨."(『太宗實錄』 권21, 11년 5월 庚辰) "命禮曹. 禱雨于山川諸神. 又聚巫于白岳. 盲人于明通寺禱之. 召檢校漢城尹孔俯. 蜥蜴祈雨于廣延樓下."(『太宗實錄』 권22, 11년 7월 庚午) "命檢校漢城尹孔俯. 聚童男數十人. 以蜥蜴祈雨于上林園. 三日而罷."(『太宗實錄』 권26, 13년 7월 己卯)

3. 공부의 생애

어촌의 조부 공소(孔紹)는 창원(昌原) 공씨의 시조로 알려져 있다. 공소는 원나라 순제(順帝) 때 한림학사로 임명되어 공민왕이 고려에 올 때 시종하였고, 그 뒤에 문하시랑평장사가 되었다. 창원백(昌原伯)에 봉해진 뒤 원나라에 돌아가지 않고 우리나라 공씨의 시조가 되었다는 것이다.15) 이색(李穡, 1328~1396)은 경순주부(慶順注簿) 공백공(孔伯共)이 자기를 찾아와서 이야기하기를 "우리 선대에서 우리나라에 벼슬하여 응양상장의 지위에 오른 이가 있었고, 그 뒤에 끊어지지 않고 겨우 내려왔습니다."16)라고 했다고 하는데, 그의 선조가 우리나라에 와서 정착한 시기나 그 이후의 가계에 대해서는 앞으로 조금 더 면밀히 검토할 필요가 있다.

『태종실록』에 "공부(孔俯)는 감음현(減陰縣) 사람인데, 자는 백공(伯共)이고 호는 어촌(漁村)이다. 시를 잘하고 더욱 초서(草書)와 예서(隷書)에 공교하여 그 필적을 얻은 자는 그것을 보화로 여겼다. 홍무(洪武) 병진년(丙辰年)17)에 과거에 합격하여 차자방 필도치가 된 지 9년이고, 문서응봉사 별감제조가 된 지 30여 년이었다."18)고 기록하고 있는 것으로 보아, 어촌은 급제 후 시종 환로에 있었음을 알 수 있

---

15) 『한국인물대사전』, 한국정신문화연구원 편, 중앙일보 간, 1999.

16) "獨吾先世 入東韓 居陝之 減陰縣 中國士大夫 無從而至也 我先世 仕本國 有位鷹揚上將者 其後子孫不絶如線"(「牧隱集」 '伯共說', 『韓國思想大全集・牧隱集』, 李奭求 譯, 1988, 良友堂, 302~303쪽)

17) 고려 禑王 2년(1376).

18) "俯減陰縣人. 字伯共. 自號漁村. 善爲詩. 尤工草隷. 得其筆蹟者. 以爲寶. 中洪武丙辰科. 爲箚子房. 必闍赤者九年. 文書應奉司別監提調者三十餘年."(『太宗實錄』 권32, 16년 10월 乙丑)

다. 고려조 예부총랑(禮部摠郞)을 지낼 때 말 1천 5백 필을 바치기 위
해 명나라에 다녀온 것[19]을 비롯하여 조선조 인녕부윤(仁寧府尹) 때
하천추사(賀千秋使)로 경사(京師)에 가서 졸(卒)하기까지 여러 차례 중
국에 다녀오기도 했다.

　어촌은 도교에 관심이 많았던 태종의 부름을 여러 차례 받았다. 태종
8년, 태종은 영안군 양우와 여천군 민여익을 사은사로 보내면서 당시
검교 한성윤이었던 공부를 서장관으로 삼아 동행하게 했다. 평소 별호
를 수선(修仙)이라 한 공부로 하여금 중국 도가의 초사법(醮祀法)을 배워
가지고 오도록 하기 위해서였다.[20] 이후에도 태종은 공부로 하여금
12세 동남(童男) 32명을 데리고(태종 11년 5월), 혹은 도마뱀으로(태종 11년
7월) 광연루에서 기우제를 지내게 하였고, 동남 수십 인을 모아 도마뱀
으로써(태종 13년 7월) 상림원에서 비를 빌도록 시키기도 하였다. 심지어
는 부상(父喪)을 만나 미처 상제를 끝마치지도 않은 그에게 쌀 3석을
하사하고 탈상하여 알현할 것을 명하기도 하였는데, 수진(修眞)의 일을
묻고자 함이었다고 한다.[21] 태종 16년, 인녕부윤이었던 어촌이 하천추
사로 중국에 가서 객사하였는데, 실록에 다음과 같은 기록이 있다.

　오직 도가를 몹시 좋아하여서 병이 심하자, 도사(道士)를 청하여 초
제(醮祭)를 베풀었는데, 명등(命燈)이 꺼지매 도사가 탄식하기를 '병이

---

19) "己未 遣判繕工寺楊天植 禮部摠郞孔俯等 如京師獻馬一千五百匹"(『高麗史』 권
　　46, 世家 제46, 恭讓王 2年)

20) "遣寧安君良祐. 驪川君閔汝翼如京師謝恩也. 以檢校漢城尹孔俯爲書狀官. …(중
　　략)…俯素號修仙. 上意欲其學中國道家醮祀之法而來也."(『太宗實錄』 권16, 8년 10
　　월 경진)

21) "賜檢校漢城尹孔俯米三石. 俯丁父喪. 未終制. 上遣司謁傳旨曰. 卿老成當與議事.
　　宜除喪以見. 盖欲問其修眞之事也."(『太宗實錄』 25권, 13년 4월 癸丑)

낮지 못하겠다.' 하였다. 뼈를 태우자 갑자기 풍우가 급히 이니, 사람들이 모두 이상히 여기었다.(惟酷好道家. 及病請道士設醮. 而命燈滅. 道士嘆曰. 不起矣. 旣燒骨. 忽風雨驟至. 人皆異之)[22]

이처럼 도교에 남다른 관심과 취향을 가졌던 어촌은 권근(1352~1409)·정도전(1342~1398)·정몽주(1337~1392) 등 당대의 대표적 유자들과 두터운 교분을 나누었다. 특히 양촌 권근과는 동갑으로 매우 각별한 친분을 유지했다. 양촌은 "어촌은 나의 벗 공백공(孔伯共)의 자호(自號)이다. 백공이 나와 동갑이나 생일이 뒤이기 때문에 내가 아우로 삼는다. 풍신(風神)이 소탕하고 명랑하여 친애함직한데"[23]라고 하여 서로 호형호제하며 지내는 각별한 사이임을 밝히고 있다. 비록 벼슬살이를 하고는 있으나 강호에 뜻을 둔 어촌의 삶의 태도를 소개하면서 "내가 듣고서 좋게 여기고, 따라서 기(記)를 지어 주고, 또한 나 자신도 두고 보려 한다."고 하고 고려 우왕 11년(1385)에 「어촌기(漁村記)」를 썼다.

「어촌기」 외에도 양촌은 인주(麟州)의 벽 위에 걸린 어촌의 시에 차운을 하거나, 서북면(西北面)으로 가는 어촌을 보내는 절구 세 수를 짓는 등 어촌과 관계된 몇 수의 시를 남기고 있다.

次麟州壁上孔伯共韻[24]　　인주 벽 위의 공백공 시에 차운함

門前朝日馬嘶鳴　　이른 아침 문 앞에 말울음은 퍼지고
道指松京似砥平　　송경으로 가는 길은 숫돌같이 반반하네

---

22) 『太宗實錄』 32권, 16년 10월 乙丑.

23) "漁村. 吾友孔伯共自號也. 伯共與余生年同. 月日後. 故余弟之. 風神疎朗. 可愛而親…"(權近, 「陽村集」 권11, 「漁村記」)

24) 권근, 「陽村集」 권5.

駏路往還身自老   역마길 왔다갔다 몸도 절로 늙으니

悠悠南北寄此生   머나먼 남북에 내 생애를 맡겼다오

送孔伯共俯赴西北面三絶[25]   서북면으로 가는 공백공을 보내며 짓는
절구 세 수

屺嶺空山載白雲   기령이라 공산에 흰 구름 얹혀 있고

茫茫南北路岐分   남북은 아득아득 길이 서로 나뉘었네

歌姬解唱淸新句   노래하는 고운 계집 시창마저 불러대니

却向離筵不忍聞   이별의 자리라서 차마 듣지 못할레라

위의 시 <서북면으로 가는 공백공을 보내며 짓는 절구 세 수(送孔
伯共俯赴西北面三絶)>의 자주(自註)에 "백공이 일찍이 평양의 가기(歌妓)
를 위하여 시 한 절을 지었는데 지금까지 전하여 단가로 되었고, 위
의 절구는 그 뜻을 기술한 것(伯共嘗爲平壤歌兒作詩一絶. 至今傳爲短歌. 上
句述其意也)"이라고 적고 있다. 그 시가 어떤 것인지 그것이 단가로 어
떻게 전해졌는지 궁금하기 그지없지만, 그런 궁금증을 풀 자료가 나
타날 가능성은 거의 없어 보인다. 다만 공부가 지은 한시가 한때 노
래로 불려졌었다는 것만은 그 기록을 통해 분명히 알 수 있다.

다음의 시는 양촌과 몇몇의 동류가 함께 어울려 비를 무릅쓰고 배
를 띄워 뱃놀이를 한 일을 그려내고 있다. 그 시 전문을 보도록 한다.

是日與諸公冒雨泛舟[26]   이 날 여러 벗들과 비를 무릅쓰고 배를 띄우다

諸公招邀江樹林   강변이라 숲 속에 벗님들 모여드니

---

25) 권근, 「陽村集」 권5.

26) 권근, 「陽村集」 권5.

烟波渺渺天垂陰	연파는 아득아득 하늘은 그늘졌네
霏微雨氣凉滿襟	가랑비 부슬부슬 가슴 속이 후련하니
超然自有蓬瀛心	선경이 여기라는 생각이 절로 드네
披蓑上船扣舷吟	도롱이 입고 배에 올라 뱃전 치며 읊조리니
瓮有白酒相酬斟	주거니 받거니 동이술 넘실넘실
伯共瀟灑懷好音	백공의 맑은 모습 좋은 소리 지녔어라
高歌濯纓聲出金	탁영가 높이 부르니 金石을 울리는 듯
長江岸濶輕霧沈	강은 길고 둑은 넓고 물안개 잠겼는데
澹粧窈窕山橫簪	묽은 단장 곱고 먼 산이 비끼었네
隨潮北上又下南	밀물 따라 올라가다 되돌아 내려오니
綠波如拭逾澄深	닦은 듯 푸른 물결 깊을수록 맑네
江山自古人自今	강산은 예 그대로 사람은 이제라서
眼中往事猶蕭森	눈을 스친 지난 일 상기도 삼삼하이
樂極哀來不可禁	흥이 사뭇 겨우면 슬픔이 오는 거라
頭上歲月常駸駸	머리 위 세월은 언제고 덧없거든
風塵世路何嶔崟	풍진 속의 세상 길 어찌나 험난한지
安得忘機飄蕩如沙禽	어느 제나 훨훨 나는 저 갈매기 짝이 되리

위의 시에서 보듯이 어촌을 직접 거명하며, 맑은 모습과 좋은 소리를 지녔고 그가 부르는 <탁영가>가 금석을 울리는 듯하다고 말하고 있다. 어촌에 대한 이런 평가는 여러 곳에서 확인되고 있는 만큼 특별히 과장한 찬사는 아닌 것으로 보인다. 어촌 주위에는 그의 어부가를 애청하는 여러 지인들이 있었고, 그 중에서도 양촌과의 관계는 특별했다.

어촌과 양촌, 두 사람 사이가 돈독함은 정도전이 써 준 「제어촌기후(題漁村記後)」에서도 여실히 드러난다. 아울러 삼봉도 이 두 사람과 예사 교분이 아니었음을 이 글에서 읽을 수 있다.

대개 어촌을 즐기는 자는 백공이요, 백공의 즐거움을 즐거워하는 자
는 가원인데, 도전은 백공의 어부사를 듣고 가원의 어촌기를 읽으면 유
연히 마음이 합하는 것이 있으니, 나는 능히 두 사람의 즐거워 하는
바를 즐거워한다 일러도 또한 옳을 것이다. 아, 이 몸을 천지 사이에
두고보니 아득한 푸른 바다의 좁쌀 한 알이로다. 마땅히 두 사람과 더불
어 이 세상을 뜬구름같이 보고 강호에 빈 배같이 지내리라.(夫樂漁村者
伯共也, 樂伯共之樂者可遠也. 道傳聽伯共漁父詞, 讀可遠漁村記, 有悠
然而會於心者, 謂予能樂二者之樂亦可也. 嗟呼俯仰此身, 滄海一粟, 當
與二者, 浮雲乎斯世, 虛舟乎江湖)27)

어촌을 즐기는 자는 어촌으로 자호한 백공이요, 그 백공의 즐거움
을 즐거워하는 자는 가원[권근의 자]이고, 삼봉은 이 두 사람의 즐거워
하는 바를 즐거워한다고 하니 공부의 삶의 태도를 존중하는 나머지
두 사람과 그로 인해 서로가 나누는 친분의 두터움을 짐작할 만하다.
삼봉은 또 다음과 같은 시로 어촌이 노래하는 어부사의 세계를 그리
고 있다. 어촌의 어부사권중(漁父詞卷中)에 제(題)한 시다.

有翁有翁身朝衣	관복을 입은 늙고 늙은이가 있어
半酣高歌漁父詞	반쯤 취한 취흥에 어부사를 높이 부르네
一曲起我江海思	첫째 곡은 나에게 강과 바다 생각을 떠올리고
二曲坐我蒼苔磯	둘째 곡은 나를 푸른 이끼 낀 낚시터에 앉히며
三曲泛泛迷所之	셋째 곡은 두둥실 갈곳을 알 수 없네
白沙灘上伴鷗鶿	백사탄 위의 가마우지를 짝하고
紅蓼洲邊同鷺鷥	홍료주 가의 해오라기와 함께 하네
雲煙茫茫雪霏霏	구름 연기 아득하고 흰눈은 펄펄

---

27) 「東文選」 제103권, '題漁村記後'.

水面鏡淨風漣漪　　거울 같이 맑은 물위를 바람이 일렁이고
綠蓑靑篛冒雨披　　녹사(綠蓑)와 청약(靑篛)으로 비를 피하네
短棹輕槳載月歸　　짧은 노와 가벼운 상앗대를 저어 달빛을 싣고 돌아오니
興來閒捻一笛吹　　흥겨워 한가로이 피리 잡아 한 곡조를 부네
往往和以滄浪辭　　자주자주 창랑사로써 화답하니
數聲激烈動江涯　　몇 가닥 소리 격렬하여 강가를 울리네
恍然四顧忽若遺　　황홀해서 사방을 둘러보니 갑자기 잃어버린 듯
高歌未終翁在玆　　높은 노래 끝나지 않았는데 늙은이는 이곳에 있네[28]

　청자로 하여금 홀연히 강호의 세계로 안내하는, 어촌의 탈속한 어부가의 세계를 읊고 있다. 양촌과 삼봉이 증언하고 있듯이 어촌은 비록 진세에서 벼슬살이를 하고 있으나 그 뜻은 항상 강호에 있음을 스스로 확고한 태도로 말하고 있다. 양촌이 쓴 「어촌기(漁村記)」에 그런 어촌의 삶의 태도가 분명히 드러나 있다.

　　[어촌이] 하루는 나[양촌]에게 말하기를,
　　"나의 뜻은 고기 낚기에 있는데, 그대는 고기 낚는 낙을 아는가? 대저 강태공은 성인이니, 내가 감히 그와 같이 때 만나기를 기필할 수 없고, 엄자릉은 어진 분이니 내가 감히 그와 같이 개결하기를 바랄 수는 없으나, 동자와 관자들을 이끌고 갈매기와 백로를 벗 삼아 이따금 낚싯대를 들고 쪽배를 노질하여 조류 따라 오르내리며 배 가는 대로 맡겨 두었다가, 깨끗한 사장에 배를 매거나 산수 좋은 중류(中流)에서 구운 고기와 신선한 회로 술잔을 들어 서로 수작하다가 해가 지고 달이 떠오르며 바람은 자고 물결이 고요할 때에는, 배에 기대어 길게 휘파람 불고 노를 치며 높이 노래하고 흰 물결을 날리며 맑은 달빛을 헤치노라면, 호호히

---

28) 정도전, 『三峰集』 권1, <題孔伯共漁父詞卷中>.

마치 성사(星查)를 타고 하늘로 올라가는 듯하다. 그러다가 강에 연하
가 자욱하고 짙은 안개가 내리면 도롱이와 삿갓을 펄럭이고, 그물을 던
지면 금빛 비늘과 옥빛 꼬리의 고기들이 멋대로 펄떡거려, 보기에도 상
쾌하며 마음도 흐뭇해진다. 그러다가 밤이 깊어 구름이 검어지고 하늘
이 캄캄하면 사방은 아득하고 고기잡이 등불만 깜박이는데, 배 지붕에
뿌리는 빗소리는 느렸다 빨랐다 구슬프게 운다. 이때에 배 안에 누워
아득히 먼 옛날의 창오(蒼梧)를 생각하고 상류(湘纍)를 슬퍼하노라면,
진실로 시대를 감상하는 생각이 무한히 일어나게 된다. 그뿐이겠는가!
양쪽 언덕에 꽃이 붉을 적엔 몸이 그림 속에 있는 듯하고, 가을에 요수
(潦水)가 다 빠지고 물이 냉철할 적엔 배가 거울 위를 다니는 듯하며,
여름 뜨거운 햇빛에 더위가 쏟아질 적엔 버들 밑 낚시터에 바람이 산들
거리고, 겨울 북풍이 눈을 날릴 적엔 차가운 강 위에서 혼자 낚시질하여
사철 따라 낙이 없는 때가 없다.

　저 현달하여 벼슬하는 사람들은 구차하게 영화에만 빠지나 나는 당
하는 대로 편안하게 지내고, 곤궁하여 어부 노릇하는 사람은 구차하게
이득만 노리나 나는 자적(自適)하는 데 낙을 두어 현달하거나 침체됨
을 운명에 맡기고 진퇴를 오히려 시절대로 하여, 부귀 보기를 뜬 구름
같이 하고, 공명 버리기를 헌 신짝 버리듯하여, 스스로 형해(形骸) 밖에
서 방랑하니, 어찌 시속을 따라 이름을 낚으며, 환해(宦海)에 빠져 생명
을 가볍게 여기며, 이득만 취하다가 스스로 깊은 수렁에 빠지는 자와
같겠는가. 이러므로 나는 벼슬을 하면서도 강호에 뜻을 두어 매양 노래
에 의탁하는 것이니, 그대는 어떻게 여기는가?"(嘗一日語余曰. 予之志
在於漁. 子知漁之樂也. 夫太公聖也. 吾不敢必其遇. 子陵賢也. 吾不敢
冀其潔. 携童冠侶鷗鷺. 或持竹竿. 或棹孤舟. 隨潮上下. 任其所之. 沙
晴繫纜. 山好中流. 魚肥膾鮮. 擧酒相酬. 至若日落月出. 風微浪恬. 倚
船長嘯. 擊楫高歌. 揚素波而凌淸光. 浩浩乎如乘星査而上霄漢也. 若夫
江烟漠漠. 陰霧霏霏. 揚簑笠擧網罟. 金鮮玉尾. 縱橫跳踢. 足以快目而

娛心也. 及夜向深雲昏天晦. 四顧茫茫. 漁燈耿耿. 雨鳴編蓬疏密間作.
颼颼瑟瑟. 聲寒響哀. 息偃舟中. 神遊寥廓. 懷蒼梧而弔湘纍. 固有感時
而遐想者矣. 花明兩岸. 身在畵中. 潦盡寒潭. 舟行鏡裏. 畏日流炎. 柳
磯風細. 朔天飛雪. 寒江獨釣. 四時代謝而樂無不在焉. 彼達而仕者. 苟
冒於榮. 吾則安於所遇窮而漁者. 苟榮於利. 吾則樂於自適. 升沈信命.
舒卷惟時. 視富貴如浮雲. 棄功名猶脫屣. 以自放浪於形骸之外. 豈若趨
時釣名. 乾沒於宦海. 輕生取利. 自蹈於重淵者乎. 此子所以身簪絞而志
江湖. 每托之於歌也. 子以爲如何.)29)

위수(渭水) 가에서 오랜 은둔의 세월 끝에 주(周)의 서백(西伯)[문왕]
에게 등용되어 은(殷)왕조를 무너뜨리고 제(齊)의 제후에 봉해졌던 태
공망을 성인이라 부르고, 부춘산(富春山)에서 은둔하면서 어린 시절의
친구였던 후한(後漢)의 광무제(光武帝)의 간곡한 부름에도 끝내 응하
지 않았던 엄광(嚴光)을 현인이라 부른 데서 어촌이 가졌던 의식의 일
단을 읽을 수 있다. 태공망과 엄광의 이질적 삶을 어촌은 동시에 수
용한 것이다. 그래서 그 자신 평생 벼슬을 마다하지 않았지만, 그 벼
슬에 구애받지도 않았다고 말한다. 그의 말처럼 그는 벼슬을 하면서
도 강호에 뜻을 두었고, 강호에 뜻을 두면서도 벼슬을 했다.
  "동자와 관자들을 이끌고 갈매기와 백로를 벗삼아 이따금 낚싯대
를 들고 쪽배를 노질"하기를 희구하는 어촌 공부의 실제의 삶은 관
직생활로 시종했다. 그러나 그런 가치관에 걸맞게 너그럽고 솔직한
데다 우스갯소리도 좋아하는 소탈한 성품의 소유자이면서, 청렴하며,
굽은 일에는 타협의 여지가 없고 생사에 개의하지 않는 그런 인품의

---

29) 권근, 「陽村集」 권11, '漁村記'.

소유자였음이 실록에 기록되어 있다.

　　일찍이 전의부령이 되어 옛 재상 이인임(李仁任)의 시호를 황무(荒繆)
라고 정하니, 그 종당(宗黨)이 이를 갈았으나, 공부가 움직이지 않았다.
무인년에 고황제(高皇帝)가 우리나라의 사명(辭命)에 잘못이 있는 것에
노하여 글을 지은 사람인 정도전을 불렀으나, 정도전이 병을 칭탁하고
가지 않으니, 황제는 공부가 글씨를 썼다고 하여 불렀다. 공부가 아무렇
지 않은 듯 길에 올라서 휘파람을 불고 시를 읊기를 태연자약하게 하여
죽고 사는 것을 개의하지 않았다. 마침 사(赦)함을 받아서 돌아올 수
있었다. 공부가 성품이 너그럽고 솔직하고 우스갯소리를 좋아하였으나,
청렴하고 조용하고 욕심이 적어 물건을 가지고 다투는 일이 없어 세상의
추중(推重)을 받았다.(嘗任典儀副令. 謚故相李仁任爲荒繆. 其宗黨切
齒. 俯不爲動. 歲戊寅 高皇帝怒我國辭命有失. 徵撰文人鄭道傳. 道傳托
疾不行. 帝謂俯寫字徵之. 俯怡然就道. 嘯詠自若. 不以死生介懷. 會遇
赦得還. 俯性坦率好恢諧. 然廉靜寡欲. 與物無競. 爲世所重.)30)

　어촌 공부는 비록 벼슬길을 떨쳐버리고 강호의 한 어부로 실제의
삶을 영위하지는 않았지만 청렴하였고, 때로는 목숨을 초개같이 여기
는 기상도 가진 인물이었음을 위의 글을 통해 알 수 있다. 특히 무인년
에 고황제가 조선의 사명(辭命)에 잘못이 있는 것에 노하여 글을 지은
사람인 정도전을 불렀을 때 정도전은 병을 칭탁하고 가지 않았으나,
글씨 쓴 공부를 부르자 그는 아무렇지 않은 듯 길에 올라서 휘파람을
불고 시를 읊기를 태연자약하게 하여 죽고 사는 것을 개의치 않았다고
하는 대목은 그가 표명한 가치관 대로 삶을 영위했음을 말해주는 일화

---

30)『人宗實錄』 32권, 16년 10월 乙丑.

라고 할 수 있다. 어촌이 즐겨 불렀던 어부사는 단순한 여흥으로의 노래가 아니라 자신의 인생관을 스스로 확인하는 표현 방식이었다고 봐도 좋을 듯하다.

4. 공부와 어부가

어촌 공부가 어부가를 잘 불렀던 것은 분명해 보인다. 어촌과 지기였던 양촌은 어촌이 노래하는 어부가를 높이 평가하고 있다.

양촌은 그의 글 <어촌기>에서 그가 "이따금 흥이 무르익어 어부사를 노래하면 그 소리가 맑고 깨끗하여 천지에 가득 차는데, 마치 증삼이 상송을 노래하는 것을 듣는 듯하여 사람들의 가슴 속을 유연하게 하여 마치 강호에 있는 듯한 느낌을 준다. 이는 그의 마음에 사욕이 없어 사물에 초탈하였기 때문에 그 소리의 나타남이 이러한 것이다.(往往興酣. 歌漁父詞. 其聲淸亮. 能滿天地. 髣髴聞曾參之謌商頌. 使人胸次悠然. 如在江湖. 是其心無私累. 超出物表. 故其發於聲者如此夫.)"[31]라고 극찬하고 있다.

「제어촌기후(題漁村記後)」를 써 준 삼봉도 그 글에서 "백공은 마음에만 즐기는 것이 아니라 또 성음에 나타내어 술잔을 들 적마다 어부사를 노래하니, 궁상도 아니요 율려도 아니지만 높고 낮은 것이 서로 응하고 절주가 화협하니 이는 아마도 자연히 나오는 것이리라.(伯共 不惟樂之於心 而又發之於聲 每酒酌 歌漁父詞 非宮非商非律呂 而高下相應 節奏諧協 皆出於自然者也)"[32]라고 어촌의 어부가를 칭찬하고 있다.

---

31) 권근, 「陽村集」, 권11, '漁村記'.

32) 정도전, 『東文選』 권103, '題漁村記後'.

어촌이 어부가를 잘 불렀다는 것은 위의 기록으로 봐서 의심의 여지가 없다. 그러나 그가 어부가를 지었다는 언급은 없다. 농암(聾巖)은 자신이 산개의 대본으로 삼았던 어부가에 대해 "어부가 두 편은 누가 지었는지 모른다(漁父歌兩篇 不知爲何人所作)33)"고 했고, 퇴계(退溪)도 "말을 길게 읊은 것은 무릇 12장인데 지은이의 이름과 성은 알지 못한다(長言者 凡十二章 而作者名姓無聞焉)34)"고 했다. 고산(孤山) 역시 "우리나라에는 옛날부터 어부사가 있었는데, 누가 지은 것인지 모른다(東方古有漁父詞 未知何人所爲)35)"라고 한 것은 이런 언급이 나온 당시에도 그것이 누구의 창작이라는 기록이 없었기 때문일 것이다.

그렇다면 현전의 자료로 보아 어촌이 불렀던 그 어부가를 누가 지은 것으로 보는 것이 가장 합리적인 판단일까? 앞에서 소개한 바의 주장처럼 증거가 분명하지 않은 이상 김영돈을 포함하여 공부의 시기에 이르는 동안 지속적으로 창작·보완되었다고 보는 것36)이 옳은지, 아니면 한 사람에 의해 지어진 것이라기보다는 오히려 어느 자리에서 여러 사람이 고인지영을 집구하여 불렀다고 보는 것37)이 타당한지 살펴볼 필요가 있겠다.

이 작품이 시간의 흐름이나 향유자에 따라 다소 변개되었을 가능성은 농암의 일로 봐서도 인정할 수 있다. 그러나 '증거가 분명하지 않기 때문에 한 개인의 창작이 아니고 지속적으로 창작·보완된 것'

---

33) 이현보, 『聾巖先生文集』 雜著 권3.

34) 이황, 『退溪先生集』 권43.

35) 윤선도, 『孤山遺稿』 권6 別集.

36) 이형대, 「漁父形象의 詩歌史的 展開와 世界認識」, 고려대학교 박사학위논문, 1997, 47~48쪽.

37) 여기현, 「漁父歌의 表象性 硏究」, 성균관대학교 박사학위논문, 1989, 73~74쪽.

이라고 보는 데에는 다소의 무리가 있다고 생각된다. 양촌이 말하고 있듯이 어촌이 부르는 어부가가 "마치 증삼이 상송을 노래하는 것"[38] 같다거나, 삼봉이 말하는 바처럼 "궁상도 아니요 율려도 아니지만 높고 낮은 것이 서로 응하고 절주가 화협하는"[39] 독특함이 있다면, 그것이 지속적으로 불려오면서 창작·보완된 작품으로 보기는 어려울 것으로 생각된다. 지속적으로 보완되면서 불리어오던 노래가 하루아침에 갑자기 '궁상도 아니고 율려도 아닌 것'으로 표현될 낯선 노래로 바뀌었다고 보기는 어렵기 때문이다. 변개가 이뤄졌다면, 이 작품이 악장가사로 수용되었을 때가 그 가능성이 가장 클 것이다.

이형대는 "공부의 노래를 직접 듣고 창화시를 남긴 이색, 정몽주, 권근, 정도전, 성석린, 이직 등을 편의상 공부그룹이라 지칭하기로 한다"[40]고 했는데, 여기현의 주장처럼 어느 자리에서 여러 사람이 고인 지영을 집구하여 어부가를 지었다면 거기에 모일 수 있는 가능성이 가장 큰 사람은 이렇게 공부그룹으로 지칭될 수 있는 사람들일 것이다. 그러나 앞에서 논의한 바와 같이 그들이 남긴 한시 작품이나 그 외의 언급들을 볼 때 그들이 한 데 둘러앉아 어부사 창작에 가담했을 가능성은 지극히 희박하다. 정몽주가 지은, 의순관(義順館)에 묵으며 공부에 부친다(宿義順館寄孔俯)고 한 한 수의 시를 보자.

---

38) "往往興酣. 歌漁父詞. 其聲淸亮. 能滿天地. 髣髴聞曾參之謌商頌. 使人胸次悠然. 如在江湖. 是其心無私累. 超出物表. 故其發於聲者如此夫."(권근, 「陽村集」 권11, '漁村記')

39) "伯共 不惟樂之於心 而又發之於聲 每酒酌 歌漁父詞 非宮非商非律呂 而高下相應 節奏諧協 皆出於自然者也"(정도전, 『東文選』 권103, '題漁村記後')

40) 이형대, 앞의 논문, 44쪽.

宿義順館寄孔俯[41]	의순관에 묵으며 공부에 부치다
驅馬悠悠到浿江	말 달려 멀리 패강에 이르러서
陪臣直欲且觀光	모신 신하 곧 바로 관광을 원하네
去家漸覺遙千里	집 떠나 점차로 천리에 아득하니
擧酒須知阨八荒	술 들며 알겠네 팔황의 액을
鞦鞢水邊山疊疊	말갈 강변에 첩첩한 산
遼陽城下路茫茫	요양성 아래 길은 멀구나
夜深逆旅不成寐	밤 깊은 여관에서 잠 못 이루는데
一曲漁歌聲短長	한 가락 어부가의 길고 짧은 소리 들리네

공부그룹으로 꼽은 포은이 이역(異域)의 객사에서 어부가를 듣고는 어촌 공부를 떠올리는 것을 볼 때, 공부그룹이라 부를 만한 어촌 주위의 사람들에게 있어서 어부가라고 하면 '공부'였고 자신들은 그 공부의 어부가를 즐기는 애청자였을 뿐이었다. 어촌과 같은 선상에서의 창작 가담자로 볼 만한 근거를 찾기가 어렵다는 것이다.

앞에서 인용한 삼봉의 <제공백공어부사권중(題孔伯共漁父詞卷中)>을 보면 어촌이 노래하는 어부사의 면모를 엿볼 수 있는데, 거기서 삼봉은 어부사를 감상하는 청자로서의 향유자이지 창작에 개입하는 태도를 보이지는 않는다. 일곡에서 청자[삼봉]에게 강과 바다 생각을 떠올리게 하고(一曲起我江海思), 이곡에서 청자를 푸른 이끼 낀 낚시터에 앉히며(二曲坐我蒼苔磯), 삼곡에서 두둥실 띄워 갈 곳을 알 수 없게 만드는(三曲泛泛迷所之) 역할은 모두 어촌의 몫이다. 물론 가창자와 작자가 반드시 동일해야 된다는 법은 없으니, 여러 사람이 집구한 작품을 어촌이 독특한 창법

---

41) 정몽주, 『圃隱集』 권2.

으로 불렸을 가능성도 생각해 볼 수 있다. 그러나 삼봉의 <제공백공어부사권중>을 볼 때, 단순히 어촌의 노래 솜씨만을 칭찬한 것이기보다는 어촌이 펼치는 노랫말과 그 노래에 대한 찬사라고 봐야 할 것이다.

만약 그 어부가를 여러 사람이 집구하였다면, 어촌과 교유한 여러 사람 중에서도 누구보다도 어부가의 연행 공간에 가까이 있었을 것으로 짐작되는 양촌이나 삼봉 그리고 포은 등에게서 어떤 단서를 얻을 수 있을 만도 한데, 그들이 지은 「어촌기(漁村記)」나 「제어촌기후(題漁村記後)」를 비롯한 여러 기록에서 드러나는 것은 어부가라고 하면 곧 어촌을 떠올릴 내용뿐이다.

어부가가 정밀한 집구시를 지을 목적으로 집구(集句)된 것이 아니라 어부지취를 드러내기 위한 노랫말로 집구된 점을 감안한다면, 여기현이 제시한 '작품내 시공간성, 시적 화자의 시각 등이 각기 다르거나 혹은 중첩되어 일관되어 보이지 않는다'는 점은 그 작품을 여러 사람이 집구한 것으로 판단할 충분한 근거가 되기는 어렵다고 본다. 더욱이 여러 사람들로 꼽을 만한 인물들의 어부가에 대한 언급이 이촌에게로 모아지고 있다면, 그리고 더 이상의 어떤 새로운 증거 없이 현전의 자료로 판단을 할 수밖에 없다면, 어부사 창작의 공은 일단 어촌 공부에게로 돌려주는 것이 합리적이라고 생각된다.

5. 마무리

어부가류 작품 대부분은 작자가 분명하지만, <악장어부가>의 작자는 확실하지가 않다. 이우성이 어촌 공부가 즐겨 부른 어부가가

<악장어부가>였으리라 추정하고 그 작자를 어촌으로 본 이후 오랫동안 별다른 이론은 없었다. 이후 김영돈을 포함한 공부의 시기에 이르는 동안 지속적으로 창작·보완되었을 것으로 보는 주장과 어느 자리에서 여러 사람이 고인지영을 집구하여 불렀을 것으로 보는 주장이 제기되었다.

본고에서는 <악장어부가>의 작자 논의의 가장 핵심에 있는 어촌 공부를 살핌으로써 <악장어부가> 작자 문제와 그에 관련된 몇 가지 궁금증에 대한 합리적인 답을 얻고자 했다.

고려 문사들이 중국의 영향을 많이 받은 것은 부인할 수 없는 사실이다. 소동파 열풍이 일어난 것도, 혜심이 송사(宋詞)의 형태를 취해 <어부사>를 지은 것도 그런 영향의 결과라고 하겠다. 어촌이 어부사를 즐겨 불렀던 고려말은 1170년의 무신란으로부터 100년간의 무신정권 그리고 그간의 원(元)의 침공 등으로 붕괴의 요인이 잠복해 있는 상태였고, 무신정권의 뒤를 이은 권문세족들은 대륙의 정세변화와 왜구의 침입, 국내의 불안 요인 등에 적절히 대처할 능력이 부족했다. 이러한 시기 신진사류에 의해 유입된 중국의 성리학은 기울어져 가는 나라를 일으킬 정신적 대안으로 자리잡게 되고, 많은 뛰어난 성리학자들이 배출된다. 그러나 당시의 문사들은 유·불·도에 대한 태도가 매우 개방적이었고, 이러한 분위기가 어부사를 비롯한 당시의 문학 작품에 수용되었음을 실제의 시나 문장에서 확인할 수 있다.

공부는 25세 때인 고려 우왕(禑王) 2년(1376년) 과거에 합격한 이후 왕조가 바뀌어 태종 16년 그가 졸(卒)할 때까지도 줄곧 환로에 있었다. 공부는 도교에 남다른 조예가 있었는데, 조선조 태종이 도교의 의식을 행하기 위해 어촌을 여러 차례 부른 일을 실록에서 확인할 수 있다. 심지어 수진(修眞)의 일을 묻기 위해 부친상의 상제(喪制)를 마치지도 않은 어촌에게 탈상하고 알현토록 명하기도 하였다.

어촌은 고려말 조선초의 여러 뛰어난 유자들과 두터운 교분을 맺었다. 특히 양촌 권근과는 각별한 우의를 나누었음을 양촌이 지은 어촌의 호기(號記)인 「어촌기(漁村記)」로 짐작할 수 있다. 그 외 어촌과 관련된 몇 편의 시를 남기기도 했다. 「제어촌기후(題漁村記後)」와 공백공의 어부사 책에 제(題)한 시를 쓴 삼봉 정도전도 어촌과 매우 가까운 사이였음이 분명하다.

이들의 글에는 "갈매기와 백로를 벗삼아 이따금 낚싯대를 들고 쪽배를 노질"하기를 회구하는 어촌의 인생관이 뚜렷이 표명되어 있다. 그는 때를 만나 출사했던 태공망을 성인이라 부르고, 광무제의 부름에 끝내 응하지 않았던 엄광을 현인이라 불렀다. 지향하는 방향이 달랐던 두 사람을 모두 긍정적으로 수용한 그는 진퇴(進退) 어느 쪽에도 집착하지 않았다. 그 자신 평생 환로를 벗어나지 않았으면서도 권력이나 부귀에는 마음을 두지 않았다. 너그립고 청렴하며, 굽은 일에는 타협하지 않고, 생사에 개의하지 않는 인품의 소유자로 세상의 추중을 받았음을 실록에는 기술하고 있다. 어촌이 즐겨 불렀던 어부사는 단순한 여흥으로의 노래가 아니라 이런 자신의 인생관을 스스로 확인하는 표현 방식이었다고 할 수 있다.

어촌이 어부사를 잘 불렀음은 분명하다. 양촌이나 삼봉의 글과 시가 그것을 입증하고 있다. 그러나 어촌이 어부사를 지었는지의 여부에 대한 분명한 언급은 없다. 그렇다면 현전의 자료로 그 어부사를 누가 지었다고 보는 것이 가장 합리적인 판단일까?

'증거가 분명하지 않으니 김영돈을 포함하여 공부의 시기에 이르는 동안 지속적으로 창작·보완되었다'는 주장은 설득력이 약하다고 보았다. 어촌이 어부가를 노래하면 마치 증삼이 상송을 노래하는 것 같다거나, 궁상도 아니요 율려도 아니지만 높고 낮은 것이 서로 응하고 절주가 화협하는 독특함이 있는 것이 틀림없다면, 그것이 지속적으로 불려오면서 창작·보완된 작품으로 보기는 어렵기 때문이다. 지속적으로 보완되면서 불리어 오던 노래라면 청자들이 그렇게 특별한 느낌을 느끼기는 어려울 것이다. 그러나 악장가사로 수용될 때에는 어느 정도의 변개가 이루어졌을 가능성이 있다고 본다.

어느 자리에서 여러 사람이 고인지영을 집구하여 어부가를 지었을 가능성도 희박하다고 보았다. 만약 어느 자리에 여러 사람이 모여 어부사를 함께 집구하여 지었다면, 거기에 모일 수 있는 가능성이 가장 큰 사람은 양촌이나 삼봉 등의 인물들일 텐데, 그들의 글이나 시가 보여주는 것은 어촌이 펼치는 어부가에 대한 일방의 칭찬이나 감탄일 뿐이지 같이 어부가 창작자로서 동참한 것으로 볼 소지는 별로 없기 때문이다.

게다가 어부가가 정밀한 시를 지을 목적으로 집구된 것이 아니라, 어부지취를 고창(高唱)하기 위한 노랫말로 집구된 점을 감안한다면, 작품내 시공간성, 시적 화자의 시각 등이 각기 다르거나 혹은 중첩되어 일관되어 보이지 않는다는 점은 그 작품이 여러 사람이 집구한 것으로 판단할 충분한 근거가 되지는 못한다고 본다. 따라서 현전의 자료로 판단할 수밖에 없다면, 어부사 창작의 공은 일단 어촌 공부에게로 돌려주는 것이 가장 합리적일 것이다.

VI. 어부가의 시적 자아 '어부'

1. 들어가는 말

어부가류 작품에 등장하는 시적 자아는 당연히 '어부'다. 어부가의 참맛을 느끼기 위해서는 이 어부를 잘 이해할 필요가 있다. 작품 속에서 어부의 형상을 하고 있는 이 인물이 진짜 어부는 아니라는 의미로 '가어옹(假漁翁)'이라는 말이 널리 통용되어 왔다. 이런 논의에 깔려 있는 기본적 인식은 어부를 시적 자아로 내세우고 있는 어부가 계통의 작품은 '처사적 문학'이라는 것이다. 이는 이우성의 다음과 같은 주장에 기인한 바가 크다.

'중앙의 관료인 동시에 지방의 지주'인 이들 사대부는 '진(進)하면 조정의 관료로서 좌군택민(佐君澤民)의 치적을 올리고, 퇴(退)하면 강호의 처사(處士)로서 음풍농월(吟風弄月)의 고치(高致)를 누리는 양면의 생활세계를 가지게 되었다.

이러한 사대부의 생활의 양면성은 또한 그들의 문학으로 하여금 양면의 세계를 가지게 하였다. 경국(經國)의 문장으로 불후의 성사(盛事)를 장식하는 관각문학(館閣文學)～관료적문학(官僚的文學)과 일세(逸世)의 정취를 추구하고 한적한 인생을 자락(自樂)하는 강호문학(산

림문학·전원문학 등이 다 동일 범주에 속하는 것임)~처사적 문학이 그것이다.

(중략) 경기체가의 세계는 관료적 문학의 세계였다. 이 경기체가의 세계와 아울러 어부가의 세계의 세계가 형성되어 왔거니와 앞으로 장차 서술할 이 어부가의 세계는 곧 처사적 문학의 세계다.[1]

이런 '어부가=처사적 문학'이라는 등식은 조선조의 여러 어부가를 이해하는 데 있어 지남(指南)의 구실을 해 왔던 게 사실이다. 그러나 이 등식을 모든 어부가계 작품에 접근하는 유일한 통로처럼 여긴다는 것은 타당하지 않다. 똑같이 어부를 시적 화자로 내세우는 어부가일지라도 작품에 따라 전달하는 메시지가 상당한 차이를 보이고 있고, '강호 한정의 처사문학'이라는 개념으로 그런 차이를 모두 포용할 수는 없기 때문이다.

본고에서는 시적 자아로 내세워진 비슷한 형상의 '어부'가 실은 어떤 차이를 보이고 있는지 조금 더 면밀히 고찰해 보고자 한다. 그런 차이를 확인하는 가운데 이제까지 선입견에 의해 가려졌던 작품의 진면목이 한층 더 분명하게 드러나리라 생각한다.

2. 어부의 형상과 기능

어부지취의 시가에 내세워진 시적 자아 어부는 때로 화자로서 목소리를 내기도 하고 때로는 관찰자에 의한 묘사의 대상이 되기도 한다. 이런 시적 자아의 외적 형상은 대체로 비슷하다. '녹사의(綠蓑衣)',

---

1) 이우성, 「고려말·조선초의 어부가」, 『성대논문집』 9, 성균관대학교, 1964, 14쪽.

'청약립(靑篛笠)', '일엽편주(一葉片舟)', '일간죽(一竿竹)' 등을 소도구로
하여 강해(江海)에 등장하는 '설빈어옹(雪鬢漁翁)'이 거의 대부분의 작
품에서 볼 수 있는 보편적인 모습이다. '술'과 '구로(鷗鷺)'도 흔히 볼
수 있는 소품이다. 이런 어부는 때로 무심하게 졸고 있기도 하고 술에
취해 낚시하는 일조차 잊어버리기도 한다. 신민일(申敏一, 1576~1650)
의 <어부(漁父)>와 이수광(李睟光, 1563~1629)의 <어부사(漁父詞)>를
한 번 보기로 하자.

漁父[2)	어부
綠簑靑篛笠	녹사의와 청약립으로
日日坐溪邊	날마다 냇가에 앉아있네
午醉知多少	낮부터 어느 정도 취해서
投竿枕石眠	낚싯대 던지고 돌 베고 잤네

漁父詞[3)	어부사
老翁手把一竿竹	늙은이 손수 대나무 하나 꺾어 쥐고
靜坐苔磯睡夕陽	해거름 낚시터에 가만히 앉아 졸고 있네
魚上釣時都不覺	고기가 입질을 해도 전혀 알지 못하는데
晚潮來浸棘籬傍	만조는 가시나무 울타리 곁까지 밀려드네

　화당(化堂) 신민일은 임진·병자 양란(兩亂)을 모두 거친 조선 중기
의 문신으로 인조반정 후 예조정랑이 되었던 인물로 정묘호란(1627)
과 병자호란(1636) 때에 왕을 호종하기도 했다. 저서 『지봉유설(芝峯類

---

2) 신민일, 『花堂集』 卷1(『韓國文集叢刊』 84, 11쪽).
3) 이수광, 『芝峯集』 卷2(『韓國文集叢刊』 66, 27쪽).

說)』로 유명한 지봉 이수광은 임진왜란 때 함경도 지방에서 큰 공을
세우기도 했다.

위의 두 작품에는 여느 어부가에서 쉽게 볼 수 있는 녹사의와 청
약립이 나온다. 두 작품의 시적 자아 모두 오는 잠에 몸을 맡기고 고
기가 입질을 하든 말든 개의치 않고 있다. 시적 자아로 내세워진 어
부의 이런 외적 형상은 어부가 계통의 작품에서 흔히 볼 수 있다. 권
력의 향방에 촉각을 세우고 긴장의 끈을 늦출 수 없는 벼슬살이의
세계와는 전혀 다른 지경이 펼쳐진다. 위의 작품에서 보는 바와 같이
진세와는 절연된 자연 속에서, 낚싯줄을 드리우고 있으면서도 고기
에 대한 관심조차도 없어 보이는 어부는 우리가 어부가계 시가에서
만나게 될 것을 기대하는 보통의 시적 자아이다. 다시 비슷한 시기를
산 경와(敬窩) 김휴(金烋, 1597~1638)의 <어부사>를 살펴보자.

漁父詞4)	어부사
飄飄數莖髮	몇 가닥 머리카락을 나부끼며
籊籊一竿竹	긴 대나무 낚시 드리우니
淸晨獨漾孤舟去	맑은 새벽에 홀로 외로운 배 띄워 타고 가네
萬頃春波鴨頭綠	한없이 넓은 봄 바다에 압두(鴨頭)는 푸르고
忘是非擲今古	시비를 잊고 고금을 던져버렸다네
盡日悠然傍沙浦	종일토록 모래 포구에서 한가히 지내며
綠簑渾帶柳汀烟	녹사의에는 버드나무 늘어진 물가의 연기를 띠었고
靑篛半濕桃源雨	청약은 도원(桃源)의 비에 반쯤 젖었네
人鉤曲我鉤直	남들은 굽은 낚싯바늘이지만 나는 곧은 걸로
不恨投絲魚不得	낚싯줄 던져서 고기 못 잡는 것 안타까워하지 않네

---

4) 김휴, 『敬窩集』 卷4(『韓國文集叢刊』 100, 313쪽).

漁歌唱晚鏡天闊	해 저물녘 어가(漁歌)를 부르는데 하늘은 맑고도 넓고
千峯環擁江南北	온갖 산봉우리들이 강의 남북을 감싸고 있네
江鳥浮還沒	강 위를 나는 새는 떴다가는 사라지고
江風吹不絶	강바람은 쉬지 않고 불어오네
淸宵獨漾孤舟還	맑은 밤 혼자서 배 저어 돌아오니
一聲柔櫓江心月	부드러운 노 소리, 강 속에는 달이 잠겼네.

경와 김휴는 여헌(旅軒) 장현광(張顯光)의 제자로 1627년(인조 5) 사마시에 합격하고도 벼슬에 뜻을 두지 않고 학문에만 전념한 성리학자다. 경와가 이 작품에서 내세운 시적 자아는 '시비와 고금의 일을 잊고, 종일토록 포구에서 한가하게 지내는 인물'로 자연 속에서 한 폭의 그림처럼 강호와 어우러져 있다. 그야말로 강호한정을 운위할 만한 여유를 느낄 수 있다. 퇴계가 농암을 두고 한 "갈매기를 거느리고 세상을 잊으시고, 물고기를 보면서 즐길 줄을 아셨으니, 곧 그는 강호의 즐거움 가운데 진미(眞味)를 얻으셨다.(押鷗而忘機 觀魚而知樂 則其於江湖之樂可謂得其眞矣)"[5)]는 말이 어울릴 듯한 여유로움이 보인다.

여기에서도 곧은 낚시 바늘이 등장한다. 시적 화자는 '남의 낚시 바늘은 굽었지만 나의 것은 곧다'고 말한다. 곧은 낚시 바늘에 고기가 낚일 리 없다. 애초에 곧은 낚시를 드리웠으니 고기 잡지 못하는 걸 아쉬워 할 일도 없다. 고기잡이에 안달하지 않는 모습이 앞의 작품들에서 본 어부와 별반 다르지 않다.

모든 어부사에서 만날 수 있는 시적 화자 '어부'가 이처럼 비슷한 모습으로 거의 같은 메시지를 우리에게 던지는 것일까? 그렇지는 않

---

5) 이황, 「書漁父歌後」, 『退溪集』 卷43(『韓國文集叢刊』 30, 458쪽).

다. 위의 작품들에서 만나는 어부들이 '직조대시(直釣待時)'라면 바로 떠올리게 되는 태공망과 유사한 인물로 읽히지는 않는다. 그리고 앞에서 살폈던 혜심의 <어부사>에서 만난 시적 자아는 또 달랐다. 태공망의 낚싯대에서 세속적 포부를 펼 깊은 인고의 세월을 느낄 수 있다면, 혜심 어부사의 낚싯대에서는 그런 큰 꿈의 성취 여부도 결국에는 무상하다는 고승의 속삭임이 들리는 듯했다. 어부노래 개별 작품의 차이는 여기에 그치지 않는다. 이들과는 전혀 다른 분위기의 어부가도 있다.

다음은 매월당 김시습(1435~1493)이 지은 <어부(漁父)>라는 작품으로 앞에서 보았던 어부가와는 전혀 다른 느낌, 다른 분위기의 작품이다.

漁父6)	어부
江波日暮碧鱗起	해저물녘에 강 물결 위로 물고기 뛰어오르고
遠浦呷呀聲不已	먼 포구에는 시끌벅적한 소리 그치지 않네
大兒江口販鮮回	큰 아이는 강어귀에서 생선 팔고 돌아오고
小兒沿渚釣鱓鯉	작은 아이는 연안에서 날치와 잉어를 낚아올리네
生涯一竿與扁舟	한평생 편주에 낚싯대 하나로 살아서
寒盟只是雙雙鷗	한맹한 것은 다만 쌍쌍의 갈매기뿐
相親相狎已數年	서로 친압한 것이 벌써 몇 년이 지나
不識人間今古愁	고금 사람들의 근심은 모른다네
去歲官家漁稅討	지난해에는 관청에서 고기잡이 세 독촉하여
挈家遠入碧海島	가족을 이끌고 멀리 벽해도로 들어왔네
今年里胥來催科	올해 고을 아전들이 과금을 재촉하니

---

6) 김시습, 『梅月堂集』(詩集) 卷9(『韓國文集叢刊』 13, 226쪽).

賣家買艇依寒藻	집 팔고 배 사서 한조(寒藻)에 의지했네
長伴江波與明月	오래도록 강 물결 밝은 달과 짝하여
蒻笠簑衣年已老	약립과 사의를 걸치고 살며 벌써 늙어버렸네
羊裘飄零黃葦㴱	황위호에서 양 갓옷 표령(飄零)하니
短篷敗盡寒江雨	찬 비 내리는 강가에 짧은 덮게 다 떨어졌네
老妻入城市春醪	늙은 아내는 성안에 들어가 술을 팔고
一樽半醉鳴柔櫓	한 잔 술에 반쯤 취해 노 젓는 소리 부드럽네
雲隨帆影不見人	구름만 돛 그림자 따르고 사람은 보이지 않는구나
欸乃一聲歸別浦	뱃노래 한 가락 뽑으며 별포(別浦)로 돌아오네

이 시의 분위기가 앞에서 예시한 작품들과 다르다는 것을 어렵잖게 느낄 수 있다. 이 작품에서 만나는 시적 자아는 차가운 현실 속에서 어렵게 삶을 꾸려가는 고단한 모습의 어부다. 큰 아이 작은 아이할 것 없이 모두가 고기를 팔거나 고기를 잡는 일에 동원되고, 늙은 아내는 성안에서 술을 판다. "고금 사람들의 근심은 모른다(不識人間今古愁)"는 구절을 들이 세상일에 초탈한 어부로 해석한 경우도 있지만, 설사 '초탈'이라 하더라도 그리 간단한 의미의 초탈은 아닌 것으로 보인다. 분명한 것은 이 어부가 세상 돌아가는 일을 모른다 뿐이지 바로 앞의 세금 독촉을 외면하고 강호의 한정을 노래할 수 있는 형편은 아니라는 점이다. 관청의 고기잡이 세 독촉에 가족 이끌고 멀리 벽해의 섬으로 들어왔고, 여기서도 또 고을 아전들의 과금 독촉을 받아 집 팔고 배 사서 고기잡이 나선 그에게 가어옹이니 뭐니 하는 말은 어울리지 않는 허황한 소리다. 이 작품에서 어부가 몸담고 있는 세계는 진세(塵世)와 격리된 자연이 아니라 가렴주구의 벼슬아치들이 세금을 강요하는 각박한 삶의 현장이다.

여기서 한 잔 술에 반쯤 취한(一樽半醉) 어부는 앞 신민일·이수광·김휴의 시에서 봤던 '낮부터 어느 정도 취해서/낚싯대 던지고 돌 베고 잠든(午醉知多少 投竿枕石眠)', '고기가 입질을 해도 전혀 알지 못하고(魚上釣時都不覺)', '해거름 낚시터에 가만히 앉아 졸고 있는(靜坐苔磯睡夕陽)' 어옹 혹은 '낚싯줄 던져서 고기 못 잡는 것 안타까워하지 않는(不恨投絲魚不得)' 어부와는 전혀 다른 세상의 어부다. 이 시의 시적 자아 어부는 작자 김시습의 강한 비판적 현실인식을 어깨에 짊어지고 등장하고 있다. 이우성이 말했던 처사와는 거리가 멀다.

작자가 시적 자아로 내세운 어부가 실제 어부를 염두에 두고 지었음을 적시한 작품도 있다. 목은(牧隱) 이색(李穡)이 계절에 따른 여강(驪江)의 풍경을 4수의 절구로 읊은 바 있는데, 이 작품에 김경지(金敬之)라는 어부에 대한 감회로 지은 것임을 제목[驪江四絶 有懷漁父金敬之[7]]으로 밝히고 있다. 그 작품 중 '춘(春)'과 '동(冬)' 두 수만 인용하도록 한다.

春　　　　봄

群花爛熳炫晴空　　뭇 꽃들이 만발하여 맑은 하늘을 밝히니
一箇釣舟明鏡中　　낚시 배 한 척이 맑은 물 가운데 떠있네
不是綠簑靑篛容　　녹사(綠簑)와 청약(靑篛)을 입지 않았으니
誰知細雨與斜風　　그 누가 솔솔 부는 바람에 가랑비 맞는 기분 알리요

冬　　　　겨울

孤舟簑笠碧江空　　사립을 쓰고 고주(孤舟)를 타니 강과 하늘은 푸른데

---

7) 이색, 『牧隱藁 詩藁』 卷9(『韓國文集叢刊』 4, 66~67쪽).

獨釣蕭蕭暮雪中	해 저물어 소소히 눈발이 내리는 데 혼자 낚시를 하네
肯怕水寒魚不食	물이 차서 고기들이 입질하지 않을까 염려되지만
更敎詩格播高風	다시 시격(詩格)을 가르쳐 고풍을 전파하게 하네

이색이 언급한 바로 짐작하면, 봄에 녹사의와 청약립도 없이 솔솔 부는 바람에 가랑비 맞는 사람이나 겨울 사립을 쓰고 눈발이 내리는 데서 혼자 낚시를 하는 인물은 어부 김경지라고 해야 할 것이다. 그렇다면 그는 가어옹인가? 제목을 믿는다면 그는 가어옹이 아니라 그냥 어부다. 이 경우에서 보듯이 '가어옹'이라는 말이 모든 어부가를 이해하는 데 전가의 보도처럼 쓰일 일은 아니다.

가어옹과 진어옹으로의 구별이 어부가에 그려진 시적 화자 어부의 성격을 나눌 수 있는 기준도 아니다. 목은의 작품에서 보는 바와 같이, 작품 속의 어부가 실제의 어부를 그린 것이라고 해도 김시습의 작품 속 어부와는 상당히 다른 모습이다.

이 정도의 예만으로도 어부가 전반을 서사문학이라는 틀에다 가둬놓을 수는 없다는 점은 분명히 드러났다. 어부가도 그 다양성이 인정되어야 한다. 하나의 예를 더 보도록 하자. 다음은 용재(慵齋) 성현(成俔, 1439~1504)의 <어부가(漁父歌)>다.

漁父歌[8]	어부가
白鷗刷羽蹺平沙	백구가 깃을 털고 평사에 내려앉고
秋風吹老蒹葭花	가을 바람이 늙은이의 센 머리카락 휘날리네
孤篷短棹隨所止	배 한 척 짧은 노 가는 데로 맡겨 두고

---

8) 성현, 『虛白堂集』(風雅錄) 卷1(『韓國文集叢刊』14, 387쪽).

一江烟月爲吾家	강 하나의 연월(烟月)로 내 집을 삼았다네
舟中老夫小眠睡	배 안의 늙은이 잠시 잠이 들어
夜深冒雨垂芳餌	깊은 밤 비를 맞으며 미끼를 드리웠네
紅鱗上釣健欲飛	홍린이 낚여 올라오니 날을 듯이 싱싱하고
得錢沽酒謀一醉	돈을 벌어 술을 사서 한번 취하고 싶어
醉歌欸乃拖長篙	취해서 노래 부르며 상앗대에 장단맞추고
鬢絲吹雪寒刁騷	귀밑 수염 눈과 같아 찬바람에 헝클었네
劃然長嘯入雲去	획획 부는 긴 휘파람 소리 구름 속에 들고
一葉掀舞輕波濤	일엽편주는 가벼운 파도에 흔들리누나

대사간·형조참판·평안도관찰사·예조판서·공조판서 겸 대제학
등 여러 관직을 역임한 성현은 『용재총화(慵齋叢話)』외에도 『허백당집
(虛白堂集)』, 『풍아록(風雅錄)』, 『부휴자담론(浮休子談論)』 등 많은 저서를
남긴 뛰어난 학자였다. 유자광과 함께 『악학궤범(樂學軌範)』을 편찬하
기도 했다. 용재가 이 작품에서 내세운 서정적 자아는 앞의 작품에서
본 곧은 낚시 바늘을 드리우고 있는 어부와는 무척이나 다르다. '깊은
밤 비를 맞으며 낚시를 드리우고 있는' 이 어옹은 '날아오를 듯 펄떡이
는 붉은 비늘의 고기를 잡고, 그것을 팔아 술을 사서 한번 취해보기'를
기대하는 어옹이다. 이 노부(老夫)는 진어옹일까 아니면 가어옹일까?
이런 구분은 이 작품을 음미하는 데 얼마나 도움이 될까? 논란이 이어
질 수 있는 문제다. 분명한 것은 처사문학이라는 선입견에 매몰되면
작품 자체의 진면목을 놓칠 수도 있다는 점이다.

이상에서 어부가 계통의 모든 작품에서 반드시 가어옹으로만 봐
야할 시적 자아가 존재하는 것은 아니라는 점과, 그 어부가를 지은
이의 사상이나 현실인식에 따라 다양한 세계관에 의한 메시지가 독
자나 청자에게 전달될 수 있다는 점을 확인했다.

3. 어부에게 부여된 종교이념

어부지취의 시가에 내세워진 시적 자아 '어부'의 외적 형상은 일견 유사하나, 이 시적 자아가 세상을 향해 드러내는 사유 세계가 외형처럼 획일적이지는 않다는 점은 이제까지 살펴본 것만으로도 확인이 되었다. 주목되는 것은 종교적 이념을 담은 어부가가 적지 않다는 점이다. 그 종교이념의 메시지 전달자가 바로 시적 화자 어부이다.

어부사가 처음 지어진 시기부터 도교·불교와의 관계가 심상치 않았던 점은 앞에서 어느 정도 논의가 되었다. 여기에서는 종교이념의 메신저 역할을 떠맡게 된 시적 화자[어부]에 초점을 맞추어 보도록 한다.

앞서 논의한 바의 고려조 진각국사 혜심(1178~1234)의 <어부사>를 다시 보자. 다음은『진각국사어록』'보유편'에 전하는 네 수 중 첫 수다.

一葉片舟一竿竹	한 척의 조각배, 낚싯대 하나
一簑一笛外無畜	도롱이 한 벌, 피리 하나밖에는 아무 것도 없네
直下垂綸鉤不曲	곧바로 늘인 줄에 곧은 바늘
何撈摝	무엇을 잡겠나
但看負命魚相觸	그저 인연 있는 고기가 서로 부딪는 걸 보기만 할 뿐

"불교의 깊은 선지(禪旨)를 문학으로 승화시킨 **빼어난 선취시**(禪趣詩)"라는 평가가 있었던 바와 같이 어부사에 불교이념이 잘 스며들어 있다. 독자나 청자에게 불교이념의 메시지를 충실히 전달하는 임무를 짊어지고 있는 시적 화자는 일엽편주와 낚싯대 하나, 도롱이 하나와 피리 하나 외에는 가진 게 없이 "스스로 족함을 아니 어찌 꿈에라도 영욕을 보겠는가"하고 노래하는 어부다. 어부가 굴원에게 들려주

었던 '시속의 흐름에 따라 탁영(濯纓)과 탁족(濯足)을 선택하라고'는 노래와 차이를 느낄 수 있는 내용이다.

종교란 절대의 경지를 추구하기 마련이다. 최고 권력의 인위적 힘 혹은 모든 생명을 양육하는 자연의 힘에 대한 반응이 함축되어 있는 어부가에 종교인들이 흥미를 느꼈을 법하다. 특히 장지화는 그 자신 도교적 성향의 인물이기도 했지만, 그가 <어가자>에서 자연의 일부처럼 그린 서정적 자아 '어부'가 종교인들에게도 매우 매력 있는 존재로 다가왔을 것이다.

불교계에서는 많은 어부사를 지었다. 우리나라 선문(禪門)에서도 적지 않은 어부사가 나왔는데, 주요 작자로는 우선 조선조의 여러 문헌에서 고려조의 선시(禪詩) 작자로 가장 많이 거론되는 13세기의 승려 충지(沖止, 1226~1292)를 꼽을 수 있다. 충지는 "처음 유학에 입신하여 이미 19세(1244)에 장원하고 여러 관직을 거친 다음 그 10년 후인 29세(1254)에 수선사 제5세인 천영(天英)에게 가서 머리를 깎고 비로소 불교적 생애를 시작"하였다. 문장과 시에 능했던 그는 당시 유림에서까지 추앙을 받았다.[9] 그는 「차운봉답염상국(次韻奉答廉相國)」에서 선자화상의 고사를 인용한 시 <우서(偶書)>를 지었다고 한다.

14~15세기의 승려 함허(涵虛) 득통선사(得通禪師, 1376~1433)는 「금강경설의(金剛經說誼)」에서 야보가 인용한 선자화상의 <어부사> 아래에 18구의 게송을 붙이고 있다고 한다. 벽송(碧松) 지엄(智嚴, 1464~1534)은 『염송설화』를 축약한 「염송설화절록(拈頌說話節錄)」에서도 <천척조(千尺條)>를 수록하여 선자화상의 <어부사>에 대해 논급하고 있다. 휴정(休靜, 1520~1604)은 <어옹(漁翁)> 2수를 지었다. 청매(靑梅) 인오(印悟,

---

9) 인권환, 『한국 문학의 불교적 탐구』, 도서출판 월인, 2011, 49쪽.

1548~1623)는 망기(忘機)의 어부를 묘사하고 있는 시 <어옹(漁翁)>을 지었고, 백암(栢庵) 성총(性聰, 1631~1700)은 강변의 가을 풍경 속에 그려 진 망세주의(忘世主義) 은자(隱者) 어부를 묘사한 시 <어부>를 지었다. 설암(雪巖) 추붕(秋鵬, 1651~1706) 역시 은자의 강상생활을 읊은 서경시 <어부>를 지었고, 환성(喚醒) 지안(志安, 1664~1729)은 위의 문인 <어부 사>의 시풍과는 달리 寓意를 담고 있는 <漁父>를 지었다. 연담(蓮潭) 유일(有一, 1720~1799)은 그의 『임하록(林下錄)』에 조선조의 승려로서 가 장 많은 <어부사>를 썼는데, 그는 <어부사> 2수와 <어부> 1수 그리 고 사패 어가오에 전사한 <어부사> 2수를 지었다. 이후 범해(梵海) 각안(覺岸, 1820~1896)이 지은 <어부>도 있다.10)

　18세기의 승려 연담(蓮潭) 유일(有一)이 어가오조에 전사하여 어부 사 두 수를 지은 것은 매우 흥미로운 일이다. 다음과 같은 작품을 지 었다는 것이다.

簑笠披雲靑嶂曉	이른 새벽녘 산 구름 헤치고 나서는 삿갓
綠蓑雨細春江渺	아득한 강어귀 봄비에 파란 도롱이
白鳥飛來風滿櫂	백조 나르니 돛대에 바람 싣고
收綸了	낚싯줄 걷어 올리니
牧童拍手傳淸嘯	박수 치며 휘파람 부는 목동의 메아리
明月大虛同一照	허공에 밝은 달 고루 비추니
全家泛濤忘昏曉	온 식구 파도 위에 밤낮을 모르겠네
醉眼冷看城市鬧	게슴츠레 취한 눈으로 법석대는 저자 보니
烟波老	강상에 늙은 몸
誰能認得閑煩惱	누가 이 한가로운 번뇌를 기어코 얻을 수 있을까

---

10) 박완식, 『韓國 漢詩 漁父詞 硏究』, 이회, 311~372쪽.

이 작품에 보이는 '사립(簑笠)·녹사(綠蓑)·백조(白鳥)·명월(明月)·취안(醉眼)·연파(烟波)' 등의 시어만 보면 보통의 어부가와 별반 다름이 없다. 그러나 '한(閑)'과 '번뇌(煩惱)'란 시어가 어울린 것은 시인의 매우 특별한 의도를 담은 조합으로 보인다. 온 식구가 파도 위에서 (고기잡이로) 밤낮을 모르고 사는 삶이 세상 번뇌를 가라앉히는 일일 수도 있고 잡다한 인간들의 번뇌 중에 가장 한가한 번뇌일 수도 있다. 누가 능히 그것을 기어이 얻어낼까(誰能認得)? 강상에서 늙은 어부가 그다.

위의 작품처럼 어가오조는 전후결 쌍조, 62자로 된 것이 원래의 모습이다. 12세기에서 13세기에 걸쳐 산 혜심이 어가오조를 응용하여 <어부사> 4결을 남겼는데, 무려 6백 년에 가까운 세월이 지난 뒤 어가오조의 형태를 취한 작품이 또 생산되었다면 그 사이 어떤 전승의 과정이 있었던 것일까? 불문(佛門)에 혜심의 <어부사> 외에 다른 어가오조 작품은 없었을까? 관련 자료가 없는 상황에서 섣불리 말하기는 어렵지만, 여러 가지 의문이 없을 수가 없다. 무엇보다 어부를 시적 자아로 내세운 불교시가 고려조에서부터 조선조까지 계속 계승되어 온 것이나 그것이 국문학사에 있어서 무시할 수 없는 비중을 차지하고 있는 것은 분명한 사실이다.

불교 어부사와 더불어 도교의 이념을 담은 어부사가 나온 것도 결코 우연은 아니다. 최초의 어부사(漁父詞)를 지은 장지화는 신선이 되어 올라갔다는 이야기가 전해질 정도로 도교 혹은 신선사상과 관련된 인물이었다. 장지화의 어부사를 골격으로 하여 <완계사>를 지은 송대(宋代)의 소동파, 그리고 그 외에도 많은 도교적 성향의 인물들이 어부가 계통의 시가에 관심을 갖고 창작하거나 노래했다. 완전히 도교의 도사를 시저 화자로 내세운 어부사도 있다. 당나라 때외 도교

교조였던 여암(呂巖, 798~870)의 <어부사>가 그런 작품이다.

여암의 <어부사 일십팔수>는 도교적 사상을 짙게 노정한 작품으로, 각 수마다 제목[입정(入定), 초구(初九), 현용(玄用), 신효(神效), 목욕(沐浴), 연수(延壽), 서정(瑞鼎), 활득(活得), 찬란(燦爛), 연질(鍊質), 신이(新異), 지로(知路), 조제(朝帝), 방계리(方稧理), 자무우(自無憂), 작심물(作甚物), 질별지(疾瞥地), 상자재(常自在)]을 붙여 놓고 있는데, 어부사의 속이 모두 도교의 세계관으로 꽉 채워져 있다. 몇 수만 인용한다.

漁父詞一十八首[11]　　어부사일십팔수

入定　　　　　　　　입정
閉目藏眞神思凝　　　눈 감고 진여 간직하니 신사가 엉켜
杳冥中裏見君宗　　　묘명한 가운데서 군종을 보네.
無邊畔　　　　　　　끝없이
迥朦朧　　　　　　　몽롱하기만 한데
玄景觀來覺盡空　　　현경을 보니 모두가 공(空)임을 깨닫네.(18-1)

初九　　　　　　　　초구
大道從來自然　　　　큰 도는 예로부터 자연에 속한 것
空堂寂坐守機關　　　빈 당에 홀로 앉아 기관을 지키네.
三田寶　　　　　　　삼전의 보배
鎭長存　　　　　　　진장을 보존하니
赤帝分明坐廣寒　　　적제는 분명 광한루에 앉아 있네.(18-2)

疾瞥地　　　　　　　질별지
萬劫千生得箇人　　　만겁 천생에 한 사람을 얻었으니

---

11) 『新校標點 全唐詩(上)』 권859, 9711쪽.

須知先世種來因　선대 인연의 씨앗 옴을 알아야 해.
速覺悟　빨리 깨달아
出迷津　혼미한 나루를 나와
莫使輪迴受苦辛　윤회의 고통 받게 말지라.(18-17)

常自在　상자재
閉目尋眞眞自　눈을 감고 진여를 찾으니 진여가 저절로 오고
玄珠一顆出輝輝　검은 진주 한 알이 빛을 내네.
終日玩　종일토록 즐기면서
莫拋離　버리고 떠나지 마라.
免使閻王遺使追　염라대왕이 사자 시켜 쫓는 것을 면하리니.
(18-18)

　온통 도교사상의 관념적 시어들로 채워진 작품이다. 눈 감고 진여를 간직[閉目藏眞]하거나 눈을 감고 진여를 찾는[閉目尋眞] 시적 화자는 제목에 '어부사'라고 해두지 않았다면 굳이 어부로 보아야 할 이유가 없을 정도이다. 시적 화자가 어부인지 도사인지 구별이 되지 않는다. 독자나 청자는 시적 화자로부터 현허(玄虛)의 세계로 안내되는 느낌을 받게 된다. 어부사의 형태를 빌렸을 뿐 어부지취(漁父之趣)와는 거리가 멀다.

　자가 동빈(洞賓)이어서 여동빈으로 잘 알려진 여암은 당나라 때의 포주(浦洲) 영락현(永樂縣) 사람으로, 798년에 출생하여 73세까지 생존한 전진파의 3대 교조였던 인물이다.[12] 그로서는 도교적 내용을 담은 시문을 짓는 것이 조금도 이상할 것이 없는 일이겠으나, 하필이면 '漁父詞一十八首(어부사일십팔수)'라는 제목으로 어부사의 형태를 취한

---

12) 최창록 편역, 『呂洞賓 이야기』, 도서출판 살림, 1994, 24~25쪽.

작품을 남겼을까? 사람들에게 널리 향유되고 있는 어부사에 그가 전하고 싶은 내용을 담는 것이 효율적인 포교의 방법이 되리라는 생각을 했을 법하다는 추측은 할 수 있다. 하지만 한편으로 장지화가 도교와 밀접한 인물인 점을 감안하면, 그가 어부사 형태를 취한 포교가를 지은 데서 조금 더 특별한 의미를 찾을 수도 있을 것이다.

실제 많은 어부가류 시가에 내세워진 시적 화자 어부로부터 도가사상이나 신선사상의 체취를 느낄 수 있다. 앞에서 언급한 바 있는 이색의 시 <여강사절 유회어부김경지(驪江四絶 有懷漁父金敬之)>에서 '녹사와 청약을 걸치지 않고, 술술 부는 바람에 가랑비 맞는 기분(不是綠簑靑篛容/誰知細雨與斜風)'을 즐기는 서정적 자아로 그려진 김경지도 예사로운 어부라고 보기는 어렵다. 고기잡이로 생활을 영위하는 어부였다고 할지라도, 유가 쪽보다는 도가 취향의 삶을 영위하는 인물이었을 가능성이 크다고 본다. 조선조에도 어부의 이름을 적시한 시작품이 있는 것을 볼 수 있는데, 17세기를 산 서파(西坡) 오도일(吳道一, 1645~1703)은 <용호에 배를 띄워 취중에 제하어 어부 김거복에게 준다(泛舟龍湖醉題贈漁者金去卜)>13)는 제목의 시를 남겼다. 다음이 그 작품이다.

江山無限好	강산은 끝없이 좋은 곳
去卜進深厄	깊은 곳에 자리를 정했네
浮世無交誼	부세에는 사귈 친구 없어
殷勤贈汝詩	은근히 그대에게 시를 지어준다

김거복이 어떤 인물인지는 알 길이 없지만, 작자와 동일시되는 시

---

13) 오도일, 『西坡集』 卷7(『韓國文集叢刊』 152, 133쪽).

적 자아가 그에게 상기의 시를 줄 마음을 불러일으켰다면 그의 삶에
작자가 희구할 만한 무엇이 있었을 것이다. 심치(深厄)로 나아간 거복
역시 노장적 성향의 인물일 가능성이 크다고 본다.

다시 쌍매당에 차운했다고 한 권근의 <어부사(漁父辭)> 중 1절을
보도록 하자.

漁父辭次雙梅堂用 古人韻[14]	고인의 운으로 쌍매당에 차운한 어부사
長江釣魚者	장강에서 낚시질하는 사람
迹與心雙淸	마음과 행동이 함께 맑구나
不自識榮辱	영욕에 대해서는 아는 것이 없는데
何嘗思利名	어찌 이익이나 이름낼 걸 생각한 적 있으리

작자는 이 시에서 장강에서 낚시질하는 사람은 마음과 행동이 맑아
영욕에 대해서는 아는 것이 없다고 읊고 있다. 그 시적 자아는 어떤
정신세계와 연결되어 있을까? 장지화와 같은 성향의 인물 혹은 삶의
길은 다르지만 "부귀 보기를 뜬 구름같이 하고, 공명 버리기를 헌 신짝
버리듯하여, 스스로 형해 밖에서 방랑"[15]하기를 추구하는 공부와 가치
관이 통하는 인물로 봐도 크게 지나친 추측은 아닐 것이다.

조선조 건국 후 세월이 더하면서, 그 초기나 여말에 비해 도가사상
을 드러내는 시가 작품들이 현저히 줄어들었지만 전혀 찾아볼 수 없
는 것은 아니다. 권력의 지각변동이 일어나는 와중에 벌어지는 유혈

---

14) 권근, 『陽村集』 卷9(『韓國文集叢刊』 7, 107쪽).
15) "惟時視富貴如浮雲 棄功名猶脫屣 以自放浪於形骸之外"(권근, '漁村記', 「陽村集」
   권11)

극에 환멸을 느끼거나 사화(士禍)로 가문에 큰 시련을 겪은 인사들이 노장(老莊)의 취향이 물씬 묻어나는 노래를 부르기도 했다. 미수(眉叟) 허목(許穆, 1595~1682)은 <장육당육가(藏六堂六歌)>의 작자 이별(李鼈, ?~?)에게서 소보(巢父)·허유(許由)의 기풍을 읽을 수 있다고 '장육당 육가지(藏六堂六歌識)'에서 지적한 바16)있는데, <육가> 중 지금 한역 으로 남아있는 4수17)에서 그것을 확인할 수 있다. 한 수를 인용한다.

吾耳若喧亂	내 귀가 시끄러움
爾瓢當棄擲	네 바가지 버리려믄
爾耳所洗泉	네 귀를 씻은 샘에
不宜飮吾犢	내 소는 못 먹이리
功名作弊屨	공명은 헤진 신이니
脫出遊自適	벗어나서 즐겨보세

공명은 다 떨어지고 냄새나는 짚신(功名作弊屨)이니 벗어버리고 유 유자적(脫出遊自適)하겠다고 노래하는 시적 화자는 소보·허유의 고사 를 들어 제도권에 친화적이지 않은 속내를 드러내고 있다.

이 작품을 남긴 이별은 경주 이씨로 그 7대조가 익재(益齋) 이제현(李 齊賢)이다. 고려말 뛰어난 문재를 드날렸던 익재는 우정승·문하시중(門 下侍中)에까지 이르는데, 조선조에 들어서서도 그의 후손들의 관작은 끊이질 않았다. 첫 정치적 시련은 이별의 부(父) 이공린(李公麟, ?~?)에 게 닥쳤다. 그가 사육신(死六臣)의 한 사람인 박팽년(朴彭年, 1417~1456)

---

16) "有藏六堂六歌傳於世…(중략)…有箕潁之風"(藏六堂六歌識, 「記言別集」)

17) 藏六堂의 從孫인 瀼西 李光胤(1564~1637)의 詩文集 「瀼西集」에 한역된 형태로 4수가 남아 있다.(최재남, 「藏六堂六歌와 六歌系 時調 -藏六堂六歌의 복원-」, 『語文 敎育論集』 제7집, 부산대학교, 1983).

의 사위가 되었던 탓이다. 관찰사 이윤인(李尹仁)의 아들인 그는 장인의 죄에 연좌되어 오랫동안 출사의 길이 막혀 있다가 성종 13년에서야 겨우 사면되어 잠시 무반의 직을 거친 후 통례원인의(通禮院引儀)·한성부참군(漢城府參軍)과 홍덕·창평 현감 등을 역임한다. 하지만 갑자사화 때 3남 원(黿)의 죄에 또 연좌되어 해남에 유배된다. 중종반정으로 해배된 뒤에는 청주에서 조용히 여생을 보내는데, 순씨팔룡(荀氏八龍)18)에 비견될 정도로 재명(才名)이 뛰어났던 그의 여덟 아들은 연이어 닥친 무오사화(戊午士禍, 1498)와 갑자사화(甲子士禍, 1504)에 큰 화를 입는다. 이공린의 여덟 아들 중 가장 빼어났던 것으로 알려진 셋째 아들 재사당(再思堂) 이원(李黿, ?~1504)은 시장(諡狀)에서 김종직을 칭송했다는 이유로 무오사화 때 결장(決杖) 80과 원방부처(遠方付處)에 처해졌다가 갑자사화를 맞아 결국 사형되고, 다섯째 아들이었던 이별은 큰 충격으로 황해도 평산에 들어가 은거한다. 세조 때 사마시에 합격은 했지만 외조부 박팽년의 죄로 인해 과거에 응시할 수는 없는 처지였던 이별이 형의 비극적 죽음까지 목도하게 되니, 그에게 있어 공명(功名)이란 닳아 빠진 짚신짝[弊屨]보다 더 지저분하고 냄새나는 것이었을 터이다.

소보·허유의 기풍을 읽을 수 있는 이런 작품이 조선조에도 볼 수 있다는 것뿐이지, 조선조의 지배적 사상은 두말할 나위 없이 유가사상이다. 유가사상을 종교라고 하면 논란이 일겠으나, 유가의 이념도 어부가를 그릇삼아 시적 화자 어부의 목소리를 통해 적잖이 표출된다. 이우성이 처사적 문학이라고 지칭하고자 했던 것도 이런 유형의

---

18) 後漢 때 荀淑에게 儉·緄·靖·燾·汪·爽·肅·專 여덟 아들이 있었는데, 모두 뛰어나다고 이름이 나서 당시 사람들이 八龍이라고 불렀다.(『後漢書』卷6, 荀淑列傳)

작품들 때문이다.

고산 윤선도가 "사군자(士君子)의 처세는 출(出)과 처(處), 두 길밖에 없으니 조정이 아니면 산림이다.(士君子之處世 出與處 二道而已 非朝廷則山林)"[19]고 한 것이 유가적 사유의 전형적인 표현이라고 할 수 있다. 그래서 고산은 <어부사시사> 40장에서 실컷 자연 속에서의 즐거움을 노래하고서 마지막 '어부사여음(漁父詞餘音)'에서 "강산이 됴타흔들 내 분(分)으로 누엇느냐/ 님군 은혜를 이제 더옥 아노이다/ 아모리 갑고쟈 하야도 히올 일이 업세라"라고 노래하고 있는 것이다.

전하는 바의 12장 <어부가>에서 셋을 없애서 9장으로 만들고, 달리 입수한 10결의 단가를 5결로 줄여 이 둘을 합하여 1부의 신곡으로 만든 농암 이현보의 <어부장단가>를 위시하여 이어져 나온 조선조의 어부가계 시가들이 유로하고 있는 사상은 의심의 여지없이 유가적인 것이다. 도학자로서의 면모를 잘 보여주고 있는 농암의 <어부단가> 5장 중 셋째 장을 인용한다.

青荷애 바블 빠고 綠柳에 고기 뀌여
蘆荻花叢에 빅 미야두고
一般淸意味를 어니 부니 아르실고 (5-3)

"일반청의미(一般淸意味)"는 송나라의 성리학자 소강절(邵康節)의 <청야음(淸野吟)>에 나오는 시구다. 청의미(淸意味)는 『대학』에서 말하는 "지어지선(止於至善)" 즉 '지극히 순수한 인간의 본성이 자연과의 화합으로 이루어지는 경지라고 할 수 있다. 농암이 입수한 10결의

---

19) 윤선도,『孤山遺稿』권4서, '上鄭判書世觀書'.

어부단가에 이 내용이 있었는지, 아니면 농암이 줄여 짓는 과정에 내용을 고친 것인지 알 수 없다. 어느 쪽이든 어부가는 유가사상을 담는 그릇으로도 손색이 없다는 것을 느끼게 된다. 이를 본따 지은 경산(京山) 이한진(李漢鎭)의 <속어부사(續漁父詞)> 8장, 병와(甁窩) 이형상(李衡祥)의 <창부사(倡父詞)>, 수헌(壽軒) 이중경(李重慶)의 <오대어부가(梧臺漁父歌)> 등의 어부사계 시가들은 모두 이런 유가적 이념이 충일한 작품들이다. 여암(旅菴) 신경준(申景濬, 1712~1781)이 1769년에 지은 <화방재사(畵舫齋辭)>의 경우, 화방재를 건축할 때 지은 「화방재기(畵舫齋記)」에서 밝힌 바의 '청심양성(淸心養性)의 효용'20)에서 보듯이 성리학적 이념의 조선조 사대부들의 의식을 그대로 노정하고 있다. <화방재사> 9장 중 첫 장을 인용해 본다.

上是華屋下是舟	위는 화려한 지붕, 아래는 배
丹靑生色淸溪隅	맑은 시내 모롱이에 단청도 윤이 나네.
닷드러라 닷드러라	닻 들어라 닻 들어라
箇中自有無限意	이 가운데 자연히 무한 뜻 있으니
指菊叢 指菊叢 於斯臥	지국총 지국총 어사와
聖主猶看舟水圖	성주(聖主)는 오히려 주수도(舟水圖)를 본다네.

배 모양으로 지어진 화방재의 경관과 관료와 백성의 현실적 삶에 대한 묘사가 주요 부분을 차지하고 있는 이 작품의 형식이 전형적인 어부사와는 상당한 차이가 있음에도 어부사의 맥을 잇고 있는 것이 분명함은 이미 논의된 바다.21) 7언시와 함께 5언시가 집구된 점이나 우리말 토가

---

20) 이형내, 『한국 고선시가와 인물형상의 동아시아적 변선』, 소냉출판, 2002, 221쪽.

없는 점, 조흥구가 '지국총(指菊叢)'으로 된 점 등의 특징을 보이고 있는 이 작품이 어부가의 특정 유전자를 지니고 있다고 하더라도 이전의 어부가와는 매우 이질적인 양태를 보여주고 있다. 그리고 그 내용에는 조선조 오백년을 관류했던 유가사상이 깊이 침윤되어 있다.

최고 권력자 왕을 중심으로 한 왕정이 수천 년을 이어왔지만, 조선조의 사대부들이 군은(君恩)에 감읍(感泣)하는 일이 어느 시대보다 많았던 것은 역시 유가사상의 영향이라고 해야 할 것이다. 악장(樂章)에서 '역군은(亦君恩)'을 노래하는 것은 당연한 일이겠으나, 조선조에는 그 외의 어부가에도 '군은(君恩)'이 거의 예외없이 언급된다. 초기의 어부가에서의 어부들이 낚시를 드리웠던 강호는 진세(塵世)와는 별리된 공간이었다. 그러나 조선조의 어부가 작자들은 그 강호 자연까지도 군주의 품안으로 끌어들인다. 정치현실로 진(進)해도 군은(君恩)이요, 퇴(退)하여 은거해 있는 그 자연도 군은이라는 것이다.

농암 이현보도 <어부단가> 5수 중 첫 수에서는 날 가는 줄 모를 정도로 "人世를 나 니셋거니"라고 하고 있지만, 마지막 제5수에서 상안[한양]의 임금 계신 곳[북궐]을 바라보며 "漁舟에 누어신둘 니즌스치 이시랴"라고 실제는 잊지 못하고 있음을 고백하고 있다. "두어라 내 시룸 아니라 濟世賢이 업스랴"라고 마무리를 하고는 있지만, 이미 임금에 대한 충정을 드러낸 뒤다. <어부사시사>의 작자 고산도 앞 장에서 언급한 바와 같이 '어부사여음(漁父詞餘音)'에서 "님군 은혜"를 강조하고 있다.

이후의 어부가계 작품에서도 이와 같이 '군은'을 언급하고 있는 것을

---

21) 이규춘, 「旅菴 申景濬의 <畵舫齋辭> 硏究」, 『韓國詩歌硏究』 제4집, 한국시가학회, 1998, 287~309쪽.

어렵잖게 찾아볼 수 있다. "나는 본디 고기잡고 나무하는 촌놈으로 세간의 명리와는 아득히 멀다(我本漁樵孟渚野로 世間名利盡悠悠ㅣ라)"고 한 병와 이형상의 <창부사(倡父詞)>22)에서도 그가 받은 은혜에 관계없이 "화봉축 화봉축 군은에 감사하니 만세천추 군왕을 받들리라(華封祝 華封祝 感君恩ㅎ니 萬世千秋 奉君王호리라)(言感祝)"고 노래하고 있다. 지소(芝所) 황일호(黃一皓, 1588~1641)는 "三生이 多累ㅎ야 俗緣을 못다 맛ᄎ/ 우흡다 니 닌 身世 첫 계규 글너 잇다"고 그의 <백마강가(白馬江歌)>23)에서 매우 소극적인 자신의 신세 한탄을 하면서 은거생활을 맹세하고 있는데, 인생이 물위의 부평초 같다고 노래하고 있는 그 자신이지만(人生이 얼마치리 믈 우희 萍草로라 : 9~8), 역시 "자기 한 몸 부끄럼 없는 것도 역시 성은이라(一身이 無羞홈도 이 또흔 聖恩니라)"(9-9)고 노래를 마치고 있다.

이상 어부가에서 여러 가지 이념이나 가치관이 시적 화자 어부를 통해 드러나고 있음을 살펴볼 수 있었다. 어부의 외적 형상은 유사하지만, 어부를 통해 전달되는 메시지는 예상보다 훨씬 더 다양하다는 점을 확인했다. 분명한 것은 어부가 계통의 시가가 곧 '처사문학'이라는 생각은 한정된 작품에 해당하는 것이지, 어부가류 시가 전반에 접근할 수 있는 유일한 통로는 아니라는 점이다.

---

22) 권영철, 『瓶窩李衡祥研究』, 『韓國研究叢書』 제37집, 한국연구원, 1978.

23) 이상보, 「黃一皓의 生涯와 白馬江歌 연구」, 『語文學』』 재4집, 국민대학교 어문학연구소, 1984, 5~29쪽.

4. 어부를 통한 현실인식의 표출

시적 화자인 어부의 생활공간은 강호자연이다. 인세[정치현실]를 벗어나고자 하는 이들은 강호자연에서 도연명(陶淵明)이 그려냈던 이상향 무릉도원(武陵桃源)을 꿈꾸었을 법도 하지만, 어디엔들 현실에서 벗어난 공간이 있었겠는가.

어부가 속의 어부는 사상이나 종교적 신념만이 아니라 현실대응의 태도 혹은 현실인식을 표출하는 도구로 이용되기도 했다. 작자가 자신의 현실인식이나 대응을 표출하기 위하여 시적 자아 어부를 내세우는 것이다.

어부가계 시가의 남상(濫觴)이 되는 굴원의 <어부사(漁父辭)>의 경우, 굴원과 대화를 나누는 어부에게서 드러나는 것은 사상이나 종교적 시각이라기보다는 현실인식 혹은 현실대응의 태도라고 할 수 있다. 이 어부의 입을 통하여 노래된 <창랑가(滄浪歌)>의 경우를 보자.

滄浪之水淸兮	창랑의 물이 맑으면
可以濯吾纓	내 갓끈을 씻고,
滄浪之水濁兮	창랑의 물이 흐리면
可以濯吾足	내 발을 씻으리.

이 노래의 내용을 사상이나 종교적으로 분류·구획하려는 노력은 큰 의미를 가지기 어렵다. 흔히 뱃전을 두드리며 이 노래를 부르는 그 어부를 노장류의 인물로 말한다. 그럼 그의 입을 통하여 나온 위의 <창랑가>는 노장사상(老莊思想)의 한 표현인가? 그 어부가 노장류의 은자로 볼 수밖에 없다면, 유가의 경전 『맹자(孟子)』에 다음과 같이 인용되어 있는 부분은 어떻게 해석되어야 할까?

아이가 있어 노래하기를 '창랑의 물이 맑거든 나의 갓끈을 씻고, 창랑
의 물이 흐리거든 나의 발을 씻는다'하거늘, 공자께서 말씀하시기를
"제자들아, 들어라. 맑으면 갓끈을 씻고, 흐리면 발을 씻을 것이니 스스
로 취할 것이라"고 하시었다.[24]

<창랑사>의 내용을 들어 공자가 "이 물이 맑으면 갓끈을 씻고, 흐
리면 발을 씻을 것이니 스스로 취할 것(淸斯濯纓, 濁斯濯足矣, 自取之也)"
이라고 했다고 하니, 어부와 공자가 같은 의미의 말을 되풀이했다는
이야기다. 그렇다면 어부와 공자가 같은 사상의 소유자라고 할 수 있
을까? 노장류로 보여지는 그 어부와 유가의 마루인 공자를 같은 사
상의 소유자라고 말할 사람은 없을 것이다. 그렇다면 <창랑사>를
도가나 유가 사상으로 구분지으려는 노력은 별 의미가 없다는 이야
기가 된다. 도가나 유가를 막론하고 공히 취할 수 있는 현실대응 방
식이라고 할 수 있기 때문이다.

이 <창랑가>는 고려조나 조선조에 두루 불려진 것으로 보인다.
'탁영가(濯纓歌)'로도 지칭되는 이 노래는 고려조는 물론 조선조에도
자주 언급되는 것을 볼 수 있다. 물론 후대의 기록이나 작품에서 창
랑가・탁영가로 말한 것이 꼭히 상기의 노래를 두고 말한 것일까 하
는 의구심이 없는 바는 아니다. 어떤 어부노래든 범칭하여 그렇게 불
렀을 가능성도 배제할 수는 없기 때문이다.

그런 가능성이 없지는 않다고 하더라도 이 명칭이 가리키는 일차
적인 대상은 위의 내용을 가진 노래이다. 물의 맑기에 따라 처신을

---

24) "有孺子ㅣ歌曰, 滄浪之水ㅣ淸兮어든 可以濯我纓이요 滄浪之水ㅣ濁兮어든 可以
濯我足이라하여늘, 孔子 曰, 小子아 聽之하라 淸斯濯纓이요 濁斯濯足矣로소니 自
取之也라하시니라"(『孟子』卷之七 離婁章句上)

하겠다는 태도는 조선조에도 별다른 거부감을 불러일으키지는 않은 것으로 보인다. 이 명칭이 나오는 경우 몇 가지만 살펴보도록 한다.

공부가 이 노래를 불렀을 가능성은 충분하다. 우선 그는 어부사를 모아 묶은 책(漁父詞卷)을 가지고 있었고, 거기에 이 노래가 실렸을 가능성이 있다. 만약 없었다면 너무 간단한 내용이어서 굳이 적어놓을 필요가 없었다는 것이 이유가 될 것이다. 앞에서 살펴본 바와 같이 양촌(陽村)의 시 <시일여제공모우범주(是日與諸公冒雨泛舟)>에서도 탁영가를 소리높여 부르는 어촌의 모습을 그려내었고[高歌濯纓聲出金], 삼봉(三峰)의 시 <제공백공어부사권중(題孔伯共漁父詞卷中)>에서도 창랑사로 화답을 했다[往往和以滄浪辭]고 증언하고 있다.

'성인의 경전에 의거한 글(聖人經據之文)'을 추구했던 농암도 자신이 산개한 <어부장가>에서 "탁영가 노래 그치니 물가가 조용하네, (濯纓歌罷汀洲靜)(9-6)"라는 시구를 살려 탁영가를 운위하는 데 별다른 거부감을 보이지 않았다. 고산도 굴원의 <어부사>에서 서로 상충되는 현실대응 방식을 보인 '굴원의 충정'과 '어부의 탁영가' 둘 다를 <어부사시사>에 끌어들이고 있다. 춘사(春詞)에서는 '탁영가(濯纓歌)에 흥이 나니 고기도 잊을로다(10-5)'고 노래하면서, 하사(夏詞)에서는 '초강(楚江)에 가서 낚시를 하자하니 멱라수에 빠져 고기의 밥이 된 굴원의 충혼(忠魂)을 낚을 것 같다(10-4)'고 노래하고 있다.

<탁영가>의 '물이 맑으면 갓끈을 씻고(淸斯濯纓), 물이 흐리면 발을 씻는(濁斯濯足)' 처세관은 어떤 처지의 인물에게도 수용될 수 있었던 것으로 보인다. 어떤 처지의 사람에게도 설득력 있는 현실대응의 방식이었기 때문일 것이다.

셋째 형 원(黿)이 무오(戊午)와 갑자(甲子)의 사화에 연루되어 결국

사사됨으로써, 가정이 풍지박산이 되는 화를 겪는 장육당(藏六堂) 이별(李鼈, ?~?)에게는 이 <창랑가>가 특별한 감회로 느껴졌을 것이다. 퇴계가 "세상을 기롱하고 공경치 않는 뜻(玩世不恭之意)"이 있고 "온유돈후의 내용(溫柔敦厚之實)"이 적음을 탓한 <장육당육가(藏六堂六歌)>에는 <창랑가>에 기대어 현실인식을 드러내고 있음을 본다.

玉溪山下水	옥계산 흐르는 물이 못을
成潭是貯月	이루어 달 가두고
淸斯濯我纓	이 물이 맑으면 갓끈을 씻고
濁斯濯我足	흐리면 발을 씻네
如何世上子	어떠한 세상 사람도
不知有淸濁	청탁을 모를래라.

사마시(司馬試) 통과 후 청운의 꿈을 꾸며 과거공부를 하던 이별의 좌절감을 시적 화자의 목소리를 통하여 느낄 수 있다. "이 물이 맑으면 갓끈을 씻고 흐리면 발을 씻네(淸斯濯我纓 濁斯濯我足)"라고 노래한 다음, "어떠한 세상 사람도 청탁을 모를래라(如何世上子 不知有淸濁)"라고 하는 화자의 목소리는 '역군은(亦君恩)'을 외치는 다른 작품들과는 분위기가 다르다. 굳이 드러내지는 않았지만 그 근저에는 '탁(濁)'하다고 생각하는 현실인식이 자리하고 있을 것이다.

현실의 청탁 유무에 관계없이 정치현실에 참여하고자 하는 강한 의욕을 갖고도 끝내 그 뜻을 이루지 못하고 마는 고려조의 임춘(林椿)이 남긴 다음의 <어부(漁父)> 역시 현실에 대한 불만과 날카로운 비판의식이 깔려 있는 작품이라고 하겠다.

漁父[25]	어부
浮家泛宅送平生	배 띄워 집을 삼아 평생을 보냈고
明月扁舟過洞庭	밝은 달밤에 편주로 동정호를 지나네
壇上不聞夫子語	단상에서 공자의 말 듣지 못했고
澤邊來笑屈原醒	못 가에 와서는 (혼자) 깨었다는 굴원을 웃네
臨風小笛歸秋浦	피리 소리 바람 타고 가을 포구에 흘러들고
帶雨寒簑向晚汀	쌀쌀한 날씨 비 내려 사립 쓰고 저문 물가로 향하네
應笑世人多好事	우습다 세간에는 호사가들 많아
幾廻將我畵爲屛	몇 번이나 나를 그려 병풍을 만들었나

'배 띄워 집을 삼아 평생을 보냈고(浮家泛宅送平生)'나 '쌀쌀한 날씨 비 내려 사립 쓰고 저문 물가로 향하네(帶雨寒簑向晚汀)'에서 볼 수 있는 것은 예사로운 어부의 모습이다. 그러나 작자는 이 어부에게 매서운 비판의 목소리를 부여한다. 배를 집 삼아 평생을 보내는 어부의 삶이 어떤지 알 길 없는 호사가들이 병풍에 자신[어부]을 그려 전원생활을 희구하는 듯한 위선적 태도를 취한다고 비꼬고 있다. 시인의 비판적 현실인식이 시적 화자의 목소리를 통하여 표출되고 있는 것이다.

앞에서 집중 조명한 장지화의 어부사에서 만났던 어부와 임춘의 시에서 만나는 어부가 독자나 청자에게 던지는 메시지는 상당히 이질적이다. 비록 시적 화자 어부의 외형은 거의 비슷하게 나타나지만, 작자가 어떤 의식을 가지고 시적 자아 어부를 내세우는가에 따라 작품의 분위기나 의미는 매우 큰 차이를 보인다는 것을 확인할 수 있다. 그런 차이를 확인하기 위해 다시 장지화의 <어가자> 중 그 첫 수를 보기로 하자.

---

25) 임춘, 『西河集』 卷1(韓國文集叢刊 1, 212쪽).

西塞山前白鷺飛	서새산 앞 백로가 날고
桃花流水鱖魚肥	복사꽃잎 떠가는 물에 쏘가리 살졌구나
靑箬笠	파란 댓잎 삿갓
綠蓑衣	푸른 도롱이 쓰고
斜風細雨不須歸	비낀 바람 가랑비에 굳이 돌아갈 건 무어람.

한 번 사환(赦還)한 이후 스스로 연파조도(煙波釣徒)라고도 하고 「현진자(玄眞子)」를 지어 그것으로 호를 삼기도 한 장지화는 철저히 정치현실을 외면한다. 위의 어부사에서 보는 바와 같이 긍정적이든 부정적이든 인세(人世)나 군은(君恩)에 대한 언급조차 없다. '불수귀(不須歸)'란 대목이 보여주는 "대자연에 대한 깊은 사랑과 진한 애착"26)이 작품 전편을 관류하고 있는 것이다. 부슬부슬 내리는 가랑비에 삿갓과 도롱이를 걸친 시적 자아 어부의 모습과 작자 장지화가 둘이 아닌 데서 오는 특별한 영향력을 앞에서 논의한 바 있다.

장지화처럼 시적 자아를 통해 드러나는 현실인식이 실제 작자의 삶과 일치하는 경우는 오히려 드물다. 어부노래가 보여주는 경지를 진심으로 희구하고, 그런 가치관을 서슴없이 드러내었고 어부가를 누구보다도 애창했던 공부(孔俯)는 한 번 벼슬길에 들어선 이후 경사에 가서 객사할 때까지 환로를 떠나지 못했다.

특히 조선조에는, 자연에 대한 깊은 사랑과 애착이 적잖이 표명되지만 장지화와 같이 정치현실에 눈길도 주지 않는 현실대응의 태도는 찾아보기가 어렵다. 간송당(澗松堂) 조임도(趙任道, 1585~1664)의 경우를 보자. 다음은 「일간어부오삼공(一竿漁父傲三公)」이란 그의 글이다.

---

26) 박완식, 「<漁父詞>硏究 -그 類型과 思想的 背景을 中心으로-」, 우석대학교 박사학위논문, 1996, 49쪽.

一竿漁父傲三公

우리집은 어이해 강호의 동쪽에 있는고. 위에는 천 층이나 되는 절벽이 높이 서있고, 아래에는 만 길이나 되는 맑은 소가 아름답게 어우러졌네. 산 아래 물위, 연파(煙波) 속에는 고기잡이 배 한 척 띄워서, 평생토록 하는 일은 고기 잡고 낚시 놓는 일. 권세와 명리는 흐르는 물과 하늘에 떠있는 구름 같이 여기고, 사람들이 말하는 명리의 일에 대해서는 푸른 하늘을 향하여 빙그레 한번 웃어넘기고, 사람이 부유하고 귀해지는 재주는 괴이하게 여겨서 보지 못하고 듣지 못하는 것처럼 하여 편안한 듯 자득한 듯하니, 하늘과 땅 사이에, 다시 무엇을 즐기겠는가? 깨끗한 마음은 황천(皇天)과 서로 통하고, 아득히 멀리 외롭게 이 우주 안에서 누가 능히 이 맛을 알까 알지 못하고, 스스로 이 생활만 하다가 죽을 것이라 생각하네. 그대는 모르는가 극진(棘津)으로 가는 방향을, 위수 가 운수에 비웅(匪熊)이 숨어있는 것을. 또 모르는가 객성(客星)이 제왕 자리를 사양한 것을. 풍성한 봄날 임학(林壑)에 있는 양가죽 옷을 입은 늙은이가, 내 생각은 세상 사람들과 달라서 홀로 서서 옛날 어진 이들 기풍 잇고 싶어, 천종(千鍾)으로 알리고 백승(百乘)이 있는 조정(막사)의 재상을 비웃나니, 새를 잡아 새장에 가둬놓은 것과 다르지 않기 때문이네. 어찌 조각배를 타고 낚싯대를 잡은 세상 밖의 사람 알리오, 저절로 참된 즐거움이 무궁하게 이어지는 것을. 봄바람이 불고 물안개 자욱한 비오는 아침에 낚시 마치면 수양버들에 배 매어놓고 쉬고, 가을 서리 내리는 달 밝은 밤에 스스로 생각하네. 기와집 대신 상앗대에 의지한 것, 낚싯대 하나가 가난하고 가볍다고 말하지 마오. 이 작은 몸에 지극한 즐거움이 미치니, 삼 정승이 귀하고 즐겁다 말하지 마오. 탄식하고 슬퍼하는 견학(犬鶴)이라 끝내 무슨 공이 있으랴. 누가 나에게는 벗이 없다고 하는가. 변함없는 구로(鷗鷺)와 마음이 같은데, 누가 나에게는 일이 없다고 했는가. 한 강에 연월(煙月)을 옮기는 기이한 공이 있는데, 사람들이 사람하고 욕하는 것이 나에게는 어떠한가. 굽혀서 세상을 보니 먼지가 꽉 끼었는데, 한정(漢鼎)을

부지하는데 끈 하나를 묶어두고 묘랑에는 어찌 반드시 양충(良忠)이
어야 하나. 연파(煙波) 길게 차지해 가는 대로 맡겨두고, 아득히 경상
(卿相)을 어리석은 아이로 여기네. 안타깝다 동정(形庭)과 자금(紫禁)
가운데 있는 사람들. 허리에는 금으로 머리에는 옥으로 장식하고, 묘
시(卯時)에 출근했다가 신시(申時)에는 퇴근하네, 밥벌이하는 무리들
과 함께 일하니, 어찌 흰 돌이 있는 맑은 강변과 같은가. 그 모우(毛羽)
는 희게 세었고, 가을이 되면 남쪽으로 봄이 되면 북쪽으로 가서, 아득
하고 조용히 양홍(陽鴻)을 따라가네. 자지곡(紫芝曲)이 끝나니 산에
구름 걷히고, 몇 봉우리가 우뚝우뚝 솟아나네. 창랑가(滄浪歌)가 끝나
니 강에는 가랑비가 내리고, 아득히 물결이 일렁거리네. 웃노니 (서울
의 도로) 자맥(紫陌) 위에서, 혹 구해서 만족한 사람 총총히 내달리는
것, 저들은 청운(靑雲) 속에서, 혹시 자리 잃을 것을 염려하는 사람 근
심이 가득하네. 나는 흰 구름이 흰 것을 어여삐 여기고, 저들은 홍진
(紅塵)이 붉은 것을 사랑한다네. 나는 능운학(凌雲鶴)을 벗하나, 다른
사람들은 초풍총(迢風驄)을 부러워하네. 세 정승과 낚싯대 하나가, 어
느 것이 더 나은가? 오직 상제(上帝)께 편지를 띄워, 천공(天公)께 한
번 여쭈어 보리.(我家何在江湖東 上有千層絶壁巉巖而崔屼 下有萬丈
清潭窈窕而冲融 山之下兮水之上 漁舟一葉煙波中 生涯事業惟在漁釣
間 勢利等看流水浮雲空 人言名利事茫然一笑向蒼穹 人間富貴術 怪
而不答如盲聾 休休然囂囂然 不知天壤間 復有何所樂 素心自與皇天
通 洋洋焉踽踽焉 不知宇宙內 誰能識此味 自期將此堪長終 君不見屠
叟去棘津 渭濱雲樹藏匪熊 又不見客星辭帝座 富春林壑羊裘翁 我所
懷兮與世殊 獨立擬繼前賢風 笑矣乎千鍾百乘府中相 不殊羈鳥囚樊
籠, 安得知扁舟一竿物外客 自有眞樂長無窮 春風煙雨朝 罷釣繫舟垂
楊藂 秋天霜月夜 自斟瓦甌憑篙蓬 莫言一竿貧且輕 至樂嘉趣饒微躬
莫言三公貴且樂 歎犬悲鶴終何功 誰云我無友 百年鷗鷺心期同 誰云
我無事 一江煙月輪奇工 人有寵辱如吾何 俯觀世路塵蒙蒙 扶持漢鼎
繫一絲 廟廊豈必皆良忠 煙波長占任所如 藐視卿相如癡童 嗟彼形庭

紫禁中 金其腰玉其頂 卯而入申而退 營營役役伴食輩 何如白石淸江
邊 霜其毛雪其羽 秋而南春而北 冥冥漠漠隨陽鴻 紫芝曲終山雲捲 數
點峯崇崇 滄浪歌罷江雨細 萬頃波濛濛 笑矣紫陌上 或有求得者奔匆
匆 彼哉靑雲裏 或有患失者憂冲冲 吾憐白雲白 彼愛紅塵紅 我友凌雲
鶴 人羨迢風驄 三公與一竿 誰雌又誰雄 惟簡在上帝 吾將問天公)27)

    간송당 조임도(趙任道)는 선조 18년(1585)에서 현종 5년(1664)까지 생
존했던 인물이다. 그는 위의 글에서 "깨끗한 마음은 황천과 서로 통하
고, 아득히 멀리 외롭게 이 우주 안에서 누가 능히 이 맛을 알까 알지
못하고, 스스로 이 생활만 하다가 죽을 것이라 생각하네."라고 자신의
고결한 뜻을 밝힌다. 그의 은거생활에 대한 자긍심이 구구절절이 드
러나고 있다. 많은 어부가계 시가에서 볼 수 있듯이 "이 강산을 세
정승과도 바꾸지 않는다(三公不換此江山)"고 말하고 있다.

    간송당은 광해군 3년(1611) 이황(李滉)과 이언적(李彦迪)의 문묘종사(文
廟從祀)를 반대하는 정인홍(鄭仁弘)을 규탄하고는 칠원(漆原)에 은거했
다. 1623년 인조반정(仁祖反正) 후 학행(學行)으로 천거되어 공조좌랑이
된다. 인조 25년(1647)에는 대군사부(大君師傅)로 임명되어 창녕까지 가
다가 포기하고 되돌아온다. 그가 은거한 세월이 거의 평생인 인물임은
분명하다. 그러나 현실의 그는 위의 글을 통해 기대하게 되는 그와
그대로 부합하는 것으로 생각되지는 않는다. 그는 자연에 대한 강한
애착과 실제의 은거생활에도 불구하고 대군사부(大君師傅)로의 부름에
응한다. 창녕까지 가서는 비록 노구로 도저히 먼 길을 가기가 어렵다고
판단하여 도로 돌아가지만, "세 정승과 낚싯대 하나가, 어느 것이 더

---

27) 조임도, 『澗松集』 續集 卷1, '一竿漁父傲三公'(『韓國文集叢刊』 89, 183~184쪽).

나은가? 오직 선택은 상제(上帝)께 있으니, 천공(天公)께 한번 여쭈어 보리"라고 하던 기세와는 분명한 차이가 있다.

이것은 간송당에게만 나타나는 특별한 현상이라고 보기는 어렵다. 앞에서 농암·고산 등의 경우에서 보았듯이, 조선조의 유자들은 군주(君主)에 대한 특별한 '충군의식(忠君意識)'을 드러내었다. 어떤 경우를 당하더라도 '역군은(亦君恩)'을 외치는 충군의식이 조선조의 유자들에게는 지배적이어서 장지화와 같은 철저한 현실 외면이 그들에게는 전혀 다른 영역의 태도였을 수도 있다.

자연 사랑이 지극한 한 인물이 젊은 나이에 벼슬길에서 물러나 산수를 즐기며 전원에 거했으나, 형제를 역모죄로 무고한 어이없는 사건에 연루되어 장살되는 사건을 보면 조선조의 어부사가 갖는 한계를 또 다른 측면에서 짐작할 수 있다. 조선 중기의 학자 주천(舟川) 강유선(康惟善, 1520~1549)이 남긴 글을 한 번 보도록 한다.

> 못에는 가을이 들어 맑고, 물에는 파도가 잔잔하네. 여뀌꽃 붉게 핀 강가에 한가로이 오리가 잠이 들었는데, 조각배 노 젓는 이 누구 집 아들인고. 도롱이 입고 약관 쓰고, 흰 수염은 눈 같고 서리 같네. 봉창에는 구름이 자욱하고, 달은 물결 속에 비치네. 평생동안 낚싯대 하나로 빈 배 타고 세상을 살았네. 밥 한 그릇 물 한 사발로 한평생 거침이 없었네. 내가 영화가 없는데 그 누가 나를 욕되게 하며, 내가 잘못함이 없는데 그 누가 나를 옳다고 하겠는가. 바로 옆에 있는 사람 마음도 천리 밖에 떨어져 있는 것 같고, 분수를 알아 몸이 편안한데 거슬리는 도적놈이 도달했네. 예나 지금이나 벼슬길에는 몇 번이나 뒤집히는 법. 개를 희생하는 것은 두 번하기 어렵고, 토기를 좇음도 다시 오지 않네. 부귀는 잠시 동안에 지나지 않고, 공업(功業)도 망양(亡羊)의 탄식일세. 저 강가는 어떠한가. 온갖 일을 나 잊어버리고, 갓 씻고 발씻으며 창랑

의 물이 맑고 탁한데 따르네. 흥망이 어떠한가, 나아가고 물러나는 것이 무심하다네. 한단(邯鄲)의 꿈이 끊어지니 무릉도원이 보이네. 한 몸을 어떻게 관리하랴. 온 강 가득 맑은 기운 돌고 계절이 바뀌니 경치도 따라 변하고, 한가로이 낚시터에 서니 나의 흥취는 곧 하나일세. 봄이 와서 물이 가득하고, 바람이 잔잔해서 물결이 고요하네. (강 위에는) 고기잡이 배 수 없이 별처럼 늘어서 있는데, 이 배들은 그물을 드리우고 낚시질하지 않네. 그물을 쓰는 것은 많이 잡기 위한 것. 빼앗지 않으면 만족하지 못하고, 취하면 반드시 욕심을 채우는 것. 길다란 대나무 낚싯대로, 즐기는 것은 어떤 즐거움인가. 행동거지와 음식예절이라네. 다만 생각하는 대로 맞출 뿐이네. 가을이 오니 바람이 급하게 불고, 물 속에는 돌이 드러나네. 돛대는 뒤집히고 노는 꺾이고, 열 사람이 감에 아홉은 빠지네. 앞사람은 경계함을 알지 못하고, 뒷사람은 징계함을 몰라서, 서로들 빠지는 것이 이어지고, 복철(覆轍)이 서로 거듭하네. 여뀌꽃 핀 강가에서, 근심하는 것은 무슨 근심인가. 비바람을 살펴 낚시하여, 부휴(浮烋)함에 만족할 줄 아는 것 뿐, 그 누가 축하를 하며, 그 누가 애처로워하겠는가. 그 근심하고 즐거워하는 것은 모두 자기 스스로 부르는 것. 강동(江東)에는 돛단배 한 척, 동강(桐江)에는 갓옷 입은 이 한 사람. 영화인가 욕됨인가, 즐거움인가 근심인가? 이른바 온갖 일이 무심한 낚싯대 하나에 있어, 세 정승도 이 강산과 바꾸지 않는 사람인가? 아, 저들은 즐기는 것이 바랄 줄을 아는 사람들이나, 이 즐거움을 그리워하는 까닭은 알지 못하네, 이들은 즐기는 것이 오랠 줄을 아는 사람들이나, 저 즐거움이 오래가는 까닭을 알지 못하네. 저들이 사모하는 것은 오래갈 수 있는 것인가? 벼슬길은 빠르기도 한 것, 이것을 즐기는 사람들은 오래갈 수 없는가? 강산은 일이 없으니, 이와 같이 처신한다면 장차 무엇을 취할꼬. 즐겁고 즐겁구나 물위에 떠 있는 것이. 조각배 탄 사람과 함께 돌아가고 싶네.(澤國秋晴 水府波殘 紅蓼花邊 眠鳧閑閑 扁舟短棹者誰氏子 簑衣箬冠 雪鬢霜髭 雲鎖蓬窓 月印波頭 生涯一竿 身世虛舟 一簞一瓢 百年契濶 我之無榮 人孰我辱 我之無非 人孰我是 咫尺

人間 遠如千里 安分身閑 負乘寇至 古今宦海 幾度飜覆 牽犬難再 逐兎
不復 富貴須臾 勳業亡羊 何如江上 萬事都忘 濯纓濯足 淸濁滄浪 興亡
何知 進退無心 邯鄲夢絶 桃源可尋 一身何管 滿江淸興 時移節換 景物
紛更 閑立磯頭 我興則一 方其春回水滿 風恬波寂 千棹百槳 滿步星列
網而不釣 罟必用數 不奪不厭 取必盈欲 籊籊竹竿 所樂何樂 行止食飮
只從其意適而已 及夫秋來風急 水落石出 檣傾楫摧 十步九溺 前不知
戒 後不知懲 載胥及溺 覆轍相仍 蘆花江渚 所憂何憂 監風釣雨 祇足於
浮休而已 孰爲可賀 孰爲可弔 其憂其樂 摠是自召 江東一帆 桐江一裘
榮耶辱耶 樂耶愁耶 所謂萬事無心一釣竿 三公不換此江山者乎 噫 彼
皆知所樂之爲可慕 而不知此樂之可以慕 此亦知所樂之爲可久 而不知
彼樂之可以久 彼所慕者爲可久耶 宦海迅駛 此所樂者爲不可久耶 江山
無事 如處之則將焉取乎 樂乎樂乎泛乎水 願同歸於扁舟子(「一竿漁父
傲三公賦」)[28]

주천 강유선은 부(父)가 창원도호부사(昌原都護府使)를 지낸 강의(康
顗)이고, 장인이 이연경(李延慶)이다. 명종 4년(1549), 조정에 대한 비난
의 말이 화근이 되어 역모를 꾀한다는 무고를 당해 처형되는 이홍윤(李
洪胤)은 이연경의 재종질(再從姪)인데, 이 사건에 강유선의 이름이 거명
되고 결국 강유선은 장살(杖殺)된다.

주천은 1537년(중종 32) 사마시에 합격하여 성균관 유생이 되었고,
문장이 뛰어나 좨주(祭主) 송인수(宋麟壽)의 아낌을 받았다고 한다. 그
는 1545년 인종이 즉위하자 성균관 유생을 이끌고 조광조(趙光祖)의
신원을 청하는 상소를 직접 작성하여 세 차례나 올려 기어이 뜻을
관철한 인물이다. 인종 사후에는 벼슬에서 물러나 고향인 충주로 내
려와 산수를 즐기며 세월을 보냈는데, 위의 글에서 강호에 대한 그의

---

28) 강유선, 『舟川遺稿』(『韓國文集叢刊』 38, 6쪽).

의식을 엿볼 수 있다. 그리고 자연 속에서 그렇게 살고자 했지만, 정치현실은 그를 가만히 두지 않았다. 장인의 재종질인 이홍남(李洪男)이 그의 아우 이홍윤이 역모를 했다고 무고한 것이 강유선에까지 불똥이 튀어 장살을 당하는 비극의 주인공이 된다.

조선조의 선비들은 장지화처럼 정치현실을 외면하기가 쉽지 않아 보인다. 굴원의 <어부사> 이후 '독결기신(獨潔其身)'하거나 '맑으면 갓끈을 씻고(淸斯濯纓) 흐리면 발을 씻는(濁斯濯足)' 현실대응의 태도는 어부가류 시가를 통하여 꾸준히 표명되어 왔다. 정치현실에 대한 비판의식이나 "삼공불환차강산(三公不換此江山)"을 노래하는 자연으로의 귀은의식(歸隱意識) 또한 어부가류 시가에서 볼 수 있는 현실인식이다. 그러나 조선조의 어부가류 시가에서는 정치현실의 가운데에 있으면서도 정치현실과는 동일시할 수 없는 '군주'란 존재가 그들의 현실대응 태도에 큰 변수로 작용했다고 하겠다.

5. 마무리

선인들이 남긴 어부지취의 시가작품들이 여러 학자들에 의해 적잖이 소개되고 구명되었다. 그 논의에 관류되고 있는 기본적 인식은 그것이 처사적 문학이라는 것이다. 이우성의 주장 이후 '어부가=처사적 문학'이라는 등식은 별다른 이론 없이 통용되어 왔다. 이런 등식이 어부가의 일면을 밝히는 데 기여한 것은 사실이다. 그러나 어부가 계통의 시가 전체를 그런 시각으로 접근한다면 상당한 오해가 발생할 수 있다.

　어부가 계통의 시가에 내세워진 시적 자아는 물론 '어부'다. 선인들은 이 어부를 통하여 자신의 사상이나 세계관, 혹은 현실인식을 표출하고자 했다. 선행 연구에서 이런 사상·현실인식 혹은 그 사적 전개나 유형에 대해 적잖은 논의가 있었다. 본고에서는 선행의 연구에서 간과되었던 부분을 주로 고찰하고자 하여, 그 방법으로 메시지 전달자인 시적 자아 '어부'의 형상과 기능이 어떠하며, 그 어부를 통해 표출되는 사상과 현실인식이 어떠한 것인지를 살폈다. 이런 작업을 통하여 어부가 계통의 시가 전반에 대한 균형있는 시각을 마련하고 부적절한 선입견을 불식할 수 있을 것으로 기대했다.

　어부가류 시가에 내세워진 시적 자아 어부의 외적 형상은 거의 비슷하다. 녹사의(綠蓑衣)·청약립(靑篛笠)·일엽편주(一葉片舟)·일간죽(一竿竹) 등을 소도구로 하여 강해(江海)에 등장하는 설빈어옹(雪鬢漁翁)이 거의 대부분의 작품에서 볼 수 있는 보통의 모습이다.

　비슷한 형상이나 행동의 '어부'라 할지라도 그를 통해 전달되는 메시지는 전혀 다를 수 있다. 진각국사의 <어부사>에서 시적 자아 어부는 곧은 낚시 바늘을 드리우고 있지만, 직조대시(直釣待時)의 태공망과는 그 사유세계가 크게 다르다. 이것은 비슷한 어부의 외형 속에 매우 다른 내면의 세계가 존재한다는 것을 보여주는 좋은 예가 된다.

　불교의 어부가류 시 또한 한 주류를 형성하여 오래 전승되고 있었고, 그 작품들이 국문학사상 소홀히 할 수 없는 비중을 지니고 있다는 것을 확인했다. 도교 혹은 노장사상은 어부가 계통의 작품과 불교보다도 더 깊은 인연을 가지고 있다. 어부가류 작품의 생성에서부터 그런 사유세계가 담지되어 있기 때문이다. 노장사상은 작품에 따라 농담(濃淡)이 크게 다른 것을 볼 수 있다. 이 노장(老莊)의 성향이 조선조에도 간간이 드러나기는 하지만, 조선조는 역시 유가의 사상이 정신세계의 주조를 이루었던 시기로, 어부가도 유가사상을 농축하게 된다. 장육당 이별처럼 정치적 시련으로 출사가 좌절된 인물이 <장육당육가>와 같은 노장의 기풍을 담은 작품을 짓기도 했으나, <악장어부가> 이후 사대부들에 의해 지어진 대부분의 어부노래들은 유가의 정신세계를 유로하고 있다.

어부가 계통의 시가가 유·불·도 삼교의 정신을 담는 데 조금도 부족함이 없는 그릇으로 쓰였음을 본고에서 확인할 수 있었다. '어부가=처사적 문학'이라는 등식이 이런 어부가류 시가를 모두 감싸 안을 수 있는 개념으로는 부족하다는 점은 의심의 여지가 없다. 그 다양성이 인정되어야 한다. 어부가는 그 시대를 사는 지식인들이 어부라는 시적 자아를 내세워 그들의 사상을 다양하게 표현해 온 문학이었다고 하는 것이 더욱 적절할 것이다.

굴원의 <어부사> 이후 '독결기신(獨潔其身)'하거나 '청사탁영 탁사탁족(淸斯濯纓 濁斯濯足)'하는 현실대응의 태도는 사상적 이념과 함께 어부가류 시가를 통하여 꾸준히 표명되어 왔다. 정치현실에 대한 비판의식이나 강호자연으로의 귀은의식(歸隱意識) 또한 어부가계 시가에서 볼 수 있는 현실인식이다. 조선조의 어부가류 시가에서는 정치현실의 가운데에 있으면서도 정치현실과는 동일시할 수 없는 '군주'란 존재가 그들의 현실대응 태도에 큰 변수로 작용했다.

이상 어부가 계통의 시가에 내세워진 시적 자아 '어부'를 주로 조명하여, 어부가류 시가에 대한 고착화된 시각을 탈피하고, 새롭게 인식할 수 있는 계기를 마련하고자 했다. 미흡한 부분의 보완은 후고로 미룬다.

Ⅶ. 어부 형상의 유형과 그 특질

1. 들어가는 말

어부가는 자연의 힘과 인위적 힘에 대한 개인의 대응 의식을 어부라는 서정적 자아를 통해 표출하는 문학 양식이라고 읽을 수도 있을 것이다. 어부가라는 갈래를 취하는 것만으로도 그 대응 의식은 어느 정도의 동질성을 가질 것으로 예상할 수 있다. 그러나 생각 이상으로 개개인이 표출하는 대응 의식은 다양했다. 앞에서는 그 다양성을 확인하는 데 주력했다. 이 장에서는 다양성을 밝히는 가운데 확인된 몇몇 작품군의 동질성에 대해 논의하고자 한다.

이 유형화 작업은 분류의 결과보다는 분류 과정에 작품의 진미를 확인할 수 있다는 생각에서 출발한다. 필자는 몇몇 어부가에서 어부를 통하여 작자가 드러내고자 하는 가치관의 개별적 특성을 살피기 위하여, 강호자연(江湖自然)과 정치현실(政治現實)에 대한 작자의 물리적·심리적 거리를 재는 방법을 시도한 적이 있다.[1] 이런 작업은 어부 형상을

---

1) 박규홍, 「漁父詞 硏究 -작품에 나타난 인생관을 중심으로-」, 『時調學論叢』 14, 한국시조학회, 1999, 111~130쪽.

취한 대상 작품을 이해하는 데 상당한 도움이 되었을 뿐 아니라, 다양한 어부가를 유형화하는 데 매우 유용한 방법이 되었다. 이 장에서도 그 방법을 원용하도록 한다. 이 유형화 작업에는 작자가 어떻게 노래하고 있는가 하는 것과 함께 작자가 어떻게 살았는가 하는 것도 중요한 판단의 근거가 되므로 작품 이면에 세속적인 욕심을 감춘 채 은일을 노래하는 종남첩경(終南捷徑)의 경우를 파악하기도 용이하다.

이 유형화 작업은 앞에서 논의한 바의 여러 작품들이 갖는 이질성을 체계적으로 이해하는 데도 도움이 될 것으로 본다. 장지화의 어부사와 조선조의 많은 어부가가 어떻게 다르며 일본의 사가 천황의 <어부>와는 또 어떻게 다른지, 그것들이 독자들에 전하는 메시지에 왜 차이가 나는지를 파악하는 데 이 유형화의 방법이 유용하게 쓰일 것으로 기대한다.

한명회가 작록을 바라면서도 강호에 뜻이 있는 양 한강에 압구정을 지은 것과 장지화가 초계와 삽계를 오가는 부택(浮宅)을 지은 것은 외양 그 이상으로 차이가 있으며, 그런 차이는 반드시 평가기 되어야 한다. 세속을 벗어나고자 하는 표층의 태도와 세속을 향한 심층의 의도가 모든 어부가에서 발견할 수 있는 현상이라는 생각은 옥석구분(玉石俱焚)에 지나지 않는다고 생각한다. 물론 이 장에서 시도하는 유형화 방법이 어부가로서의 진안(眞贋)을 가리겠다는 극단의 생각으로 접근하는 것은 아니지만, 작품의 진면목을 이해하는 데 적지 않은 도움이 되리라 본다.

2. 어부 형상의 유형 분류

어부사의 일정 대상을 어떤 식으로든 분류하려는 시도는 이미 있었다. 박완식은 한·중의 어부사를 시대별로 다루면서, 다시 조선의 한시 어부사를 명제에 따라 어부류(漁父類)·조간류(釣竿類)·어가류(漁歌類)·범주류(泛舟類)·어초류(漁樵類)·어렵류(漁獵類) 등으로 나누기도 하고 문체에 따라 사부체(辭賦體)·사곡체(詞曲體)로 나누기도 했다.[2] 이형대는 어부 형상의 초기 양상을 논의하는 가운데 이때의 각 인물들의 행위 및 지향에 따라 그 유형을 '①구선(寇先)·자영(子英) 등과 같은 초인적인 존재, ②여상(呂尙)과 같이 초야에 은거하며 정치적 이상실현의 때를 기다리는 존재, ③엄광(嚴光)과 같이 세속의 명리를 초탈하고 강호에 은거한 은일적 존재'로 나눈 바[3]도 있다. 이러한 분류는 대상 작품을 이해하는 데 크게 기여한 것으로 생각된다.

그러나 "단일 명제에도 현격한 형식의 차이와 변이가 있을 뿐 아니라, 강호한정(江湖閒情), 은일초탈(隱逸超脫), 경국제세(經國濟世)의 큰 포부를 안고 때를 기다리는 잠룡(潛龍)의 칩거(蟄居), 굴원의 충직의 재조명 등 내용과 의식이 여러 방면으로 반영되어 있다. 이처럼 형식의 차이 및 이면의 내용과 작가의 의식 또한 다양하므로 어디까지가 <어부사>의 범주이며 그 연원은 어디에 있는가에 대해 모호하지 않을 수 없다"[4]는 토로처럼 같은 명제에도 형식의 차이뿐 아니라 이면의 내용과 작가의 의식이 다양하여, 어부 형상을 수용한 작품 전체를

---

2) 박완식, 『韓國 漢詩 漁父詞 硏究』, 이회, 165~226쪽.

3) 이형대, 「漁父形象의 詩歌史的 展開와 世界認識」, 고려대학교 박사학위논문, 1997, 16쪽.

4) 박완식, 앞의 책, 165쪽.

체계적으로 인식하는 데에는 상당한 어려움이 있다. 세속으로부터의 이탈이라는 표층과 세속 세계에 대한 집요한 관심이라는 심층이 인간의 보편적 정서이어서 어부가 계열의 작품에 시대를 막론하고 동일하게 존재한다는 견해5)가 나온 것도 다양한 양상의 작품들을 객관적으로 바라볼 마땅한 기준을 마련하지 못한 때문으로 보인다. 인세 지향과 세속 지향의 의식은 작품에 따라 분명히 달리 나타난다.

본고에서는 그런 차이를 변별하기 위한 객관적 기준을 마련하고자 한다. 인세와 강호 자연을 양극에 두고 양자에 대한 작자의 물리적 거리와 심리적 거리를 작자의 생애와 작품을 통해 파악하는 방법으로 분류가 이뤄진다. 이렇게 해서 제시되는 다섯 가지의 유형으로 분류하는 가운데 어부가의 다양한 창작 의식이 상당 부분 드러나리라 본다. 다음은 다섯 가지의 유형을 도식화한 것이다.

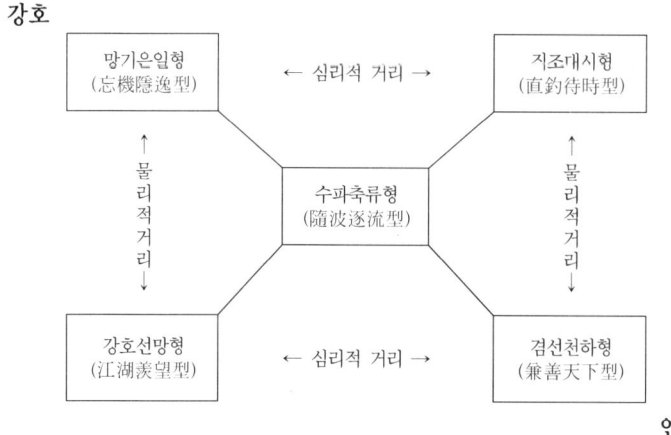

---

5) 송정숙, 「漁父歌系 詩歌硏究」, 부산대학교 박사학위논문, 1990.

첫째, 수파축류형(隨波逐流型)은 <창랑가>와 같이 흐름에 따르는 태도를 보이는 어부 형상을 말한다. 강호만 바라보겠다는 것도 아니고 그렇다고 인세에 집착하는 것도 아니다. 치세에는 현실에 참여하고, 난세에는 홍진(紅塵)을 떠난다는 유연한 태도를 견지하고 있는 것이 이 유형이다.

둘째, 망기은일형(忘機隱逸型)은 인위적 질서의 틀에 구속되거나 양명(揚名)에 연연하지 않고 은일을 추구하는 어부 형상이다. 진세(塵世)의 효란(淆亂)함을 피해 강호에 은거하면서 인세에는 눈을 두지 않는 경우가 된다.

이 유형에는 종교이념을 담은 일군의 작품들도 포함될 수 있다. 종교적 깨달음의 도구로 사용된 어부사들은 일면 어부노래로서의 특성을 초월하고 있지만, 작자가 속세를 떠나 있고 지향하는 바가 세속적인 욕심과는 거리가 멀다면 이 유형에 같이 묶어도 무방하리라 본다.

셋째, 강호선망형(江湖羨望型)은 작품에 나타나는 어부 형상 자체는 망기은일형과 별반 다르지 않지만 작자의 실제 삶은 인세에 얽매어 있는 경우이다. 작자와 서정적 자아가 분명히 구별되는 것이다. 어느 작품이 이 유형인지의 여부를 판단하는 데 작자의 삶의 행태가 중요한 기준이 된다. 어부가의 진가를 찾고자 한다면, 이 유형과 망기은일형을 구분하지 않고는 안 될 것이다.

넷째, 직조대시형(直釣待時型)에는 직조대시(直釣待時)의 유형과 강호연군(江湖戀君)의 유형이 같이 포함된다. 강호에 낚시를 드리우고 있으면서도 끊임없이 인세를 주시하다가 결국은 서백을 만나 주(周)나라를 낚게 되는 태공망 여상과 같은 인물, 또는 강호 속에서도 '역군은(亦君恩)'을 노래한 조선조의 사대부들의 어부가가 이 경우에 해당

된다. 작자가 강호 속에 있고, 강호를 부정하지 않으면서도 인세의 일이나 군주를 생각하기를 포기하지 않는 것이 바로 이 유형이다.

다섯째, 겸선천하형(兼善天下型)은 작자가 인세에 몸담고 있으면서 어부 형상을 통하여 현실에 대한 작자의 태도를 드러내는 경우이다. 때로는 삶의 고단함을 표출하거나 현실정치에 대한 비판을 위해서, 때로는 세상에서 펼치고자 하는 겸선(兼善)의 포부를 드러내기 위해서 어부 형상이 동원된다.

이와 같은 유형 분류는 작품과 작자의 삶의 관련성을 중시한 연구방법이 되겠는데, '작자의 삶'이 어부사류의 작품을 해석하는 데 있어서 매우 중요하다고 본 결과다. 이 유형화를 통해 수천 년 내려온 <창랑가>의 힘의 근원과 조선조 사대부들의 어부가가 갖는 한계의 요인 등등이 밝혀질 수 있으리라 생각한다.

3. 어부 형상의 유형에 따른 특질

(1) 수파축류형(隨波逐流型)

강호를 고집하지도 않고, 그렇다고 인세에 집착하지도 않는 태도를 견지하는 이 유형을 설정한 것은 오래 전승되면서 후대에 많은 영향을 끼친 <창랑가>의 존재 때문이다. 굴원의 <어부사>에 나오는 <창랑가>는 이 유형 분류를 통하여 몇 가지 선입견에서 해방되는 것이 본래의 의미를 회복할 수 있는 첩경이라고 생각된다.

굴원의 <어부사>는 주지하다시피 서로 다른 처세관을 지닌 두 인물인 굴원과 어부가 화자로 등장하여 대화를 나누는 구조로 되어 있다. 그 어부의 입에서 흘러나오는 <창랑가>는 "창랑의 물이 맑으면 내 갓끈을 씻고(滄浪之水淸兮 可以濯吾纓), 창랑의 물이 흐리면 내 발을 씻으리(滄浪之水濁兮 可以濯吾足)"라는 노래다. 어부사의 종조로 꼽히는6) 이 <창랑가>는 동아시아에 널리 퍼졌던 너무도 유명한 노래다. 처지가 전혀 다른 수많은 사람들이 적어도 2천 수백 년 동안 이 노래를 전승해 왔다. 무엇이 이 노래에 그런 생명력을 부여했을까?

굴원의 <어부사>에 나오는 <창랑가>가 여기에 처음으로 선보이는 것은 아니다. 『맹자(孟子)』에 다음과 같은 내용이 있다.

> 아이가 있어 노래하기를 '창랑의 물이 맑거든 나의 갓끈을 씻고, 창랑의 물이 흐리거든 나의 발을 씻는다'하거늘, 공자께서 말씀하시기를 "제자들아, 들어라. 맑으면 갓끈을 씻고, 흐리면 발을 씻을 것이니 스스로 취할 것이라"고 하시었다.7)

위의 내용을 그대로 받아들인다면, 굴원보다 약 200년 전에 생존한 공자 때에도 이 노래가 있었다는 이야기가 된다. 여기에서는 '아이가 있어 노래하기를(有孺子 歌曰)'이라고 되어 있는데, 이것은 <창랑가>가 민간에 널리 구전되었을 가능성을 보여주는 대목이다.

---

6) 宋의 郭茂倩은 그의 『樂府詩集』에서 굴원의 <漁父辭> 가운데 이 <滄浪歌>만을 취하여 이를 <漁父歌>라 명명하여 맨 먼저 싣고 그 뒤를 이어서 장지화의 5수, 和凝과 歐陽炯 각 1수, 李珣의 3수를 실어 <창랑가>를 어부사의 종조로 꼽고 있다고 한다.(박완식. 앞의 책, 16~17쪽)

7) "有孺子ㅣ 歌曰, 滄浪之水ㅣ 淸兮어든 可以濯我纓이요 滄浪之水ㅣ 濁兮어든 可以濯我足이라하여늘, 孔子 曰, 小子아 聽之하라 淸斯濯纓이요 濁斯濯足矣로소니 自取之也라하시니라"(『孟子』卷之七 離婁章句上)

　　<창랑가>를 노래한 어부에 대하여는 "옛 은자인 소보(巢父), 허유(許由)나 하궤(荷蕢), 장인(丈人)의 무리"[8]라는 평가가 대체로 용인되고 있는 듯하다. "성인(聖人)은 세상의 물(物)에 구애받지 않고 시세의 추이에 따라 처신하네. 세상 사람들이 모두 흐리다면 어찌 그 진창을 휘저어 물결을 날리지 않고, 세상 사람들이 모두 취하였다면 어찌 그 술지게미를 먹고 그 모주를 들이키지 않는가? 무엇 때문에 깊이 생각하여 높이 드러내어 스스로 쫓겨나게 하였는가?"[9] 하는 어부의 말에서 '노회한 도가적 냉소주의'[10]를 느낄 법도 하다. 그러나 <창랑가>마저 노장적(老莊的) 가치관의 소산물로 획정해 버린다면 그런 판단의 타당성에 문제가 발생한다.

　　『맹자』의 내용을 수용한다면, <창랑가>는 어부의 가치관에 의해 지어진 노래가 아니라 세간에 전하는 노래를 어부가 굴원에게 들려준 셈이 된다. <창랑가>의 실제 작자가 어떤 인물인지 확인할 길은 없지만, 공자가 '탁영(濯纓)'이든 '탁족(濯足)'이든 '스스로 취할 것이라(自取之也)'라고 한 것은 그도 이 노래를 긍정적으로 받아들인 때문이라 할 수 있다. 실제 <탁영가>로 불려지기도 하는 이 <창랑가>에는 강호를 지향하거나 아니면 현실에 집착하려는 뜻이 표명되어 있지 않다. 노장류(老莊流)로 파악되는 어부의 입을 통해서도 이 노래가 흘러나오고 있고, 유가(儒家)의 조종(祖宗)인 공자도 그것을 나름대로 인정했고, 맹자는 또 그런 사실을 드러내어 남겼다.

---

8) "迂齋云漁父, 蓋古巢由之流, 荷蕢丈人之屬"(『古文眞寶』<漁父辭> 序說의 小註).
9) "聖人不凝滯於物 而能與世推移. 世人皆濁 何不淈其泥而揚其波. 衆人皆醉 何不餔其糟而歠其醨. 何故深思高與 自令放爲"(『古文眞寶大全 後集』, 학민문화사, 1992)
10) 이형대, 앞의 논문, 13쪽.

이처럼 <창랑가>는 누구나 받아들이기에 용이한 노래였다. '어디에도 집착하지 않고, 세상의 청탁에 따라 유연하게 대처한다'는 태도는 '결국에는 모든 것이 자기가 취할 바'라는 공자의 해석과도 쉽게 연결된다. 공자 이후 2천 년 이상이나 인구에 회자되었던 생명력도 이처럼 어떤 처지의 사람에게도 거부감을 야기하지 않는 수용 가능성에 연유한다고 할 수 있다.

벼슬살이를 오래 하면서도 명리에 집착하지 않은 어촌 공부(1352~1416)도 이 <창랑가>를 즐겨 불렀다.11) <악장어부가>에도 <탁영가>가 나오고, <악장어부가>가 '성현의 경전에 의거한 글(聖賢經據之文)'이 아니라고 하여 이를 개산(改刪)12)한 농암 이현보(1467~1555)의 <어부가>에도 역시 이 시구(詩句)가 그대로 옮겨져 있다.

> 濯纓歌罷汀洲靜커를 竹徑柴門猶未關이로다
> 셔스라 셔스라 繫舟猶有去年痕이로다
> 지곡총 지곡총 어스와 어스와 明月靑風一釣舟ㅣ로다
>
> (악장어부가 12-12)

> 濯纓歌罷汀洲靜 竹徑柴門을 猶未關라
> 비셔여라? 비셔여라 夜泊秦淮近酒家로다
> 至匊悤 至匊悤 於思臥 瓦甌篷底獨斟時라   (농암어부가 9-6)

---

11) "有翁有翁身朝衣 半酣高歌漁父詞 一曲起我江海思 二曲坐我蒼苔磯 三曲泛泛迷所之 白沙灘上伴鷗鷺 紅蔘洲邊同鷺鷥 雲煙茫茫雪霏霏 水面鏡淨風漣漪 綠簑靑篛 冒雨披 短棹輕槳載月歸 興來閒捻一笛吹 往往和以滄浪辭 數聲激烈動江涯 怳然四顧忽若遺 高歌未終翁在玆"(정도전, 『三峰集』 권1, '題孔伯共漁父詞卷中')

12) "此非聖賢經據之文. 妄加撰改."(이현보, 「漁父歌跋」)

불우지사(不遇之士)에게도 이 노래는 거부감 없이 받아들여졌다. 퇴계 이황이 "완세불공지의(玩世不恭之意)"가 있고 "온유돈후지실(溫柔敦厚之實)"이 적다고 탓13)한 장육당(藏六堂) 이별(李鼈)도 그의 <육가(六歌)>14)에서 "옥계산 흐르는 물 못 이뤄 달 가두고(玉溪山下水 成潭是貯月), 맑으면 갓끈을 씻고 흐리면 발을 씻네(淸斯濯我纓 濁斯濯我足), 어쩌한 세상 사람도 청탁을 모를래라(如何世上子 不知有淸濁)"라고 <탁영가>를 입에 올렸다. 무오(戊午, 1498, 연산군4)와 갑자(甲子, 1504, 연산군10)의 사화(士禍)로 겪게 되는 장육당의 좌절감이 <탁영가>로 표출될 수도 있는 것이다.

중인 신분으로 재능을 펼치지 못하고 평생을 불우하게 산 홍세태(洪世泰, 1653~1725)는 가사(歌辭) <창랑곡>의 작자로 추정15)되고 있는데, 여기에서도 "창랑滄浪)에 씻은 관(冠)끈", "아마도 일생종적(一生蹤迹)이 창랑(滄浪) 속에 있노매라"라고 노래하고 있다. <창랑가>가 여러 사람들에 의해 향유된 흔적은 이루 헤아릴 수 없을 만큼 많다.

이처럼 <창랑기>는 여러 경우의 사람들이 별다른 거부감 없이 받아들일 수 있었던 노래였다. 이렇게 향유된 정황으로 봐서 '노장적 성향'이라고 이 노래의 성격을 한정하는 것은 적절치 않은 것으로 보인다. 오히려 강호·인세와 물리적·심리적으로 가운데 위치하는 분기점적인 성격의 작품으로 설명하는 것이 <창랑가>의 특성을 더 잘

---

13) "惟近世有李鼈六歌者. 世所盛傳. 猶爲彼善於此. 亦惜乎其有玩世不恭之意. 而少溫柔敦厚之實也."(이황, 「陶山十二曲跋」, 『退溪先生集』권43)

14) 여섯 수 중 네 수가 한역가로 남아 있다.(최재남, 「藏六堂六歌와 六歌系 時調 —藏六堂六歌의 복원—」, 『語文敎育論集』제7집, 부산대학교, 1983)

15) 강전섭, 「<滄浪曲>의 作者 摸索」, 『古詩歌硏究』7, 韓國古詩歌文學會, 2000, 1~14쪽.

이해할 수 있는 길이 될 것이다.

(2) 망기은일형(忘機隱逸型)

이 유형은 작자가 실제 강호에 은둔하고 또 심리적으로도 망기(忘機)의 상태에 있는 경우를 말한다. 이 유형의 가장 대표적인 예는 장지화의 어부사라고 하지 않을 수 없다. 진세를 떠나 강호에 은둔한 망기은일의 인물 장지화가 지은 <어가자>는 중국은 물론 고려나 일본에까지 전파되어 커다란 반향을 일으켰던 문제의 작품이다. 앞에서 그런 영향력의 발원처를 밝혀보려는 시도를 했고, 결론은 그의 어부사 뒤에는 시적 화자와 동일한 모습으로 살았던 그의 삶이 있었기 때문이라는 것이었다. 찾아든 자연환경에 순응하고 살면서, 정치현실에 대해서는 불만은 물론 관심조차 표명하지 않았다. 인위적 질서에 대한 무심함이 그의 내면의 힘으로 작용하고 있음을 읽을 수 있었다.

반복의 혐이 있긴 하지만, 작품을 다시 볼 수밖에 없다.

西塞山前白鷺飛	서새산 앞 백로가 날고
桃花流水鱖魚肥	복사꽃잎 떠가는 물에 쏘가리 살졌구나
靑箬笠	파란 댓잎 삿갓
綠蓑衣	푸른 도롱이 쓰고
斜風細雨不須歸	비긴 바람 가랑비에 굳이 돌아갈 건 무어람.
釣臺漁父褐爲裘	낚시터 어부는 털옷으로 갈아입고
兩兩三三舴艋舟	둘씩 셋씩 배를 타고 있네
能縱棹	노를 그냥 놓아두어도
慣乘流	흐르는 물 타고 갈 테니

長江白浪不曾憂	긴 강 흰 물결이 걱정될 일 없구려.
雪溪灣裏釣魚翁	삽계만에 고기 잡는 할아비
舴艋爲家西復東	작은 배를 집 삼아 동서로 오가누나
江上雪	강 위의 눈
浦邊風	갯가의 바람
笑著荷衣不歎窮	연잎 옷 우스워도 궁함을 탄식하지 않네.
松江蟹舍主人歡	송강 게딱지같은 집이라도 주인은 즐거워
菰飯蓴羹亦共餐	줄나무밥 순채국 모두 먹을 수 있어
楓葉落	단풍잎은 떨어지고
荻花乾	억새꽃은 말랐는데
醉宿漁舟不覺寒	취하여 고깃배에 잠드니 추위도 모를래라.
青草湖中月正圓	청초 호수 가운데 달은 둥글고
巴陵漁父櫂歌連	파릉 어부 뱃노래 들리누나
釣車子	낚싯대
橛頭船	배 앞에
樂在風波不用仙16)	즐거움이 풍파에 있으니 신선보다 낫구려.

시적 화자가 "긴 강 흰 물결이 걱정될 일 없구려(長江白浪不曾憂)", "연잎 옷 우스워도 궁함을 탄식하지 않네(笑著荷衣不歎窮)", "송강 게 딱지같은 집이라도 주인은 즐거워(松江蟹舍主人歡)", "취하여 고깃배에 잠드니 추위도 모를래라(醉宿漁舟不覺寒)", "즐거움이 풍파에 있으니 신선보다 낫구려(樂在風波不用仙)"라고 노래하는 것이 호사가들이 병 풍 속에 그려둔 어부의 모습이 아니라 바로 장지화 자신의 모습이다.

---

16) 『新校標點 全唐詩(上)』 卷890, 玄業書局印行, 10053.

시인은 어부사의 시적 화자를 통해 '자유로움'이라는 메시지를 던지며, 그 자신 그렇게 살았다. 여기에서는 굴원의 <어부사>에서 보았던 인세에서의 갈등은 없다. 그러니 이런 세상을 '살아야 하나, 죽어야 하나'하는 고민도 없다.

자연과의 대결 구도는 더더욱 아니다. 첫 수의 마지막 구 "비낀 바람 가랑비에 굳이 돌아갈 건 무어람(斜風細雨不須歸)"에서 이미 자연과 하나가 되어 있는 어부 형상을 보이고 있다. 첨성(添聲) 3자구 "능종도(能縱櫂), 관승류(慣乘流), 강상설(江上雪), 포변풍(浦邊風), 풍엽락(楓葉落), 적화건(荻花乾)" 등에서 그냥 천인합일의 경지가 자연스럽게 드러난다. 자연과 하나되어 있는 시적 자아에게는 얽매일 것이 없다. 작품 전편에 걸쳐 '비낀 바람 가랑비'나 '긴 강 흰 물결'과 같은 자연에 크게 구애되지 아니하고, '연잎 옷', '게딱지같은 집', '줄풀밥', '순채국'이 상징하는 궁한 생활에도 전혀 개의치 않는, 무엇에든 구애받지 않는 자유로움이 드러나고 있는 것이다. 지극한 자족의 경지다.

이런 시어 하나하나가 힘을 가질 수 있었던 배경에는 '연파조도(煙波釣徒)'라고 자호(自號)한 그의 삶이 있었음을 이미 논의했다. 매번 낚싯대를 드리울 때 미끼를 끼지 않았고, 현령이 도랑을 치라고 해도 삼태기를 잡고서 싫어하는 기색이 없었다[17]고 하고, 호주자사(湖州刺史)로 온 안진경(顔眞卿)에게 '원하는 바는 부가범택(浮家泛宅)을 지어 초계(苕溪)와 삽계(霅溪)를 오가는 것이다'고 했다는 일화들의 그의 삶의 힘이자 그의 어부사의 힘이 되었다.

---

17) "兄鶴齡恐其遁世不還 爲築室越州東郭 茨以生草 椽棟不施斤斧 豹席楼屬. 每垂釣 不設餌 志不在魚矣. 縣令使浚渠 執畚無忤色. 嘗欲以大布製裘 嫂爲躬績織 及成衣 之 雖暑不解"(『唐書』卷196, 列傳121, 隱逸)

장지화의 어부사 이후 곧바로 일어난 많은 불교이념의 어부사도 대부분 이 유형에 포함시킬 수 있는 작품들이 된다. 승려 중에서도 종남산(終南山)에서 은자연(隱者然)하다가 출세의 기회를 잡은 노장용(盧藏用)의 전철을 밟고 싶어하는 자의 어부사가 아니라면 말이다. 선문(禪門)에 수용된 어부사는 따로 다룰 만한 성격의 것이지만, 작자의 자연과 인세에 대한 거리를 통하여 유형 분류를 하는 본고에서는 작자가 속세를 떠나 있고, 지향하는 바가 세속적인 욕심과는 거리가 먼 것이기에 이 유형에 포함할 수 있다.

(3) 강호선망형(江湖羨望型)

장지화의 삶에 대한 이야기와 그의 어부사는 동아시아의 많은 사람들에게 감동과 영향을 끼쳤고, 숱한 화작(和作)과 모방작(模倣作)을 남기게 했다. 장지화의 삶과 어부사가 멋있어 보인다고 해서 모두 그렇게 살 수는 없는 노릇이다. 구중궁궐에 사는 최고의 권력자라면 더더욱 그렇다.

일본 헤이안 시대 초기의 왕이었던 사가(嵯峨) 천황(786~842)은 장지화의 어부사에 큰 감명을 받았던 모양으로 그 자신 그 형식을 그대로 빌어 <어가(漁歌)> 5수를 남겼다. 매 수의 결구(結句)에 '대(帶)'자를 넣는 것으로 특색을 살린 이 작품은 장지화의 어부사에 묘사된 그 어부를 사가 천황 자신도 그려본 듯한 느낌이다. "강가 포구에는 버들가지 어지러워/ 어옹이 배를 몰아 느릿 연경에 드네/ 춘흥을 타고/ 싫증나지 않는 때/ 고기는 잡지 못하고 바람만 가득(江水渡頭柳亂絲 漁翁上船煙景遲 乘春興 無厭時 求魚不得帶風吹)"이라고 읊은 첫 수에는 강호의 한정을 누리는 어부의 여유로운 모습이 묘사되어 있다. "푸른 봄날 숲 아래 강다리 건너/ 호수 속 나는 구름이 들어 비춰네/ 연파객/ 낚싯배 아득/ 조수따라 쉼 없이 오고 가네(青春林下度江橋 湖水翩翩入雲霄 煙波客 釣舟遙 往來無定帶落潮)"라고 읊은 셋째 수에서는 강호의 평화로운 풍경이 그림처럼 펼쳐지고 있다. 그리고 넷째 수 첫 구에서는 "시냇가에서 낚싯대 드리우니 얼마나 즐거운지(溪邊垂釣奈樂何)"라고 노래하고 있다. 강호에서의 삶이 그냥 즐겁게 받아들여질 뿐이다. 강호에는 풍파가 일 수도 있다는 것은 염두에 두지도 않은 듯하다. 이어서 "세상에는 집 없이 물 위에서 묵는 이 많아(世上無家水宿多)라고 하면서도 그것이 삶의 고단함으로 연결되지는 않는다. "한가로이 마신 술 취해/ 홀로 뱃노래 부르니/ 호탕하게 부는 바람 푸른 물결 띠고 오네(閑酌醉 獨棹歌 浩蕩飄颻帶滄波)"라고 한가로운 정취를 노래하고 있을 따름이다.

이 작품에 묘사된 것이 작자의 삶 그대로라면 평가가 달라질 것이다. 그러나 작자는 그런 강호에서의 삶을 호기심 어린 눈으로 보는 왕일 뿐이다. 도시 어린이가 시골 어린이를 선망하는 것과 비슷한 모양새다. 다섯째 수에서 시어로 삼은 순채나물국[蓴荼羹] 맛을 작자가 아는지 모르는지도 알 수 없다.

현실 속의 작자는 인간 세상에 얽매여 있지만, 심리적으로는 강호 생활을 선망하고 있다. 부러움을 가지는 것을 탓할 수야 없지만, 이 유형의 어부가는 자칫 임춘이 그의 시 <어부>에서 "우습다 세인 중에는 호사가들 많아/ 몇 번이나 나를 그려 병풍을 만들었나(應笑世人多好事 幾廻將我畵爲屏)"라고 비꼰 바의 호사가 집에 걸린 어부도(漁父圖)와 닮은꼴이 될 수도 있다. 흉중(胸中)에 기심(機心)을 두고도 강호 지취를 즐기는 척할 수도 있다는 이야기다.

그러나 사가 천황의 경우, 홍인(弘仁) 원년(810)에 일어난 '구스코(藥子)의 변(變)'18) 이후 약 30년간 태평성세를 이룬 왕으로, 이 시기 궁중 의례와 시문 등의 문화가 크게 융성한 소위 홍인문화(弘仁文化)를 이룩한 장본인이라는 점을 생각한다면, 그가 중국 은자(隱者)의 어부사에 화작한 것이 예사롭지 않은 일로 해석될 수도 있다. 시문(詩文)을 모은 「능운집(凌雲集)」·「문화수려집(文華秀麗集)」·「경국집(經國集)」 등이 간행된 홍인문화의 시대가 그에 의해 열렸다면, 이런 업적들이 장지화의 어부사에 매료된 그의 의식과 무관할 수 없을 것이기 때문이다.

이 시기에 나온 「경국집(經國集)」에는 사가 천황의 <어가(漁歌)> 외에도 그의 딸과 측근[有智自內親王과 시게노노 사다누시(滋野貞王)]이 지은 같은 형식의 어부사 2수와 5수가 수록되어 있다. 이 작품들 역시 모두 이 유형의 작품들로 분류할 수 있다.

우치코(有智自) 공주의 작품에서 첫 수를 보면, "센머리에 언제 노인이 되었는지/ 젊었을 때부터 벼슬 않고 강가에서 낚시했네/ 향기로운 쌀로 밥 짓고/ 싱싱한 고기 싸서/ 부귀영화 바라지 않는 나의 진심 보내노라(白頭不覺何老人 明時不仕釣江濱 飯香稻 苞紫鱗 不欲榮華送吾眞)"(2-1)라고 시적 화자가 스스로 '나[吾]'라고 지칭하고 있다. 이에 비해 滋貞王의 작품은 조금 다르다. "아득히 떠있는 낚시하는 늙은이 배/ 새벽부터 쉬지 않고 떠다니며 고기 잡네/ 큰 물결은 말과 같고/ 단수는 소와 같아/ 방비(芳菲)가 갠 뒤 화주(花洲)로 들어가네(微茫一點 釣翁舟 不倦遊漁自曉流 濤似馬 湍如牛 芳菲霽後入花洲)"(5-2)에서 보는 바와

---

18) 弘仁 元年(810), 병 때문에 嵯峨天皇에게 양위한 형 平城上皇이 太政官人 절반을 데리고 平城舊京으로 천도하고 寵妃 藤原藥子의 옹립으로 다시 朝政에 간섭하게 되자, 嵯峨天皇이 兵을 파견하여 上皇을 제압하고 藤原藥子는 자살하게 되는 사건.

같이 서정적 자아 조옹(釣翁)을 관찰자의 시선으로 그려내고 있다.

어느 쪽이든 상상 속의 장지화를 형상화해 본 듯하다. 마음만 강호로 향할 뿐이지, 도저히 가까워질 수 없는 작자와 시적 화자의 처지다. 작자와 서정적 자아가 동일시될 수 없는 것이 앞의 망기은일형(忘機隱逸型)과는 분명히 다른 점이다. 남송(南宋)의 고종(高宗)이 장지화의 사(詞)를 차운하여 지은 <어부사> 15수도 역시 이 범주에 들 것이다.

그 외 장지화의 <어가자>를 본따 지은 화응(和凝)[19], 구양형(歐陽炯)[20], 이순(李珣)[21] 등의 어부사 혹은 <어부>를 개작한 동파(東坡) 소식(蘇軾)의 <완계사(浣溪沙)>, 이를 불만스러워하며 다시 지은 황산곡(黃山谷)의 <완계사>와 <자고천(鷓鴣天)>, 다시 이를 모방한 황산곡의 사위 서사천(徐師川)의 <완계사> <자고천> 각 2수 등은 모두 장지화와 같은 삶의 실천보다는 어부 형상의 문학적 수용에 그치는 것이라고 할 수 있다.

어부 형상을 수용한 많은 작품들이 이 유형에 속한다. '가어옹'이라는 용어가 마치 어부사 전체에 해당하는 것처럼 통용되었던 것도 바로 이 유형과 다음에 논의될 직조대시형(直釣待時型)의 작품들이 많았기 때문이다.

하나의 예를 더 든다. 고려말의 양촌(陽村) 권근(權近, 1352~1409)이 쓴, 고인(古人)의 운(韻)에 따라 지은 쌍매당(雙梅堂)의 시에 다시 차운한

---

19) "白芷汀寒立鷺鷥 蘋風輕翦浪花時 煙羃羃 日遲遲 香引芙蓉惹釣絲"(<漁父>,『全唐詩』卷893, 10090쪽)
20) 擺脫塵機上釣船 免教榮辱有流年 無繫絆 沒愁煎 須信船中有散仙
　　風浩寒溪照膽明 小君山上玉蟾生 荷露墜 翠煙輕 撥剌游魚幾箇驚
　　(<漁父>,『全唐詩』卷896, 10125쪽)
21) <漁父>,『全唐詩』卷896, 10118쪽.

<어부사차쌍매당용고인운(漁父詞次雙梅堂用古人韻)> 3수[22)]이다.

長江釣漁者	장강에 고기 낚는 사람
迹與心雙淸	몸과 마음 모두 맑도다
不自識榮辱	스스로 영욕 알지 못하니
何嘗思利名	어찌 名利를 생각하리
孤舟獨往還	외로운 배로 홀로 오가며
夜泊沙頭宿	밤이면 모래둠에서 잠을 자네
江楓吹碧烟	강가 단풍에 푸른 연기 불어오니
曉爨燃綠竹	새벽 밥 지으려 푸른 대에 불 지핀다
一竿生涯亦有餘	낚싯대 하나로도 한 생애 넉넉
汎汎長隨鷗鷺居	두둥실 배 띄워 백로따라 함께 하네
高歌濯纓樂在中	탁영가 높이 부르니 즐거움 여기 있어
忘筌且復兼忘魚	통발 잊고 고기마저 잊는구나

위의 작품은 어부 형상을 통하여 명리(名利)를 초탈한 무심무욕의 정신세계를 구가하고 있다. 그러나 작자인 양촌을 보자. 고려 말 성균시에 합격(1368, 공민왕17)한 것을 시작으로 환로를 걷기 시작한 그는 유배 등의 어려움을 겪지만, 조선왕조가 수립되면서 출사하여 예문관대학사·중추원사·대사헌 등을 역임하였고, 지공거(知貢擧)·독권관(讀卷官)이 되어 변계량 등의 인재를 뽑기도 하였다. 그는 "1393년(태조2) 왕의 특별한 부름을 받고 계룡산 행재소에 달려가 새 왕조의 창업을 칭송하는 노래를 지어올리고, 왕명으로 태조의 아버지 환

---

22) 권근, 「陽村集」 권9, (『韓國文集叢刊』 7, 107쪽).

조(桓祖)의 능침인 정릉(定陵)의 비문을 지어바치는데, 이 글들은 모두 후세 사람들로부터 유문(諛文)·곡필(曲筆)이었다는 평"23)을 받기도 했다. '통발 잊고 고기마저 잊는' 모습과 그의 삶과는 거리가 있어 보인다. 그래서 "어찌 명리를 생각하리(何嘗思利名)"라는 표현이 공허하게 들린다.

위의 작품에서 볼 수 있는 어부 형상은 물리적·심리적으로 작자와 동일시되는 망기은일형과는 달리 몸은 인세에 있으면서 심리적으로 강호에 접근하고자 하는 강호선망형의 작품이라는 점이 작품을 이해하는 데 있어 어쩔 수 없이 개입하게 된다.

표면적으로는 대차 없이 나타나는 어부 형상을 왜 굳이 구별할 필요가 있을까? 그 차이를 좀 더 과장해서 비유하자면, 똑 같은 '애국'이라는 말도 화자가 독립운동가인 경우와 매국노인 경우가 다르기 때문이다. 청자에게 전달되는 메시지가 같을 수 없다. 다음 직조대시형의 경우도 마찬가지이다.

(4) 직조대시형(直釣待時型)

강호에 은거하고 있는 인물이 어부 형상을 내세워 강호 한정을 노래하고 있다는 점은 망기은일형과 별반 다를 바가 없다. 그러나 인세에는 눈길도 주지 않는 망기은일형의 시적 화자와는 달리 직조대시형에서는 인세에 대한 관심이 표출된다. 이 유형은 위수(渭水) 가에서 곧은 낚시 바늘을 드리우며 때를 기다리다 주(周)나라를 낚아올린 태공망과 같은 어부 형상이거나, 치사한객(致仕閑客)으로 있으면서 군은

---

23) 『한국인물대사전』, 한국정신문화연구원, 1999.

(君恩)을 노래하는 실천적 강호연군가(江湖戀君歌) 등을 포함한다.

최진원이 "이조양반(李朝兩班)의 이념(理念)은 어디까지든지 현실(現實)에 있다. 그리하여 천석고황(泉石膏肓)을 여하이 표방(標榜)한다 하더라도, 정작 본심(本心)은 '엇더타 교교백구(皎皎白駒)는 머리 므음 ㅎ 눈고', '漁舟에 누어신둘 니즌 스치 이시랴'와 같이 항상 현실(現實)에 가 있는 것이다."[24]라고 갈파한 바와 같이 조선조 대부분의 사대부들은 강호에 있더라도 겸선(兼善)의 의무감에서 자유롭지 못하다. 그래서 조선조의 작품들은 거의 이 유형에 들 것으로 보인다.

최진원이 지적한 부분을 다시 확인해 보도록 하자. 농암은 치사(致仕) 후 분강(汾江)에서 소일하면서 황중거가 구해준 어부장가 12장과 단가 10결을 어부장가 9장과 어부단가 5결로 줄이고 고쳐 거기에 푹 빠져 있었다. 농암은 단가 5결 중 넷째 수에서 다음과 같이 노래하고 있다.

山頭에 閑雲이 起ㅎ고 水中에 白鷗이 飛이라
無心코 多情ㅎ니 이 두거시로다
一生애 시르믈 닛고 너를 조차 노로리라 (5-4)

산머리에는 한가한 구름이 일고, 물 가운데에는 백구가 나니, 다른 시름 다 내려놓고 무심하고 다정한 이 둘을 좇아 놀겠다고 자신의 뜻을 표명하고 있다. 그러던 화자가 바로 뒤이어 강호 속의 고깃배에 누워 있지만 임금 계신 북궐을 잊은 때가 없다고 하고 있다. 다음은 <어부단가> 5결 중의 끝 작품이다.

---

24) 최진원, 「江湖歌道와 聾巖 李賢輔」, 『聾巖 李賢輔의 文學과 思想』, 안동문화연구소 편, 1992, 145~146쪽.

> 長安을 도라보니 北闕이 千里로다
> 漁舟에 누어신둘 니즌 스치 이시랴
> 두어라 내 시롬 아니라 濟世賢이 업스랴(5-5)

"두어라 이건 나의 고민할 바가 아니다. 세상을 잘 다스릴 현자가 없겠느냐"고 뒤이어 말하고 있지만 천리 밖에 있는 임금을 걱정하는 마음을 숨길 수가 없는 것이다. 고산 윤선도도 마찬가지다. 고산은 40수나 되는 <어부사시사>에서 물외(物外)의 한정(閑情)을 마음껏 노래하고 있다. 그러나 <어부사시사>가 끝난 다음에 그런 즐거움이 임금의 은혜인 줄 이제 더욱 알게 되었다고 말하고 있다. 다음은 <어부사시사>가 끝난 뒤에 붙여 놓은 '산중신곡만흥제육장(山中新曲漫興第六章)'이다.

> 江山이 됴타흔들 내分으로 누얻느냐
> 님군 恩惠롤 이제 더욱 아노이다
> 아모리 갑고쟈흐야도 히올 일이 업세라

강산이 아무리 좋다고 해도 그것은 결국은 임금의 은혜이고, 그것을 아무리 갚고자 해도 갚을 수가 없다는 것이다. 고산의 현실참여 의식에 남다른 점이 있기는 하다. 그는 1616년 성균관 유생으로 권신 이이첨(李爾瞻)의 횡포를 상소하다 유배되는 것을 시작으로 화려하고도 험난한 생애를 살게 된다. 1623년 인조반정(仁祖反正) 이후 봉림대군[효종]을 가르치는 왕자사부(王子師傅), 형조정랑(刑曹正郎), 한성부서윤(漢城府庶尹) 등의 벼슬을 하지만, 순탄한 환로가 아니었다. 48세 때는 성산현감으로 좌천되고 이듬해의 파직되는 경험을 한다. 병자호란(丙子胡亂) 때에 왕을 호종(護從)하지 않았다는 죄목으로 유배되고, 1년 뒤 해배되어 해남으로 갔지만 1652년(효종 3)의 특소(特召)로 복직하여 동부승지(同副承旨)를 하면서 정개청(鄭介淸)의 서원 철폐 문제를 놓고 서인 송시열(宋時烈)과 논쟁하다 탄핵을 받고 삭직된다. 1657년 다시 효종의 부름에 응하여 중추부첨지사(中樞府僉知事)로 복직하였지만, 2년 뒤 효종이 승하하자 효종의 장지 문제와 자의대비(慈懿大妃) 복상(服喪) 문제로 서인과 첨예하게 대립하다 이듬해 유배당한다. 보길도에서 보낸 그의 생활은 누구라도 부러워할 만한 여유로운 것이었고 그 자신도 <어부사시사>에서 노래하듯 즐겼지만, 정치현실에 대한 관심은 무엇으로도 떨치지 못하였다.

고산에게 다소 특별한 점이 있다고 해도 인세의 중심에 있는 임금의 은혜에 대한 감사의 목소리를 높이는 것은 조선조 사대부들에게 있어서는 그리 기이한 일이 아니었다. 그것이 능동적인 열망이든 수동적인 의무감이든 겸선(兼善)을 추구하고자 하는 의식은 조선조 사대부 누구에게나 있었다고 하겠다. 다만 또 하나의 유형으로 설정한 겸선천하형과의 차이라면, 심리적으로는 인세와의 거리를 좁히려는 것은 마찬가지이지만 물리적인 몸이 강호에 거하는 것이 이 직조대시형의 다른 점이라고 말할 수 있다.

본고의 유형 분류에 있어 작자가 처한 상황은 매우 중요하다. 강호연군가(江湖戀君歌)의 경우도 마찬가지이다. 실제 강호에 거처하면서 군은을 노래하는 경우는 당연히 이 유형으로 봐야하겠지만, 작자가 인세에 거하면서 현실적인 필요성으로 지은 강호연군가라면 분류가 달라져야 한다. 그것은 겸선천하형(兼善天下型)으로 봐야 할 것이다.

고불(古佛) 맹사성(孟思誠, 1360~1438)의 <강호사시가(江湖四時歌)>를

두고 한 번 생각해 보자. 다음은 「병와가곡집(瓶窩歌曲集)」에 실린 것이다.

江湖에 봄이 드니 미친 興이 졀노 난다
濁醪溪邊에 錦鱗魚 安酒ㅣ로다
이몸이 閒暇힣옴도 亦君恩이샷다

江湖에 여름이 드니 草堂에 일이 업다
有信흔 江波는 보ᄂᆡᄂᆞ니 ᄇᆞ롬이로다
이몸이 서늘힣옴도 亦君恩이샷다

江湖에 ᄀᆞ올이 드니 고기마다 술져 잇다
小艇에 그물 시러 흘리 씌여 더져두고
이몸이 消日힣옴도 亦君恩이샷다

江湖에 겨울이 드니 눈 기픠 주히 남다
삿갓 비긔 쓰고 누역으로 옷슬 삼아
이몸이 칩지 아니힣옴도 亦君恩이샷다

이 작품을 두고 풍성한 내적 현실은 객관 현실과는 다른 이상향적인 성격이 강하다는 평가[25]가 나왔다. 맹사성이 강호 체험을 했을 가능성이 전혀 없는 것은 아니나, 만약 작자가 물리적으로 강호가 아닌 인세에 머무르면서 소기의 목적으로 군은을 노래한 작품이라면 즉 그냥 '관념의 강호연군가'라면 이 작품은 겸선천하형으로 분류하는 것이 마땅하다. 그러나 자신이 강호 한정을 누리면서 지은 것이라

면 직조대시형으로 분류해야 할 것이다.

혹자가 '작자가 실제 강호의 한정을 즐기면서 군은을 노래를 하는 <강호연군가>'와 '군은을 노래하기 위해 관념적 강호를 군은(君恩) 찬미의 도구로 삼은 <강호연군가>'의 구별이 무슨 소용이냐고 한다면, 종남산(終南山)에 은거했던 사마승정(司馬承禎)과 노장용(盧藏用)의 다름도 굳이 논할 필요가 없을 것이다.

(5) 겸선천하형(兼善天下型)

'어부가'라고 하면 흔히 자연미 발현의 처사문학을 떠올리기 쉽지만, 시문학에 나타나는 모든 어부 형상이 그런 것은 아니다. 작자가 삶의 현장 속의 어부 형상을 내세워 고단한 삶의 모습을 그리거나 때로 강한 현실비판 의식을 표출하기도 한다. 또 어떤 작품은 어부 형상을 통해 작자의 겸선천하(兼善天下) 실천의 포부를 드러내기도 한다. 이런 경우는 어부 형상을 취하고는 있지만 작자가 심리적으로든 물리적으로 인세 속에서 인세를 지향하는 경우가 된다.

신동으로 알려져 세종에게 총애를 받고, 삼각산 중흥사(重興寺)에서 청운의 꿈을 꾸며 공부를 하던 김시습에게 수양대군의 왕위 찬탈 소식은 그의 인생을 파탄으로 몰고간 흉보였다. 환갑을 못 채우고 삶을 마감한 그는 승속(僧俗)을 오가기도 하고 여러 곳을 유랑하기도 한 방외인이었다. 그가 제도권이 강요하는 질서에 맞지 않았을 것은 쉽게 해볼 만한 짐작이다. 그러나 그도 "비록 산림에 투로(投老)하더라도 길이 임금에 대한 마음을 품으며, 배우(俳優)에 몸을 맡기더라도 광보(匡輔)의 생각을 잊지 않는 것이니, 몸은 비록 물러가더라도 마음은 위궐(魏闕)의 위에 머물고, 자취는 숨더라도 뜻은 신신(藎臣)의 예

에 남는 것이다. 이것이 선비의 입심(立心)이다."[26]라고 선비의 입심
은 겸선(兼善)에 있다고 말한다.

앞에서 살폈던 그의 시 <어부>에는 그런 겸선을 다하지 못하는
관리들에 대한 꾸짖음의 의미가 내재해 있다고 봐야 할 것이다. "지
난해 관아에서 어세 독촉하여(去歲官家漁稅討)/ 식솔 이끌고 먼 섬으로
들어왔네(挈家遠入碧海島)/ 올핸 이서가 와서 또 과금 재촉(今年里胥來催
科)/ 집 팔아 배 사서 차가운 바다에 의지했네(賣家買艇依寒藻)"라고 말
하는 시적 화자의 호소는 관리들에 대한 작자의 질타에 다름 아닐
것이다. 작자의 의도가 어디까지인지 확인하려면 창작 시기나 환경
여러 가지를 검토해야 하겠지만, 이 작품 그 자체만으로도 작자는 충
분히 비판의 쓴소리를 내고 있는 것이다. 이와 유사한 성향의 작품으
로 고려조의 불우한 문사 임춘이 지은 <어부>를 들 수 있다.

漁父[27]	어부
浮家泛宅送平生	배 띄워 집을 삼아 평생을 보냈고
明月扁舟過洞庭	밝은 달밤에 편주로 동정호를 지나네
壇上不聞夫子語	단상에서 夫子의 말 듣지 못했고
澤邊來笑屈原醒	못 가에 와서는 (혼자) 깨었다는 굴원을 웃네
臨風小笛歸秋浦	피리 소리 바람 타고 가을 포구에 흘러들고
帶雨寒簑向晩汀	쌀쌀한 날씨 비 내려 사립 쓰고 저문 물가로 향하네
應笑世人多好事	우습다 세인 중에는 호사가들 많아
幾廻將我畵爲屛	몇 번이나 나를 그려 병풍을 만들었나

---

26) "故雖投老山林 而長懷君國之心 委身徘優 而不忘匡輔之懷 身雖去矣 而心懸魏闕
之上 迹已遁矣 而志在藎臣之列 此士君子之立心也."(김시습, 『梅月堂集』권16 雜著
‘三請’)

27) 임춘, 『西河集』卷1(『韓國文集叢刊』1, 212쪽).

"못 가에 와서는 깨어 있다는 굴원을 웃네(澤邊來笑屈原醒)"은 굴원의 <어부사>에서 "나 홀로 깨어있네(我獨醒)"라고 말하는 굴원을 보며 "빙긋이 웃는(莞爾而笑)" 어부를 떠올리게 하는 대목이다. 이 작품은 배를 집 삼아 평생을 보내는 어부의 삶을 알 리 없는 호사가들이 병풍에 어부를 그려 전원생활을 희구하는 듯이 보이려는 위선적인 태도에 다분히 경멸이 내포된 냉소를 보내고 있다. 이 작품이 시적 화자의 목소리를 통해 뿜어내는 강렬한 메시지는 강호의 한정이 아니라, 작자의 현실에 강한 비판의식이다. 노비를 시켜 양 언덕에서 촘촘한 그물로 고기를 몽땅 포획해 버리는(豪奴細網卷兩岸) 행태의 세도가들을 꾸짖는 목은(牧隱) 이색(李穡, 1328~1396)의 <포어행(捕魚行)> 역시 작자가 물리적으로나 심리적으로 인세에 있는 이 유형의 작품으로 봐야 할 것이다. 모두 처사들의 '자연미 추구'와는 거리가 있는 작품들이다.

한편, 세상에 공명을 떨쳐보겠다는 뜻을 어부 형상을 빌어 나타내기도 한다. 다음은 상촌(象村) 신흠(申欽, 1566~1627)의 <구암조어(龜巖釣魚)>이다.

三千六百釣	3천 6백 나날 낚시질은
釣國非釣魚	나라낚시이지 고기낚시가 아니라네
釣魚不釣國	고기 낚으면 나라 낚이지 않지
爭似龜巖漁	구암(龜巖)의 고기잡이는 그 무엇일까[28]

상촌은 선조 18년(1585) 진사시와 생원시에 차례로 합격한 후 인조 5년(1627) 영의정으로 기세(棄世)하기까지 여러 요직을 두루 거치고,

---

28) 신흠, 『象村集』 卷17(『韓國文集叢刊』 71, 467쪽).

장남이 선조의 부마가 되기까지 한 인물이다. 그는 그의 3천 6백일 나날의 낚시는 '조어(釣魚)'가 아니라 '겸선'임을 선언한다. 인세에서 경국제세(經國濟世)의 정치적 포부를 어부 형상을 통해 표명하고 있는 것이다.

다음 명암(鳴巖) 이해조(李海朝, 1660~1711)의 <북진관어(北津觀魚)>도 같은 유형의 어부 형상이라고 할 수 있다.

盈尺棄不收	한 자 되는 고기도 주워담지 않으려니
瀺灂騰魴鰱	제법 큰 방어가 퍼덕거리며 날뛴다
欲從龍伯國	룡백국(龍伯國)에서
一釣六鰲連	단 한번의 낚시로 여섯 자라를 낚으리[29]

용백국(龍伯國)의 거인이 여섯 마리의 자라를 잡아 두 개의 신산(神山)을 바다 밑에 가라앉혀 삼신산만 남겨놓았다는 조별(釣鼈)의 고사를 원용하여[30] 자신의 호기를 과시하고 있다. 이해조는 22세 때(1681, 숙종 7)에 사마시에 합격하였으나, 1689년 인현왕후(仁顯王后)가 폐위되자 벼슬을 단념하였다. 1694년 왕후가 복위된 뒤에 빙고별검으로부터 대제학에 이르기까지 여러 관직을 거쳤다. 조부부터 3대가 대제학을 지냈으며, 시문에 뛰어나 김창흡(金昌翕)으로부터 천재라는 격찬을 받았던 그로서는 대단한 포부를 나타냈음직도 하다. 거기에 어부 형상을 동원한 것이 위와 같은 작품이다.

이처럼 인세에 거(居)하는 작자가 인세에서의 포부를 어부 형상을 통해 표출하는 경우도 있음을 본다. 다양한 유형의 어부 형상은 각기

---

29) 이해조, 『鳴巖集』 권4, <北津觀魚>.
30) 박완식, 앞의 책, 230~231쪽.

달리 평가되어야 할 이유가 충분함을 이런 유형 분류의 방법을 통해 확인할 수 있었다.

4. 마무리

이 장에서는 앞에서 그 개별성을 확인하고자 했던 어부가를 다시 묶는 작업을 했다. 강호와 인세에 대한 작자의 심리적·물리적 거리에 따라 다섯 가지의 유형으로 분류하였다. 이 분류에는 시적 자아와 작자와의 관계가 매우 중요시된다. 작품 속에서 시적 화자를 통해 표출되는 작자의 의식과 실제 작자의 삶이 어떠했는가를 함께 살피는 것이다. 이런 분류를 통해 종남첩경(終南捷徑)의 경우도 용이하게 파악할 수 있다.

유형 분류는 다음과 같이 했다. 수파축류형은 화자(혹은 작자)가 물리적·심리적으로 강호와 인세의 중간에 위치하는 작품을 가리킨다. 망기은일형은 작자가 물리적·심리적으로 강호를 지향하는 유형이다. 강호선망형은 심리적으로는 강호를 지향하지만 물리적으로는 인세에 있는 경우이고, 직조대시형은 물리적으로는 강호에 있지만 관심은 인세에 있는 경우이다. 겸선천하형은 어부 형상을 이용하지만, 작자가 물리적·심리적으로 인세를 지향하는 경우이다.

유형 분류를 시도한 결과, 어부 형상의 다양한 성격이나 가치를 새로운 각도에서 확인할 수 있었고, 선행 연구의 미흡했던 점을 몇 가지 지적할 수도 있었다. 그 성과를 정리하도록 한다.

동아시아에서 2천 년 이상 많은 사람들에 의해 불려진 <창랑가>

는 흔히 노장류의 노래로 그 성격을 평가하지만, 향유된 여러 가지 예로 볼 때 이런 해석에는 문제가 있음을 지적했다. <창랑가>를 심리적·물리적으로 강호와 인세의 분기점으로 위치한 작품으로 볼 때, 그 노래의 긴 생명력이 이해될 수 있었다.

망기은일형은 작자 자신이 망기은일을 실천하여 인세 쪽은 거들떠보지도 않는 어부 형상을 그린 경우로, 대표적인 작품이 장지화의 어부사(漁父詞)다. 이 어부사는 동아시아 제현의 주목을 받았는데, 유형 분류를 통해 이 작품이 주는 강력한 메시지의 힘이 어부 형상에 부합하는 작자의 삶에서 비롯된 것임이 더욱 명확하게 드러났다.

강호선망형의 경우는 작품만으로 보면 망기은일형과 거의 구별되지 않는다. 그러나 작자의 삶은 판이하다. 작자는 그런 삶을 직접 실천할 수 없는 상태에서 어부 형상만으로 자신의 뜻이 강호에 있음을 표명할 따름이다. 작자의 삶의 행태가 어떠하냐에 따라 선망의 진정성이 드러나기도 하고 이중성이 드러나기도 한다.

직조대시형은 어부 형상이 강호에서 자연미를 구가하고 있지만, 인세를 주시하고 있는 경우이다. 직조대시형이거나 실천적 강호연군가 등이 이 유형에 속하게 된다. 조선조 사대부들의 어부가는 대부분 이 유형에 속한다. '가어옹'이라는 용어의 출현도 이 유형의 어부가 때문이라고 할 수 있다. 가어옹이라는 말이 모든 어부가류에 통할 수 없음을 거듭 확인한 것도 본 유형 분류의 성과라고 하겠다.

작자가 인세에 있으면서 어부 형상을 그려낸 관념적 강호연군가의 경우는 겸선천하형으로 구분했다. 실제 강호에서 군은에 감사하는 것과 군은에 고마움을 표하기 위해 어부 형상을 빌리는 것은 다른 경우가 되기 때문이다. 겸선천하형은 작자가 인세에서 인세의 일에 대한 자신의 생각을 표명하기 위해 어부 형상을 빌리는 경우이다. 이 유형을 통하여 어옹이 낚시를 하는 그곳이 바로 치열한 삶의 현장이 될 수 있다는 것도 확인할 수 있었다. 때로 삶의 고단함을 나타내는 경우도 있지만, 때로 현실을 비판하기 위해서 어부 형상이 취해진 경우가 바로 이 유형이다.

　이상과 같은 유형 분류의 방법으로 어부사 전체를 새롭게 볼 수 있는 시각을 마련했다. 이런 방법으로 동아시아에 널리 확산·전승되었던 어부 형상을 살핌으로써 우리의 삶과 정신문화를 다시 생각해 볼 수 있는 기회를 가질 수 있었다. 본고에서 시도한 어부 형상의 유형 분류를 통하여 진정한 어부사의 가치에 접근하는 또 하나의 통로를 마련했다. 아울러 우리가 추구하고 계승해야 할 정신문화가 어떤 것이지를 생각할 기회도 가질 수 있었다.

Ⅷ. 우리 어부가 전승의 양상

1. 들어가는 말

어부가의 범주에 '처사의'라는 수식어만으로는 다 끌어안기 어려운 다양한 가치관과 다양한 양식의 작품이 포함될 수 있다는 것은 어느 정도 확인되었다. 본고에서는 우리 어부가를 통시적 측면에서 접근해 보고자 한다.

반구대의 암각화[1]는 고대 원시인들이 포경을 포함한 어로작업을 했음을 입증하는 확실한 혼적이다. 그런 어로활동이 있었다면 어떤 식으로든 부르는 뱃노래가 있었을 것이다. 그러나 지금 그때의 노래나 전승 과정을 확인하기는 어렵다.

이 땅에 집단의 노동요가 아니라 개인의 창작 작품으로 어부가가 출현한 것은 고려조에 이르러서이다. 어부가 계통 현전 최고(最古)로 꼽히는 작품은 혜심의 <어부사>다. 이 어부사는 중국의 영향을 입

---

1) 울산광역시 울주군 언양읍 대곡리에 있는 국보 제285호로 우리나라 선사시대 연구의 주요 자료가 되고 있다. 사냥·고기잡이 등 생산 활동을 보여주는 장면과 그 대상이었던 순록·멧돼지·호랑이·고래 등의 그림이 바위에 새겨져 있다. 이 그림을 통해 고래를 잡을 정도의 어로활동이 선사시대부터 있었음을 알 수 있다.

고 지어진 것이 분명하다. 고려조에 중국의 여러 인물들과 그들의 어부사 관련 작품이 유입되어 우리의 어부사 창작 의욕을 고취한 것은 앞에서 논의한 바다.2) 진각국사 혜심 외에도 임춘·이규보 등의 문인들이 그 시대에 어부를 주제로 한 여러 한시 작품을 남겼다. 고려조에서 시작된 한시 어부사 창작의 흐름은 조선조에까지 이어진다. 유자들은 유자들대로 한시문의 어부사를 지었고 불가에서는 승려들대로 게송 어부사를 남겼다. 그 사이 우리 식으로 향유하는 장·단의 어부가도 지어졌다. 후대에 내려가면서 향유의 양상은 상당한 변화를 보이게 된다.

본고에서는 먼저 한시 어부사가 생성되고 전승된 양상을 짚어보도록 한다. 다음은 <악장어부가>부터 시작된 어부장가(漁父長歌)의 통시적 흐름을 조명하기로 한다. 어떤 작품들이 어떤 모양으로 <악장어부가>의 뒤를 잇는가를 언급하게 될 것이다. 그 다음은 어부단가(漁父短歌)의 출현과 전개 양상을 살피도록 한다. 주지하다시피 농암 이현보에게 전해진 어부단가 10결(闋)은 남아있지 않다. 그것을 약작(約作)한 단가 5결과 이와 관련된 후속의 어부단가에 대한 논의가 될 것이다. 마지막으로 연행 방식이 어떤 변화의 과정을 겪는지 검토해보도록 한다.

어부가는 어부가 공통의 자질을 가졌지만 개별 작품들이 상당한 차이를 보일 정도로 다양하다. 형식을 똑같이 하는 것을 일부러 피하지 않았나 싶을 정도로 변화된 시형을 보이기도 한다. 물론 바뀐 모양새에도 불구하고 어부가의 독특한 유전자는 간직하고 있다. 본

---

2) 'Ⅲ. 혜심의 <어부사>, 3.시대적 배경과 혜심의 <어부사>' 참조.

고에서는 어부가의 범주 안에서 일어난 변화의 양상을 살펴보고자
한다.

연구대상의 범위가 넓어 개별 작품을 세세히 다루기는 어렵다. 다
소 오해가 있었던 부분을 중심으로 우리 어부가 전승 양상을 짚어보
기로 한다. 거친 논의가 되겠지만, 어부가의 큰 흐름을 이해하는 데
에는 일조할 수 있으리라 생각한다.

2. 한문 어부사의 발생과 전승

고려조에는 '어부사(漁父詞)'라는 제목을 붙인 최고(最古)의 작품이
혜심(慧諶) 진각(眞覺)에 의해 지어졌다. 고려조의 문사 임춘(林椿)[3]도
현존하는 문헌상 어부사의 남상이라고 할[4] 만한 어부시를 남겼다.

이런 한문 작품들의 출현에 중국의 영향이 있었던 것은 분명하다.
당나라의 장지화, 동시대에 살았던 승려 교연, 그리고 역시 비슷한
시기의 선자화상 등이 고려에 큰 영향을 끼쳤다. 장지화와 선자화상의
어부사는 물론 이 어부사에 화작한 중국의 시문들도 많이 들어온 것으
로 보인다. 소동파의 <완계사>와 황산곡(黃山谷)의 <완계사>, 서사천
(徐師川)의 <완계사>·<자고천> 등이 그런 작품이다. <악장어부가>
에 백거이(白居易)·류종원(柳宗元)·두목(杜牧)·장지화(張志和)·사공
서(司空曙) 등의 당·송 시인들의 한시가 집구된 것이나 김극기(金克己)

---

3) 生沒 연대에 대해서는 아직까지 분명하게 밝혀진 바 없다. 毅宗朝에 출생해서 明宗
   期에 死去했다는 사실만이 여러 가지 정황으로 유추되고 있을 뿐이다.(이동철,『李奎
   報·林椿 詩의 硏究』, 螢雪出版社, 1994, 368쪽)

4) 박완식,『韓國 漢詩 漁父詞 硏究』, 이회, 2000, 96쪽.

의 시에 묘사된 두보(杜甫)와 장지화 등을 통해 당시 중국의 작품이 한반도에 밀려들어 온 정황을 논의한 바 있다.5)

　중국의 문인들과 그들의 시문이 고려 사회에 광포되어 있었던 것은 틀림없다. 이인로가 도연명의 <귀거래사>에 화답한다는 의미로 지은 <화귀거래사(和歸去來辭)>와 같이 우리 문사들이 중국의 유명 작품에 차운하기도 했다. 진각국사 혜심에게 큰 영향을 끼친 선자화상은 고려의 문사들에게도 잘 알려진 것으로 보인다. 독실한 불교시인 이규보 (1168~1241)는 선자화상의 <어부사>에 차운한 <화정선자화상(華亭船子 和尙)>이란 시를 남겨, 일반 문인들도 선자화상의 영향을 입었음을 보여주고 있다. 다음이 그 작품이다.

　　　夜寒江冷得魚遲　　밤 차고 강물 차가워 고기 얻기 더뎌
　　　棹却空船去若飛　　빈 배 노 저어 나는 듯 떠가노라
　　　千古淸光猶不減　　천고의 맑은 빛 줄지 않아
　　　亦無明月載將歸　　달빛조차 싣고 돌아올 게 없다

　이 시는 선자화상의 <어부사>에 차운한 시답게 불교적 색채를 짙게 띠고 있는데, 일반 문인이 지은 초기의 '어부지취의 시'로 주목이 된다. 이규보는 이 작품 외에도 한시 <어부(漁父)> 4수를 지어 어부사에 대한 그의 관심을 보여주고 있다. <어부>란 시를 남긴 임춘도 이규보와 비슷한 시기를 살았다.

　선자화상이 우리나라의 선문(禪門)에 끼친 영향이 적지 않았음을 '어부'를 시적 자아로 내세운 많은 한문 작품에서 엿볼 수 있다. 충지(冲止)

---

5) 'Ⅱ. 장지화 어부사의 진가, 4.장지화와 <어가자>의 영향력' 참조.

원감(圓鑑, 1226~1292)의 시 <우서(偶書)>, 함허(涵虛) 득통선사(得通禪師, 1376~1433)가 「금강경설의(金剛經說誼)」에서 선자화상의 <어부사> 아래에 붙인 18구의 게송, 벽송(碧松) 지엄(智嚴, 1464~1534)이 「염송설화절록(拈頌說話節錄)」에 수록한 <천척조(千尺條)>와 선자화상의 <어부사>에 대한 논급 등은 모두 선자화상과 관련을 갖고 있다.

조선조에 들어서서 척불숭유(斥佛崇儒) 정책으로 불교가 위축되는 가운데도 불가에서는 어부사 창작의 전통을 면면히 이어갔다. 휴정(休靜, 1520~1604)의 <어옹> 2수, 청매(青梅) 인오(印悟, 1548~1623)의 시 <어옹>, 백암(栢庵) 성총(性聰, 1631~1700)의 <어부>와 설암(雪巖) 추붕(秋鵬, 1651~1706)의 <어부>, 환성(喚醒) 지안(志安, 1664~1729)의 <어부가> 등6) 많은 작품이 나왔다. 모두 불가의 소중한 유산인 한편 국문학사의 측면에서도 귀중한 작품들이다. 이렇게 불문에서 지어진 어부사는 고려조의 것과 조선조의 것이 뚜렷한 차이를 보이지는 않는다.

조선조의 문사들도 한문 어부시를 지었다. 그러나 불가의 어부사에 비해 상당한 변화가 있었다. 조선조 지배계층의 삶의 형식을 결정하는 가치관이 고려조와는 크게 달라졌기 때문이다. 정신문화의 소산물인 어부가가 이런 변화에 무관할 수는 없다. 그럼에도 한문 어부가는 조선조 사대부들 사이에서도 꾸준히 창작되었다. 어부사 한 수를 감상해 보기로 한다. 다음은 우재(迂齋) 조지겸(趙持謙, 1639~1685)의 <어부사(漁父詞)>이다.

---

6) 박완식, 「<漁父詞> 研究 -그 類型과 思想的 背景을 中心으로-」, 우석대학교 박사학위논문, 1996, 64쪽.

漁父詞[7]	어부사
漁翁契濶只漁舟	어옹이 다만 고기잡이배와 인연을 맺어
短棹乘流隨意留	짧은 노로 물 흐름 따라 마음대로 오가네
萬疊晴波起別浦	별포에는 겹겹의 청파(晴波)가 일어나고
一陣霜鴈橫長洲	한 줄의 기러기는 장주를 가로지르네
垂竿醉睡滿船月	낚싯대를 드리우고 달빛 가득한 배에서 잠이 드니
蘆花楓葉江天秋	갈대꽃 피고 단풍이 든 강은 가을이라네
醒來一曲漁父歌	술이 깨어 어부가 한 곡을 부르니
洞庭無壁孤雲收	동정호에 벽이 없어 고운(孤雲)이 수습하네

우재는 1663년(현종 4)에 진사가 되고 1670년에 별시문과(別試文科)에 을과로 급제하여 정자(正字)·검열(檢閱)·이조좌랑(吏曹佐郎)·지평(持平)을 역임하고 이후 부제학(副提學)·대사성(大司成)·형조참의(刑曹參議)를 거쳐 1685년에는 경상도 관찰사가 된 소론의 중심인물이다. 위의 작품은 계속 벼슬길을 걸은 그가 어부지취를 한 번 뽐내어 본 것으로 짐작되는데, 그가 서정적 자아로 내세운 어옹은 '술이 깨어 어부가 한 곡'을 부르고 있다. 작자는 이 어부의 입을 통해 불렸을 어부노래가 어떤 것이라고 생각했을까? 2천 년을 넘게 전해져 온 <창랑가>라고 생각했을까 아니면 또 다른 노래라고 생각했을까? 작자의 의식 속에 있는 그런 것까지 파악하기란 어렵지만, 조지겸의 이 작품이 고려조부터 이어온 어부사의 특유의 분위기를 띠고 있는 것은 확실해 보인다.

이런 전통계승의 흐름에 또 하나의 물길이 합류한다. 그 물길의 근원에는 16세기 사림(士林)들이 적극 뛰어들었던 성리학(性理學)이라는

---

7) 조지겸, 『迂齋集』 卷1(『韓國文集叢刊』 147, 396쪽).

연못이 있다. 고려조에 유입되어 조선 건국의 정신적 토대를 마련했던 성리학은 16세기의 사림파 학자들에 의해 집중 탐구되었다. 그들이 주목했던 성리학의 중심에는 중국 송(宋)의 유학자 주자(朱子, 1130~1200)가 있었다. 조선조의 성리학을 주자학이라고 부르는 데서도 읽을 수 있듯이 주희(朱熹)의 영향은 그 누구보다도 컸다. 주자가 지은 <무이도가(武夷櫂歌)> 역시 조선의 선비들에게 큰 영향을 끼쳤다. 율곡 이이(李珥, 1536~1584)의 <고산구곡가(高山九曲歌)>가 그 영향을 입었음은 익히 알려진 바다.

주자의 <무이도가>나 전통의 어부가가 공히 작품에 강호를 끌어들이고 있으면서도 양자에는 분명한 다름이 있다. 앞에서 살핀 이규보의 <화정선자화상>과 조지겸의 <어부사>가 내세운 시적 화자는 둘 다 표면적 차이를 말하기 어려운 어부이지만, 그 어부를 내세운 실제 작자는 결코 동일시할 수 없는 사유세계를 지닌 식자들이다. 주자학에서 자유로울 수 없었던 조선조의 어부가 작자들은 어부가의 특성에 유교적 이념을 교묘하게 절충했다. 주자의 <무이도가>를 간단하게나마 짚지 않을 수 없는 이유다.

주자가 무이정사(武夷精舍)를 세우고 거기에 복거한 때는 순희(淳熙) 10년(1183)이고 <무이도가>는 그 이듬해에 지어졌다. 다음이 총 10수로 된 <무이도가>의 서사(序詞)다.

武夷山上有仙靈	무이산 산마루에 선령이 있어
山下寒流曲曲淸	산 아래 찬 물결 굽이굽이 맑구나
欲識個中奇絶處	그 중 절경 알고자 하니
櫂歌閑聽兩三聲	뱃노래 두어 소리 한가히 들리누나

찬 물결 굽이굽이 흐르는 무이산의 승경(勝景)이 앞으로 펼쳐질 것
을 기대하게 만드는 그 첫 장이다. 여기에도 '도가(櫂歌)' 즉 뱃노래가
등장하지만, 이 작품이 던지는 메시지는 장지화의 <어가자>나 <악
장어부가>의 것과는 상당히 이질적이다. 작품 속의 시적 화자인 어
부와 작자가 동일하게 읽히는 <어가자>와도 다르고, 어촌 공부의
정신세계를 형해 밖으로 이어주는 그런 어부가도 아니다. 시인은 조
용히 자연이라는 대상을 완상할 따름이다.

표면의 시어(詩語) 뒤에는 형이상학의 '이(理)'를 이야기하고 '격물
(格物)'을 강조한 주자가 버티고 있기에, 학자들은 <무이도가>를 도
학(道學)의 이념이 용해된 관념시(觀念詩)로 읽기도 한다. <무이도가>
를 단순한 서경시(敍景詩)나 서정시(抒情詩)로 읽든 아니면 관념시로
읽든 논의의 여지는 있다.

이론의 여지가 없는 것은 조선조의 어부가에 유가사상이 점점 스
며들고, 그런 영향력이 형성되는 구심에 주자가 있었다는 점이다. 이
민홍은 고신 윤선도의 <어부사시사>에 대해서 "고산이 자신의 은거
(隱居)를 주자(朱子)에 절부(竊附)한 예는 곳곳에 발견된다. 특히 부용
동(芙蓉洞)에의 은거(隱居)를 무이구곡(武夷九曲)에 은거한 주자(朱子)의
생활에다 비유한 사실은 어부사시사가 무이도가(武夷櫂歌)와 무관한
것이 아님을 느끼게 한다."[8]고 언급하기도 했다. 정도의 차이는 있지
만 조선조 사대부들에게 있어 주자의 영향은 피할 수 없는 일이었다.

후대로 갈수록 양상이 달라지고 다양해지는 것은 분명하다. 고려
조의 문사 이규보가 작품에 칠하기도 했던 불교 색채를 조선조 사대

---

8) 이민홍, 『士林派文學의 研究』, 형설출판사, 1985, 219쪽.

부들은 유교 이념으로 바꾸었다. 유가사상과 도가사상의 혼재 양상
도 다양하게 나타난다. 어부가의 형식도 절구나 율시에 비해 재량의
폭이 넓다. 평측을 맞춘 경우도 있고 맞추지 않은 경우도 있다. 제목
도 '漁父歌'나 '漁父辭' 혹은 '漁父詞' 등 여러 가지다. 전체적으로 형
태와 제목과의 관계에서 일정한 규칙을 찾아낸다는 것은 쉽지 않은
일로 보인다. '漁父詞'로 제한 경우도, 위의 조지겸의 <어부사>같은
사(詞)가 있는가 하면 김휴(金烋, 1597~1638)의 <어부사(漁父詞)>9)와
같이 측운의 장단구로 된 것도 있고, 앞에서 논의한 바의 어가오에
전사한 혜심의 <어부사>도 있다. 그리고 삼봉 정도전이 7언 절구를
<어부사(漁父辭)>로 제한 데서 보듯이, '어부사(漁父詞)'와 '어부사(漁父
辭)'가 혼용되어 쓰이고 있어 제목으로 그 작품의 형식적 질서를 판
단하기는 어렵다. '-辭'로 제한 경우는 운문에도 있고 산문에도 있을
뿐 아니라 <화방재사(畵舫齋辭)>와 같이 국문시가화한 작품에도 있
다. 이 문제에 관한 세밀한 논의는 후고로 미룬다.

3. 어부장가의 발생과 전승

지금 확인할 수 있는 최고(最古)의 어부장가는 『악장가사』에 수록
되어 있는 <어부가>다. <악장어부가>는 중국의 사(詞)와 집구시의
영향을 우리 식으로 수용한 우리의 시가로 그 자체가 국문학의 한

---

9) "飄飄數莖髮 籊籊一竿竹 淸晨獨漾孤舟去 萬頃春波鴨頭綠 忘是非 擲今古 盡日悠
然傍沙浦 綠蓑渾帶柳汀烟 靑箬半濕桃源雨 人鉤曲 我鉤直 不恨投絲魚不得 漁歌唱
晚鏡天闊 千峯環擁江南北 江鳥浮還沒 江風吹不絶 淸宵獨漾孤舟還 一聲柔櫓江心
月"(김휴, 『敬窩集』 卷4, 『韓國文集叢刊』 100, 313쪽)

양식으로 자리잡은 작품이다. 부집(裒集)한 고시(古詩)를 우리말로 묶어 노래할 수 있도록 하고, 음악적 요구에 의한 조흥구와 후렴구를 첨가하는 방법으로 지어진 것이 <악장어부가>다.

<악장어부가>는 7언 4구의 한문 집구시로 의미망을 구축하고 있다. 이미 함축된 의미를 지닌 시어(詩語)나 시구(詩句)를 빌려 또 다른 의미를 생산해내고 있는 이 작품은 작자와 서정적 자아가 분명히 구별된다. 실제의 생활체험이 작품에 용해되어 있는 장지화의 <어가자>와는 달리 이미 함축된 의미가 있는 시구를 빌어와 작자가 지향하는 관념적 의미망을 형성하는 것이다. 서정적 자아 어부를 통해 작자의 가치관이 내재된 관념의 세계를 구가하는 것은 이후의 <농암어부가>나 <어부사시사>에 있어서도 마찬가지다. 혹자는 우리 어부가의 역사적 변화상을 '관념적 미학에서 구체적 경험세계의 미적 형상화'로 설명하고 있으나, 장지화의 어부사와 비교해 볼 때 우리의 어부가, 특히 <어부사시사>조차도 그 주된 의미망은 관념에 의해 구축되고 있는 것을 확인할 수 있다.

<악장어부가> 이후의 어부가들은 점점 더 유가의 사상에 침윤되는 현상을 보이지만 <악장어부가>에 비해 어느 정도는 여과된 <농암어부가>조차도 군은에 감읍하는 여타의 어부지취 노래와는 적잖은 이질성이 있음이 지적되기도 했다. <강호사시가>와 <농암어부가>를 비교하여 "흔히 '강호가도(江湖歌道)'라는 범칭 아래 포괄되어 온 이들이 작품적 실질과 그 바탕의 사고방식 및 역사적 배경에서 쉽게 동일시할 수 없는 차이를 가짐을 발견"한 바 있는 김흥규는 맹사성이 <강호사시가>에서 강호자연과 정치현실이라는 "두 세계가 모두 임금의 은혜로 상징되는 포괄적 질서 안에 속해 있으며 이 질

서는 풍성하고도 안정된 것임을 긍정적으로 노래하였"10)고 분석하였다.

장지화의 <어가자>와 고불(古佛) 맹사성(孟思誠, 1360~1438)의 <강호사시가>를 비교한다면, 세속의 권력이 차단된 무릉도원을 꿈꾸는 사람과 '막비왕토(莫非王土)'라 생각하는 사람의 의식의 차이쯤으로 봐도 무방할 것이다.

농암(聾巖) 이현보(李賢輔, 1467~1555)가 <악장어부가>를 입수한 다음 누렸던 즐거움은 대단했던 것으로 보인다. 농암은 아손배(兒孫輩)들이 뒤늦게 이 노래11)를 얻어서 자신에게 보여주었는데, 이 노래를 얻은 뒤로 이전에 즐겨 부르던 가사를 모두 버리고 오직 여기에 마음을 두었다고 했다. 그리고 손수 베껴서 화조월석에 술잔을 잡고 벗을 불러 분강(汾江)의 작은 배 위에서 영(詠)하게 하여 참된 흥미를 느끼면서 권태를 잊는다12)고 했다. 농암은 이 <악장어부가>를 9장으로 산개했다.13) <농암 어부가>는 <어부단가> 5결과 합쳐저 일부의 신곡으로 태어나지만, 7언 4구의 한시에다 한글 토와 어부사 특유의 조흥구를 붙여 만들어진 <악장어부가>의 전형성은 농암 이현보의 <어부장가> 9장에 그대로 계승된다. 다음이 농암의 <어부장가>이다.

---

10) 김흥규, 江湖自然과 정치현실,『世界의 文學』1981(봄호), 民音社, 1981, 191쪽.

11) 이것이「樂章歌詞」所載의 <漁父歌> 12장임을 대부분의 학자들이 인정하고 있지만, 농암이 입수할 당시의 작품이 현전 <악장어부가>와 어느 정도 일치하는지 단언하기는 어렵다.

12) "兒孫輩晚得此歌而來示 余觀其詞語閒適 意味深遠吟詠之餘 使人有脫略功名 飄飄遐擧塵外之意 得此之後 盡棄其前所玩悅歌詞 而專意于此 手自謄冊 花朝月夕 把酒呼朋 使詠於汾江小艇之上 興味尤眞 厧厧忘倦"(이현보,「聾巖集」권3, 漁父歌九章並書)

13) 실제의 문제점은 'Ⅳ. <악장어부가>의 생성과 변개'에서 논의한 바 있다.

雪鬢漁翁이 住浦間 自言居水ㅣ 勝居山이라 ᄒᆞᆺ다
ᄇᆡ떠라 ᄇᆡ떠라 早潮纔落晚潮來ᄒᆞᄂ다
至匊悤 至匊悤 於思臥 倚船漁父이 一肩이 高로다

靑菰葉上애 凉風起 紅蓼花邊白鷺閒이라
닫드러라 닫드러라 洞庭湖裏駕歸風ᄒᆞ리라
至匊悤 至匊悤 於思臥 帆急前山忽後山이로다

盡日泛舟煙裡去 有時搖棹月中還이라
이어라 이어라 我心隨處自忘機라
至匊悤 至匊悤 於思臥 鼓枻乘流無定期라

萬事無心一釣竿 三公不換此江山라
돗디여라 돗디여라 山雨溪風捲釣絲라
至匊悤 至匊悤 於思臥 一生蹤迹在滄浪라

東風西日楚江深 一片苔磯萬柳陰이라
이피라 이피라 綠萍身世白鷗心라
至匊悤 至匊悤 於思臥 隔岸漁村兩三家라

濯纓歌罷汀洲靜 竹徑柴門을 猶未關라
비셔여라? 비셔여라 夜泊秦淮近酒家로다
至匊悤 至匊悤 於思臥 瓦甌篷底獨斟時라

醉來睡著無人喚 流下前灘也不知로다
ᄇᆡ미여라 ᄇᆡ미여라 桃花流水鱖魚肥라
至匊悤 至匊悤 於思臥 滿江風月屬漁船라

夜靜水寒魚不食거늘 滿船空載月明歸라

　　닫디여라 닫디여라 罷釣歸來繫短篷호리라
　　至匊恩 至匊恩 於思臥 風流未必載西施라

　　一自持竿上釣舟 世間名利盡悠悠라
　　빈브텨라 빈브텨라 繫舟猶有去年痕이라
　　至匊恩 至匊恩 於思臥 欸乃一聲山水綠 라[14]

　　<악장어부가>와 농암의 <어부장가>의 형식적 차이에 관한 김사
엽[15]과 이재수[16]의 언급에 대해, 최동원은 "악장어부가와 농암 어부
장가가 율격면에서 뚜렷이 다르다고 할 수 있을까 하는 점도 의문이
며, 또한 농암의 어부장가가 가사체와 비슷하다는 것은 어부가의 특
성을 명확히 드러내지 못한 막연한 감이 있다."[17]고 반론을 제시한
바 있다. 전자는 그 차이에 대해, 후자는 그런 차이에도 불구하고 어
부장가의 전형성이 손상되지 않았다는 점에 대해 초점을 맞춘 것으
로 생각된다.

　　"지곡총 지곡총 어스와 어스와"(<악장어부가>)가 "至匊恩 至匊恩 於
思臥"(농암의 <어부장가>)로 바뀐 형태상의 변화는 노랫가락에 변화
가 있음을 의미할 수 있다. "12장 장가는 9장으로, 10결 단가는 5결
로 약작하여 합하여 1부 신곡을 만들었다"[18]는 농암 자신의 언급도
있듯이 '새로운 곡'이라 할 만한 변화가 있음은 분명하다. 그러나 그

---

14) 이현보,「聾巖集」卷3(『韓國文集叢刊』17, 416~417쪽).

15) 김사엽,『李朝時代의 歌謠硏究』, 大洋出版社, 1956, 592쪽.

16) 이재수,『尹孤山硏究』, 학우사, 1958, 159쪽.

17) 최동원,「漁父歌攷」,『古時調論攷』, 三英社, 1990, 185쪽.

18) "一篇十二章 去三爲九 作長歌而詠焉 一篇十章 約作短歌五闋 爲葉而唱之 合成一
　　部新曲"(이황,『退溪先生集』권43, '書漁父歌後')

런 정도의 변화에도 불구하고 어부사를 어부사답게 만드는 어부사의 특유의 전형성은 그대로 계승되고 있다.

농암의 <어부장가> 이후 이런 전형적 형태를 충실히 답습한 작품으로는 경산(京山) 이한진(李漢鎭, 1732~?)이 1815년에 지은 <속어부사(續漁父詞)> 8장을 들 수 있다. 다음이 그 <속어부사>이다.

漁父夜傍西岩宿ᄒ니 曉汲淸湘燃楚竹을
비떠여라 비떠여라 浮家泛宅忘昏曉라
至匊恩 至匊恩 於斯臥ᄒ니 綠簑靑蒻이 何翩翩을

間垂兩鬢任如鶴ᄒ고 祗把一竿時釣魚라
닷드러라 닷드러라 小風波處便爲家라
至匊恩 至匊恩 於斯臥ᄒ니 只在蘆花淺水邊을

平湖春暖烟千里오 古岸秋高月一片을
이어라 이어라 斜風細雨不須歸라
至匊恩 至匊恩 於斯臥ᄒ니 滿簑風露夜如何오

江烟漠漠月中還ᄒ고 蘆葉蕭蕭蓬底眠을
돗디여라 돗디여라 一灣流水護柴門을
至匊恩 至匊恩 於斯臥ᄒ니 翁自醉眠魚自樂을

蘋葭影裏和烟臥ᄒ고 菡萏香中帶雨還을
이퍼라 이퍼라 白鳥飛來風滿棹라
至匊恩 至匊恩 於斯臥ᄒ니 隔江烟火數家邨을

雨來蓴菜流缸滑이오 春後鱸魚墮釣肥라
비셔여라 비셔여라 橫笛數聲江月白을

至匊恩 至匊恩 於斯臥ᄒ니 芳洲何處竹枝歌오

磯邊綠水春陰薄이오 江上春山暮色多라
빈미여라 빈미여라 生來一舡鎭隨身을
至匊恩 至匊恩 於斯臥ᄒ니 回看天際下中流라

占得江湖風雨眠ᄒ니 箇中淸興與誰傳고
빈부텨라 빈부텨라 패倚篷牕捲釣絲라
至匊恩 至匊恩 於斯臥ᄒ니 此翁取適非取魚라

이 작품은 이한진의 편저 자필본인 「청구영언」(연민본) 속에 '속어
부사(續漁父詞)'라 하여 실려 있는데, 본문에 이어 '경산옹의 속어부사
서(京山翁續漁父詞序)'라는 비원(肥園) 박규순(朴奎淳)의 글이 있다. 여기
에 "지금 경산이 또 도산의 유곡을 이어 도가(棹歌) 8장을 지으니, 매
장 4구로 각각 두 번 돌아 농단을 한다."[19]고 언급하고 있는데, 농암
의 <어부가>를 퇴계의 작으로 잘못 알고 있기는 하나 어부사의 전
통을 잇고 있음을 분명히 표명하고 있다. 물론 장 수나 우리말 토,
조흥구의 형태로 봐서 <악장어부가>나 농암의 <어부장가> 어느 쪽
과도 똑같다고 하기는 어렵다. 그러나 그런 변화가 <악장어부가>가
지닌 '어부장가의 전형성의 파괴'로 이어지지는 않았다.

무엇보다 논란의 대상이 되어 온 것은 고산(孤山) 윤선도(尹善道, 1587
~1671)의 <어부사시사(漁父四時詞)>다. 이민홍은 고산의 <어부사시
사>에 대해 '인물기흥(因物起興)의 시의식이 시대가 흘러감에 따라 재

---

19) "昔黃山谷述玄眞子餘意 足成漁父詞 至今猶見遐想 今京山又續陶山遺曲 作棹歌
八章 章四句 各再轉爲弄斷"(京山翁續漁父詞序, 「靑丘永言」 연민본)

도(載道)의 국축(局促)을 얼마간 벗어나 낭만적 서정으로 발전해온 현상'
으로 본다고 하고, '사림파 문학의 말미를 장식한 작품'20)으로 평했다.
<어부사시사>를 사림파 문학의 말미를 장식한 작품으로 보든 그렇지
않든, 이 작품에 담긴 의식이 간단치 않음을 지적하고 있는 것으로
보인다. 내용에 더해 그 형식에 관한 문제도 판단이 어렵다.

　이 작품의 형식에 대한 작자 윤선도의 생각은 어떠했을까? 고산은
<어부사시사> 발문에서 농암과 퇴계 선생이 탄상을 그치지 않으셨
던 소전의 어부사가 "음향이 말에 상응하지 못하고 말뜻이 깊이 갖
추어지지 않았으니, 대체로 옛것을 모으는 데에 얽매여서 옹색한 흠
을 면하지 못했기 때문이다. 내가 그 뜻을 더 보태고 우리말을 사용
해서 어부사를 지었는데 4계절을 각 한 편으로 하고 각 편을 10장으
로 했다.(音響不相應 語意不甚備 盖拘於集古 故不免有局促之欠也 余衍其意 用俚
語作漁父詞 四時各一篇 篇十章)"21)고 그 창작의 취지를 말하고 있다. 자
신이 '그 뜻을 더 보태고 우리말을 사용해서 어부사를 지었다'고 한
고산은 이 <어부사시사> 외에도 35수의 시조작품을 지었다. 고산은
'어부사시사 발문'에서 밝힌 바와 같이 선인들의 어부사를 잇겠다는
분명한 의식으로 <어부사시사>를 지었고, 이와는 다른 형식이라는
생각을 가지고 시조 35수를 지었다.

　고산의 의식이 그러했을 뿐만 아니라 오늘날의 우리도 그 객관적
차이를 분명히 읽을 수 있다. 고산의 <어부사시사>가 이전의 <악장
어부가>나 농암의 <어부장가>에 비해 환골탈태한 모습을 보이고
있음에는 틀림없다. 그리고 우리말 조흥구를 빼면 단가와 흡사한 형

---

20) 이민홍, 앞의 책, 205쪽.

21) 윤선도, '漁父四時詞跋'(『孤山遺稿』 권6 別集).

태가 남는다. 마지막 장을 빼고는 오히려 단가의 종장 초구에 해당되
는 자수만큼 짧기까지 하다. 그렇다고 해서 어부장가에서 우리말 조
흥구를 빼고 논한다는 것이 과연 의미가 있는 일일까?

이수광(李睟光)은 「지봉유설(芝峯類說)」(권14)에서 "장가는 곧 감군은
한림별곡 어부사가 가장 오래다(長歌則 感君恩 翰林別曲 漁父詞 最久)"라고
했다. <감군은>이나 <한림별곡>같은 장가에서 우리말 조흥구를 빼
고 그 작품의 특성을 논의한다고 하면 설득력을 가지기 어려운 것은
자명한 일이다. 어부사도 마찬가지다. 앞에서도 논의한 바지만 어부
장가의 가장 중요한 특질은 어부가 특유의 조흥구에 있다. 따라서 어
부장가에서 이 여음을 뺀다는 것은 그 장가를 해체하는 것이나 마찬
가지다.

이렇게 어부장가의 전형적 형태를 계승하고 있는 작품이 있는 한
편으로 어부장가의 영향을 입었음에는 분명하나 상당히 변이된 작품
이 출현한다. 그 변이의 양상도 다양하다.

변이된 양상의 작품으로 우선 병와(瓶窩) 이형상(李衡祥, 1653~1733)
의 <창부사(傖父詞)>를 들 수 있다. 이 작품은 제목 그대로 창부 즉
촌놈의 생활을 노래한 작품이다.[22] 그럼에도 이 작품은 어부사를 본
받았음이 분명하다. 병와의 친필 저서인 「지령록(芝嶺錄)」 전 7권 중
6권에 '별곡(別曲)'이라 하여 <창부사> 9장의 전문이 실려 있는데, 그
머리에 "창부사는 농암의 어부사를 차운하고 당음을 모은 것(傖父詞
次聾巖漁父詞 集唐音)"이라 쓰고 있다.[23] 「지령록(芝嶺錄)」에는 서문은
없는데, <창부사>가 수록된 또 다른 문헌인 「영양록(永陽錄)」에는 '城

---

22) 권영철, 「瓶窩李衡祥研究」, 「韓國研究叢書」 제37집, 한국연구원, 1978, 136쪽.
23) 권영철, 앞의 책, 167쪽 참조.

皐九曲竝序'(영양록 권1)라는 자서(自序)에 이어 이 작품이 실려 있다.
거기에서도 어부사의 곡조를 본땄음을 적고 있다.24) 다음은 병와 이
형상의 <창부사> 9장이다.

我本漁樵孟渚野로 世間名利盡悠悠ㅣ라
물내여라 물내여라 富貴於我如浮雲이로다
歸去來 歸去來 霜花店ᄒᆞ니 山鳥山花ㅣ吾友于니라(言掛冠)

武陵春樹 他人迷ᄒᆞ니 別有天地 非人間이로다
집지어라 집지어라 傍此煙霞 芋可誅러라
樂志囂 樂志囂 心方曲ᄒᆞ니 萬事盡付 形骸外ᄒᆞ노라(言定居)

孝經一通 看在手ᄒᆞ니 小兒學問 只論語ㅣ로다
글넑어라 글넑어라 先王作法 皆正道니라
綠竹猗 綠竹猗 淇澳詩ᄒᆞ니 群書萬卷 常暗誦호리라(言講讀)

演漾綠蒲 含白芷ᄒᆞ니 雨片桃花 挾去津이로다
약킈여라 약킈여라 淸溪幾度 到林雲고
商顔採 商顔採 紫芝歌ᄒᆞ니 不如燒却 頭上巾이로다(言採藥)

松風澗水 聲合時에 長歌短詠 還相酬로다
줄골나라 줄골나라 商聲寥亮 羽聲苦ᄒᆞ니라
地東當 地東當 梁琴譜ᄒᆞ니 幽音이 變調 忽飄洒하더라(言彈琴)

竹色四時也不移ᄒᆞ니 宜對琴書 窓外看이로다

---

24) "於卷峽中 得漁父詞 陶山六曲 合錄爲一冊 是盖兒時所嘗誦而今忘者 古意餘韻直
   亹亹忘倦甚可樂也 … 詠歎之餘 依倣其調 集唐詩 爲城皐九曲 … 使兒輩長歌緩詠"
   (『永陽錄』 권1)

잔부어라 잔부어라 雲間月色이 明如素로다
界面調 界面調 步虛子ᄒ니 江上何人 復吹笛고(言月竹)

漁翁이 夜傍 西岩宿ᄒ니 竿頭釣絲ㅣ 長丈餘로다
비저어라 비저어라 扣枻乘流 無定居호리라
至菊(匊)摠 至菊(匊)摠 漁父詞ᄒ니 款乃一聲 山水綠이러라(言釣船)

朝廷禮樂이 彌寰宇ᄒ니 謳歌烟月 太平春이로다
춤추어라 춤추어라 汝等豈知蒙帝力가
平羽調 平羽調 與民樂ᄒ니 此中樂事 亦已遍이로다(言歡娛)

一物이 自荷 皇天慈ᄒ니 靑山萬里 靜散地로다
쑴씨여라 쑴씨여라 遙望天門 白日晚이로다
華封祝 華封祝 感君恩ᄒ니 萬世千秋 奉君王호리라(言感祝)25)

　　<창부사>는 9장의 연장체로, 작자 스스로 "창부사는 농암의 어부
사를 차운한 것"라고 말한 바와 같이 각 장마다 어부사 모양의 조흥
구가 있어 그 모양이 어부사와 흡사하다. 그러나 그 내용은 어부의
생활을 읊은 것이 아니라 촌놈의 생활을 읊고 있다. 여음의 내용도
어부사와는 다르다. 그리고 당(唐) 나라의 도인 여암(呂巖, 798~870)의
<어부사일십팔수(漁父詞一十八首)>처럼 각 장마다 제목을 붙여 놓은
것이 또한 특이한 점이다.

　　여암(旅菴) 신경준(申景濬, 1712~1781)이 1769년에 지은 <화방재사(畵
舫齋辭)>도 어부장가의 변이된 형태를 지닌 작품이다. 9장의 연장체인
<화방재사>의 각 장에는 어부사와 같은 조흥구가 있는데, 초기의 어

---

25) 권영철, 앞의 책, 168~171쪽.

부가와는 다소의 거리가 있는 양태다. 배 모양으로 지어진 화방재의 경관과 관료와 백성의 현실적 삶에 대한 묘사가 주요 부분을 차지하고 있는 이 작품의 형식이 전형적인 어부사와는 차이가 있음에도 어부사의 맥을 잇고 있는 것이 분명함은 이미 논의된 바다.26) 다음이 <화방재사> 9장이다.

上是華屋下是舟 丹靑生色淸溪隅
닷드러라 닷드러라 箇中自有無限意
指菊叢 指菊叢 於斯臥 聖主猶看舟水圖

窓間懸一虱 歲久車輪大
비쯰여라 비쯰어라 三江五湖何處是
指菊叢 指菊叢 於斯臥 萬斛龍驤也如芥

南湖秋水夜無烟 耐可乘流直上天
돗다라라 돗다라라 虛舟獨泛杳然去
指菊叢 指菊叢 於斯臥 送君諸人自崖還

汗滴田中土 當午鋤禾時
비저어라 비저어라 休言畵閣鳴琴閑
指菊叢 指菊叢 於斯臥 一心勞處勞於伊

魚戲蓮葉南 魚戲蓮葉北
魚戲蓮葉東 魚戲蓮葉西
비저어라 비저어라 江上誰唱採蓮曲

---

26) 이규춘, 「旅菴 申景濬의 <畵舫齋辭> 硏究」, 『韓國詩歌硏究』 제4집, 한국시가학회, 1998, 287~309쪽.

指菊叢 指菊叢 於斯臥 願我民生樂如魚

間來垂釣碧溪上 忽復乘舟夢日邊
비부쳐라 비부쳐라 九重分憂憂如怎
指菊叢 指菊叢 於斯臥 邑有流亡愧俸錢

兩岸猿聲啼不盡 輕舟已過萬重山
돗지워라 돗지워라 百事皆從容易失
指菊叢 指菊叢 於斯臥 一牒題時三再看

漠漠水田飛白鷺 陰陰夏木囀黃鸝
비돌녀라 비돌녀라 萬物靜觀皆自得
指菊叢 指菊叢 於斯臥 風流未必載西施

長風破浪會有時 直掛雲帆濟滄海
닷주어라 닷주어라 一方何敢私公惠
指菊叢 指菊叢 於斯臥 只恐忽忽過六載

7언시와 함께 5언시가 집구된 점이나 우리말 토가 없는 점, 조흥구
가 '지국총(指菊叢)'으로 된 점 등의 특징을 보이고 있는 이 작품도 어
부사 계통의 작품임은 분명하다고 하겠다.

지소(芝所) 황일호(黃一皓, 1588~1641)의 <백마강가(白馬江歌)>는 그
형태로 봐서 어부사의 전형과는 상당한 거리가 있으나 연장체에다
각 장마다 어부사를 연상케 하는 조흥구를 반복하고 있다. 어부사의
형태를 어느 정도 흉내낸 작품임에는 틀림이 없다. 다음은 지소가
1625년에 지은 <백마강가>다.

三生이 多累ᄒ야 俗緣을 못다 맛ᄎ
우홉다 니 닉 身世 쳣 계규 글너 잇다
陶潛의 五斗米을 뉘라셔 권ᄒ관ᄃᆡ
六載光陰을 苟且히 지내연고
어와 아희들아 빅 모다 져허셔라

엇그졔 故鄕消息 뉘라셔 젼ᄒ던고
창 밧긔 피은 梅花 몃 가지나 ᄒ단말고
蕙帳이 비여시니 猿鶴을 뉘 벗ᄒ리
沙丘의 넷 명셰을 뉘라셔 일울손이
어와 아희들라 빅 모다 져허셔라

五馬을 썰쳐닉고 印숒을 풀쳐 니니
山陰의 父老들은 가지 말나 ᄒ건만은
秋天의 외로온 빅 浩然이 도라온이
山川은 漸近ᄒ듸 風景은 새롭고야
어와 아희들라 빅 모다 져허셔라

鷹岩의 빅을 믹고 草堂으로 도라오니
朱薨은 寂寞ᄒ듸 彩閣이 뷔여 잇다
滄波의 씻는 갈미 뭇노라 뉘 긔믈고
아는 듯 모로는 듯 오락가락 ᄒ는고나
어와 아희들라 빅 모다 져허셔라

瀟湘江 어듸메오 洞庭湖 갓단 말가
水碧沙明ᄒ듸 兩岸苔은 므슨 일고
蘇洲十里塘이 니만 ᄒ 동 만 동
蘇仙의 赤壁노리 古今이 달을소냐
어와 아희들아 빅 모다 져허셔라

興盡悲來ᄒ니 이 마음 둘 듸 업다
義慈王 風流을 어듸 가 弔問할고
皐蘭寺 縹緲ᄒ니 落花岩 보기 슬타
白馬江 낫긴 용아 뭇노라 故國興亡
어와 아희들아 비 모다 져허셔라

글낭은 싱각마오 늣거온 일 잇서이다
十年前 人事는 어제로온 듯하것마는
그 덧시 무숨 일노 외로이 혼ᄌ 남아
古蹟을 본 디마다 눈물계울 쑨이로다
어와 아희들아 비 모다 져허셔라

人生이 얼마치리 믈 우희 萍草로라
薄酒을 어들망졍 샤라실 졔 노ᄌ고야
前溪의 살진 고기 깁드리로 건져 너여
黃鷄白酒을 野老와 난ᄒ 먹시
어와 아희들아 비 모다 져허셔라

浩然巾 빗기 쓰고 醉ᄒ여 도라오니
江山은 依舊ᄒ듸 物色은 시롭고나
飢寒은 본듸 몰나 細君의게 맛져시니
一身이 無恙흠도 이 쏘흔 聖恩니라
어와 아희들아 비 모다 져허셔라27)

이 <백마강가>에는 자신의 신세 한탄과 은거생활의 맹세, 갈매기와
지내는 호젓함 등의 내용이 담겨 있다. 9장의 연장체로 되어 있고,

---

27) 이상보, 「黃一皓의 生涯와 白馬江歌 硏究」, 『語文學論叢』 4, 국민대학교 어문학연
구소, 1985, 13~15쪽.

각 장의 마지막에 "어와 아희들아 비모다 져허셔라"라는 조흥구가 있는데, 이것은 전형적 어부가와는 상당히 다르다. 그러나 그런 차이에도 불구하고 이 작품이 어부사를 지향하고 있음을 내용이나, 연장체의 형태, '비모다 져허셔라'는 후렴구의 반복 등으로 짐작할 수 있다.

근품재(近品齋) 채헌(蔡瀗, 1715~1795)의 <석문정구곡도가(石門亭九曲棹歌)> 28)는 어부가와 더욱 멀어진 양상이지만, 어부가의 특징적 요소를 일부 지니고 있다. 근품재의 1788년 작인 <석문정구곡도가>는 서곡과 결곡을 합하여 11장으로 나누어지는데, 1곡에서 9곡까지의 앞부분에 "어위"란 조흥구를 써서 장을 구분하고자 하는 의도를 읽을 수 있게 할 뿐, 각 장의 도막 크기도 일정하지 않다. 이런 탓에 장르 시비가 일기도 했다. 홍재휴는 <석문정구곡도가>를 "그 形態上으로 보아서는 歌辭體의 形式을 절충한 새로운 形式의 創案이라 할 수 있다. 그러므로 內容과 形式으로 보아 棹歌體詩歌의 類型으로 歸屬시킬 만한 作品"이라 하였다.29) 여기에 반해 강전섭은 "'어위야'라는 助興句(嘆辭)를 連結 고리로 하여 이어져가는 長歌型의 作品이므로, 棹歌로서의 面貌도 엿볼 수 있기는 하지만 4音步 連續形의 歌辭文學으로서의 要件을 모두 갖추고 있기 때문에 歌辭作品으로 把握하여도 아무런 무리가 없다고 본다."30)고 했다.

이 작품을 도가체(棹歌體) 시가의 유형으로 본 홍재휴가 '가사체의 형식을 절충했다'고 하고 있는 데서도 보듯이 이 작품은 그 갈래를

---

28) 홍재휴, 「石門亭題詠詩歌攷」, 『研究論文集』 제23권, 효성여자대학교, 1981, 1~38쪽.

29) 홍재휴, 앞의 논문, 37~38쪽.

30) 강전섭, 「<石門亭九曲歌>의 樣式史的 考察」, 『語文研究』 제29집, 어문연구회, 1997, 23쪽.

논하는 데 어려움이 있다. 그러나 제목에서부터 연장체의 도가를 본
뜨고자 한 의도를 드러내고 있고, 실제 '어위'란 조흥구로 분장을 시
도한 점으로 보아, 전형적인 어부가와는 큰 차이가 있으나 어부가의
맛을 가미한 장가로 보는 것이 타당하다고 생각한다. 다음이 그 작품
이다.

> **序曲**
> 이보 사롬드라 내 노래 드러보소
> 石門亭下 몰근 물이 아홉 구뷔 흘러시니
> 일업슨 이내몸이 漁夫노룻 ᄒ여보식
>
> **一曲**
> 어위 一曲水에 一葉船 ᄎ려내여
> 桂棹兮 蘭槳으로 泛泛히 周流ᄒ니
> 權先生 노던고지 景物도 됴흘시고
> 岩上의 弄淸臺오 岩下의 存道窩라
> 庭前의 석근대와 岸上의 늘근 솔은
> 눌위ᄒ여 푸르렀노
> 太古岩 不磨岩은 落霞暮烟 잠겨셔라
>
> **二曲**
> 어위 興을 ᄯ라 二曲으로 올나오니
> 東외는 浮碧이오 西희는 舟岩이라
> 두 뫼히 마죠이셔 日月捍門 되단 말가
> 水中의 누은 바회 兄弟 모양 긔이홀샤
> 周濂溪의 사던덴가 염바회 더욱 귀타
> 赫赫홀샤 熊淵祠의 四先生의 忠節이여
> 嘉猷書塾 川上軒의 絃誦聲 들여셔라

孝婦烈女 예우터 잇건마는
쟝홀시고 孝烈兼全 申氏旌閭 쟝홀시고

三曲
어위 三曲이여 友岩臺 놉홀시고
君子峯 近品山은 前後의 둘너잇고
南北의 너른 들은 千里예 通豁ᄒ니
일홈됴코 경됴ᄒᆞᆫ디 一間茅屋 짓고졔고
沙場의 셧던 花柱 古迹이 되야셔라
그건네 마즌 짝의 花樹軒 노푼 집이
야쟉ᄒ고 거록홀샤 孝友家라 이르더라

四曲
어위 四曲이여 蒼蒼바회 壁立ᄒᆞᆫ디
的的紅花景이로다
千경波 汪汪ᄒ니 물깁피 어이 알이

五曲
어위 九龍板이 五曲이 되단 말가
嫋嫋ᄒᆞᆫ 垂楊버들 春風의 춤추ᄂᆞᆫ듯
嚶嚶ᄒᆞᆫ 저 시 소리 이내 벗 부라ᄂᆞᆫ듯
洞天 깁푼 고딕 곳곳마다 경이로다

六曲
어위 됴홀시고 六曲潘亭 됴홀시고
시문 사롬 어디 가고 亭亭一樹 ᄂᆞ마이셔
東西南北 가는 사롬 쉬난 경ᄌ 되야ᄂᆞ다
五六月 푸른 ᄀᆞᄂᆞᆯ 뉘 아니 사랑ᄒ리

琵琶山 놉푼 고디 驪歌聲 閒暇ᄒ니
아던지 황시 바회 依然히 우즐긴 듯

七曲

어위 七曲 廣灘 夕陽天 빗겨셔라
欸乃曲 흔소리예 左右山水 푸르럿네
디롤 저어노코 千仞蓬山 도라보니
白雲深處 잠겨셔라

八曲

어위 가린쏘 디내야셔
花庄골 ᄇ라보고
獨뫼로 도라드러 八曲鵝川 ᄃᄃ르니
白石은 磷磷흔디 泛泛桃花 향긔로다

九曲

어위 桃花쓴라 가자스라 九曲石門 가즈스라
金鷄峯 ᄇ러보니 큰길이 넏너셔라
觀瀾臺 나린 물은 晝夜로 洋洋ᄒ니
亞聖의 흐신 말슴 긔 아니 올토턴야
渭川漁父 노던덴가 釣臺도 완연홀샤
滿山紅綠 자자ᄂ디 光風霽月 그지 업다
觀魚石 비 긴 후의 무어시 ᄌ미런고
깁푼 못 쒸ᄂ 고기 青天의 ᄂ난쇼록
任意로 노ᄂ 양은 自然性 그러커든
하믈며 사룸이야 本ᄆᆞᆷ 일홀손가

結曲

洗心 幽寂흔디 石門을 구지둧고

風月을 벗즐스마 이 무옵 길너보쟈 흐노라

　　이상에서 논의한 작품들에는 초기 <악장어부가>의 형태에 비해 상당히 변모된 양상을 보이고 있으나, 작자의 분장 의식은 잃지 않고 있다. 그러나 신재효의 <어부스>에 이르면 이런 분장 의식도 붕괴되고 만다. 다음이 그의 <어부스>이다.

　　설빈 어옹이 쥬포간흐니 즈언거슈 승거슨을 닷쩨여라 닷쩨여라 죠죠지락 모죠니를 지국춍 지국춍 어스와흐니 의선어부 일견고를 청고엽숑에 양풍기흐고 홍요화변 빅노비를 돗들어라 돗들어라 동정호리에 가귀풍을 지국춍 지국춍 어스와흐니 범급견순 홀후손을 진일에 범쥬연이 거흐고 유시요도 월중환을 어기엿츠 어기엿츠 아삼슈처에 즈망긔를 지국춍 지국춍 어스와흐니 고예승유 무정거를 만스무심 일죠간나라 슘공으로 불환츠 강순을 돗지여라 돗지여라 슌우게문에 권죠귀를 지국춍 지국춍 어스와흐니 일셩죵젹이 지츙낭을 동풍셔일에 쵸강심흐니 일편티기 만유음을 비미여라 비미여라 녹평신셰 빅구심을 지국춍 지국춍 어스와흐니 격안어가 단양숨을 파죠귀리 불게션흐니 강춍에일낙 졍김면을 비노화라 비노화라 지국춍 지국춍 어스와라 죵연일야의 풍취거흐니 지지노화 천슈변을 아미손월 반륜추의 비져어라 비져어라 야발쳥게 향슘협흐니 스군불견 어셔가즈 홍요빅변 육칠이요 젹노만풍 슈양셩을 지국춍 지국춍 어스와흐니 입츠위션 츌츠쇽을 화만쳔숀코 슈만숀흐니 강호이월에 엽쥬환을 츠힝이취젹비취어라 즈익강순 입호유를 지국춍 지국춍 어스와흐니 별유쳔지 비인간을 문여흐스로 셔강호오 쇼이부답 심즈흔을 머울너라 머울너라 우후쳥강 말근홍을 두견다려 물어볼야 빅구다려 물을이라 긱닉예 문아홍맹스커날 쇼지노화 월일션을 지국춍 지국춍 어스와흐니 취락에 휴스금굴치하라[31]

31) 강한영 교주, 『신재효 판소리 사설집』, 교문사, 1984.

농암의 <어부장가>에서 각 장의 마지막 종결어미를 연결어미로 바꾸고 조흥구도 변형을 시켜놓은 신재효의 <어부ㅅ>는 조선 후기의 연행 환경이나 방식의 변화에 따른 결과물로 보인다. <어부사시사> 40장이 단가 형태로 바뀌어 가집에 분산·수록된 것도 같은 이유에서 그렇게 되었을 것이다. 사회 전반적인 산문화의 경향과 함께 <別漁父詞>, <陶山歌>, <滄浪曲> 등의 어부지취의 가사 작품도 생산된다.[32]

4. 어부단가의 발생과 전승

어부단가는 언제 처음 지어졌는가? 진동혁은 어부의 생활을 읊은 시조는 약 120수라고 한 바[33] 있는데, 최초의 어부단가를 논하기 이전에 이 중 어디까지를 '어부단가'로 지칭할 수 있을 것인가 하는 점도 쉽지 않은 문제로 보인다.

어부지취를 담은 시조로 고불(古佛) 맹사성(孟思誠, 1359~1431)의 <강호사시가(江湖四時歌)>를 우선 떠올릴 수 있다. 우선 고불이 과연 그 작품을 지었는지, 지었다 하더라도 꼭 그런 형태의 작품을 지었는지 단언하기 어려운 문제에 봉착하게 된다. 『교본 역대시조전서』[34]에 의하면 후대의 가집에서 고불이 지은 것으로 표기된 작품은 여덟 작품이다. 그러나 네 작품은 작자가 '황희(黃喜)' 혹은 '김굉필(金宏弼)'

---

32) 윤영옥, 「<漁父詞> 硏究」, 『民族文化論叢』 제2·3집, 영남대학교 민족문화연구소, 1982, 63~68쪽.

33) 진동혁, 『古時調文學論』(증보판), 형설출판사, 1992, 89쪽.

34) 심재완, 『교본 역대시조전서』, 세종문화사, 1972.

로 혼기되어 있는데다, 여덟 작품 모두가 이삭대엽(二數大葉)이나 중
거(中擧), 우중거(羽中擧), 평거(平擧) 등 후대에 발달된 곡조로 가창된
것으로 표기되어 있다. 설사 고불이 그런 종류의 작품을 지었다고 하
더라도, '만대엽'이 겨우 시작되었을 그 시기에 3세기 뒤에 유행한 가
곡의 곡조에 얹혀진 것과 똑같은 형태의 작품을 창작한 것으로 확언
하기도 어렵다. 본고에서는 어부단가로 지칭된 작품을 우선 논의하
기로 한다.

분명히 '어부단가'라고 기록하고 있는 작품으로는 좌랑(佐郎) 황중거
(黃仲擧)가 어부장가 12장과 함께 농암에게 드린 10결의 어부단가[35]를
꼽을 수 있다. 그러나 주지하는 바와 같이 그 단가 10결은 전해지지
않고 있다. 따라서 어부단가라 할 수 있는 현전 최고의 작품은 그것을
약작(約作)한 농암의 <어부단가> 5결이다. 다음이 그 작품이다.

이듕에 시름업스니 漁父의 生涯이로다
一葉扁舟를 萬頃波애 쯰워두고
人世를 나 니셋거니 날가는주를 알랴

구버는 千尋綠水 도라보니 萬疊靑山
十丈紅塵이 언매나 ▽롓는고
江湖애 月白ᄒ거든 더옥 無心ᄒ얘라

靑荷애 바볼ᄡᅡ고 綠柳에 고기ᄢᅥ여
蘆荻花叢에 비미야 두고
一船淸意味를 어늬 부니 아른실고

---

35) "佐郎黃君仲擧 於先生親且厚 嘗於朴浚書中取此詞 又得短歌之爲漁父作者十閱
并以爲獻"(이황, '농암어부가발')

山頭에 閑雲이 起ᄒ고 水中에 白鷗이 飛이라
無心코 多情ᄒ니 이 두거시로다
一生애 시르믈 닛고 너를 조차 노로리라

長安을 도라보니 北闕이 千里로다
漁舟에 누어신ᄃᆞᆯ 니즌스치 이시랴
두어라 내시름 아니라 濟世賢이 업스랴

농암의 <어부단가> 5결 이후 어부단가로 꼽을 수 있는 작품은 수
헌(壽軒) 이중경(李重慶, 1599~1678)이 지은 <오대어부가(梧臺漁父歌)>
다. 장인진에 의하여 발굴된 <오대어부가>는 9곡과 5장, 별곡 6장,
도합 20수의 단가로 되어 있는데, 이중경은 '오대어부가 자서'에서
<도산십이곡>과 농암 <어부가>를 본떠 <오대어부가>를 짓는다고
했다.[36] 이 작품들은 조흥구가 없는 단가의 형태를 취하고 있다. 다
음이 그 작품들이다.

梧臺漁父歌 九曲

一曲 勝溪山의 生涯롤 브텨두고
漁樵을 일을 삼아 百年을 보내리라
어저위 武夷九曲이 예도 긘가 ᄒ노라

二曲 釣漁舟롤 碧波에 쯰워 가쟈
아히야 놀 저어라 石齒예 걸릴셰라

---

36) "是取陶山漁父詞而歌之 亦足以見先賢之得意於山水而樂…自製九曲五章 而其前
後三章並六章 則省其六曲之合爲十二者 而各取其半也"(이중경, 『雜卉園集』 권1,
'梧臺漁父歌白序')

뎌우희 綠筍磯頭의 白鷗흔디 가리라

三曲 一竿竹을 夕陽의 빗기들고
淸江을 구어보니 白魚도 하고 할샤
이마술 世上 人間의 제 뉘라셔 알리오

四曲 貫柳魚를 비예 담아 돌아오니
白沙 汀洲의 櫓聲이 얼의엿다
아희야 酒一盃 브어라 漁父詞를 브로리라

五曲 任所如ᄒ니 淸灘의 흘리뼈가
ᄑ래목 도라드러 碧潭의 머믈거다
아희야 놀 저어 내여라 石屛下의 가쟈

六曲 如遺世ᄒ니 身心도 閒適홀샤
魚鰕를 버둘 삼고 水石을 지블삼아
늙기를 다 니즌 후의 놀고 노쟈 ᄒ노라

七曲 芙蓉石이 波中의 濯出ᄒ니
太華峯 玉井의 十丈花 픠엿ᄂᆞᆺ
此間의 太乙眞人이 蓮葉酒를 타인ᄂᆞᆺ

八曲 㲼回沿ᄒ니 江光이 無際ᄒ디
淸風 徐來ᄒ니 水波不興 ᄒ엿도다
이 비를 中洲에 머므러 風景보기 죠해라

九曲 泝流光ᄒ여 溪亭에 도라가쟈
滿江흔 風月을 이 비예 시러시니
가다가 뎌근닷 머므러 다시 놀고 그티쟈

漁父詞 五章

漁父 漁父들하 네 내오 내 네로라
네 버지 내어니 내 너룰 모룰소냐
此中의 閒暇혼 生涯눈 너와 나와 있도다

白鷗 白鷗들하 내 네오 네 내로라
내 버지 네어니 네 나룰 모룰소냐
此中의 閒暇혼 溪山의 나와 너와 놀리라

靑山은 언제 나며 綠水은 언제 난고
前萬古 後萬古 져나히 언매인고
내 몸도 此中에 놀아 를글주리 업세라

功名도 내 몰래라 富貴도 내 몰래라
虛浪혼 人生이 世事도 내 몰래라
아마도 이 江山 아니면 내 몸 둘 디 업세라

前溪예 고기 낫고 後山의 茱을 키여
잇거나 업거나 굴머시나 머거시나
此生의 근심이 업스니 글룰 즐겨 호노라 (5-5)

漁父別曲 前三章

아이고 애둘올샤 아이고 셜올셰고
罔極혼 天地예 내 혼자 사라이셔
녜 잇던 魚茱룰 보니 내 안 둘디 업세라

처엄의 못 싱각호여 詩書을 일삼도다

中間의 忘녕되여 名利롤 브라도다
物外예 風月江山이 내 분인가 ㅎ노라

이런들 뉘 올타ㅎ며 져러흔둘 뉘 외다ㅎ료
올거나 외거나 나도 내 일 모르노라
世上이 是非롤 마라 漁父ㅣ 므슴 그르리

漁父別曲 後三章

經綸을 내 아더냐 濟世ㅎ리 업슬러냐
太平時世ᄂ 언메나 머런는고
匹夫의 爲國忠心을 내여 뵐 더 업세라

내 나이 만커니ᄯ나 머리도 셰거니ᄯ나
少年時 ᄆ옴은 츠싱 아니 늘건노라
日日에 兒戱롤 ㅎ니 윗는 줄을 모른다

蒼山은 놉고놉고 流水ᄂ 길고길고
山高水長ㅎ니 긔 아니 죠홀소냐
山水間 一閒人되여 허믈업시 사노라

<오대어부가> 9곡과 <어부사> 5장은 농암의 <어부장가> 9장과
<어부단가> 5결과 작품수를 같이 한 것인데, <오대어부가> 9곡은
농암 <어부장가>의 형태를 따르지는 않았다. 그리고 별곡 전 3장과
후 3장은 역시 단가의 형태를 취하고 있는데, <도산육곡> 둘(言志·
言學)의 반씩을 본떴다고 밝히고 있다.

여기서 짚어볼 문제가 하나 있다. 수헌이 <어부별곡> 전후 3장씩을

지은 것은 <도산육곡>을 본딴 것이라고 했는데, 이 <도산육곡> 둘은
장육당(藏六堂) 이별(李鼈)의 <육가(六歌)>를 본뜬 것이고, 그 <이별육
가>의 내용이 어부지취를 담고 있다는 점이다. 물론 알려진 바와 같이
<이별육가>는 전해지지 않고 있다. 그러나 최재남이 발굴한 <이별육
가>의 한문본 4수가 있어 그 일단을 엿볼 수 있다. 다음은 전하는
바의 한역 작품 4수와 다시 그것을 국문으로 옮긴 것이다.

我已忘白鷗　白鷗亦忘我	내 이미 백구 잊고 백구도 나를 잊네
二者皆相忘　不知誰某也	둘이 서로 잊었으니 누군지 모르리라
何時遇海翁　分辨斯二者	언제나 해옹을 만나리 이 둘을 가려낼꼬
赤葉滿山椒　空江零落時	붉은 잎 산에 가득 빈 강에 쓸쓸할 때
細雨漁磯邊　一竿眞味滋	가랑비 낚시터에 낚싯대 제 맛이라
世間求利輩　何必要相知	세상에 득찾는 무리 어찌 알기 바라리
吾耳若喧亂　爾瓢當棄擲	내 귀가 시끄러움 네 바가지 버리려믄
爾耳所洗泉　不宜飮吾犢	네 귀를 씻은 샘에 내 소는 못 먹이리
功名作弊屨　脫出遊自適	공명은 헤진 신이니 벗어나서 즐겨보세
玉溪山下水　成潭是貯月	옥계산 흐르는 물 못 이뤄 달 가두고
淸斯濯我纓　濁斯濯我足	맑으면 갓을 씻고 흐리면 발을 씻네
如何世上子　不知有淸濁	어떠한 세상 사람도 청탁을 모를래라[37]

　황중거에 의해 농암에게 전달된 어부단가 10결을 장육당 역시 접

37) 최재남, 「藏六堂六歌와 六歌系 時調 -藏六堂六歌의 복원-」, 『語文敎育論集』 제7
집, 부산대학교, 1983.

했을 가능성을 생각해 볼 수 있겠는데, 어부단가의 전승에 있어서 일
실된 <어부단가> 10결과 농암의 <어부단가> 5결, <이별육가>와
<도산십이곡>, <오대어부가> 20수는 매우 밀접한 관계를 갖고 전
승된 것으로 짐작된다.

5. 연행 방식의 전승과 변모 양상

고려조 혜심의 <어부사>에서부터 조선 후기 십이가사 <어부사>
에 이르기까지 어부사의 향유 양상에는 상당한 변화가 있었을 것으
로 짐작된다. 성무경은 연행 환경의 변화를 다음과 같이 간략하게 정
리한 바 있다.

> 가사의 가창 전승은 가사 향유 방식의 하나로 오랜 전통을 傳唱 12歌
> 詞에 속하는 <漁父詞>의 연원이 麗末에 닿아 있다는 점 하나만으로도
> 가사의 가창이 매우 오랜 전통을 갖는 것임을 잘 알 수 있다. 여말의
> 益齋가 <어부가>를 들었고, 권근과 정도전도 孔俯가 唱하는 <어부
> 가>를 들었다고 한다. 退溪는 어린 시절 안동의 老妓에게서 그 노래를
> 들었고, 聾巖은 佐郎 黃仲擧가 구해 준 12장의 어부가를 9장으로 줄인
> 농암 <어부가>를 재창작했다. 농암<어부가>는 이후 詞壇에 큰 영향
> 을 미치면서 어부 형상의 시가사적 전개를 이끌기도 했다. 연암의 『열
> 하일기』「漢北行程錄」에 대악부, <排打羅其曲>에 <어부사>가 불린
> 다고 한 것으로 보아, 조선 중기에 이르면 <어부가>가 향악 정재에
> 수용되어 '船遊樂'의 唱詞로 불리기도 해 연행 환경에 변화가 있었던
> 것으로 파악되기도 한다.[38]

어부가 연행 방식의 전승 문제에 간과할 수 없는 맥을 짚었다. 개
별 사안에 조금 더 접근하여 고찰해 보도록 하자.

고려조에 지어진 한문 어부사는 어떻게 연행되었을까? 혜심의
<어부사>와 임춘의 <어부>시가 같은 방법으로 향유되었을까? 같
든 다르든 실제 어떻게 연행되었을까? 몇 가지 기록을 실마리로 하
여 추측을 해볼 뿐이다.

익재와 양촌·삼봉을 다시 주목하지 않을 수 없다. 우선 세 사람의
시와 언급을 정리해 본다.

　　① 사부의 풍류는 물결따라 흘러가니/ 창생이 기대를 걸었으나 이제
어이하리/ 달밝은 귀봉산 아래 거룻배에선/ 어부가 한 곡조가 간장을
녹이네(謝傅風流逐逝波 蒼生有望奈今何 龜峯峯下滿船月 腸斷一聲漁父歌)

　　김영돈은 술에 취하면 언제고 표피라는 기생을 시켜 어부가를 노래
하게 하였다(本官醉後每令妓豹皮歌漁父歌)[39]

　　② 이따금 흥이 무르익어 어부사를 노래하면 그 소리가 맑고 깨끗하
여 천지에 가득 차는데, 마치 증삼이 상송을 노래하는 것을 듣는 듯하여
사람들의 가슴 속을 유연하게 하여 마치 강호에 있는 듯한 느낌을 준
다.(往往興酣. 歌漁父詞. 其聲淸亮. 能滿天地. 髣髴聞曾參之謌商頌. 使
人胸次悠然. 如在江湖)[40]

---

38) 성무경, 『가사의 시학과 장르실현』, 보고사, 2000, 261쪽.
39) 이제현, 「益齋亂藁」 권4, '悼龜峰金政丞永旽'.
40) 권근, 「陽村集」 권11, '漁村記'.

③ "백공은 마음에만 즐기는 것이 아니라 또 성음에 나타내어 술잔을 들 적마다 어부사를 노래하니, 궁상도 아니요 율려도 아니지만 높고 낮은 것이 서로 응하고 절주가 화협하니 이는 아마도 자연히 나오는 것이리라.(伯共 不惟樂之於心 而又發之於聲 每酒酌 歌漁父詞 非宮非商非律呂 而高下相應 節奏諧協 皆出於自然者也)41)

앞에서 이미 살핀 바와 같이 ①은 「익재난고(益齋亂稿)」에 수록된, 익재(益齋) 이제현(李齊賢, 1287~1367)이 구봉(龜峰) 김영돈(金永旽, ?~1348)을 애도하여 지은 만시(輓詩)와 거기에 붙은 주이고, ②와 ③은 어촌의 어부가를 들은 양촌과 삼봉의 느낌에 대한 언급이다.

박경주는 예시 ①②③을 제시하면서 "이 당시 어부가는 악곡의 반주를 필요로 하지 않고 오직 肉聲으로 높이 그리고 길게 뽑아 불렀던 것을 알 수 있으며, 이는 다름 아닌 음영으로 노래 부르는 방식"42)이라고 하고 그 각주에 "이우성은 이와 같은 단계에 이르고도 이 향유 방식을 음영이 아니 가창으로 보았는데, 음악의 반주가 없고 길게 뽑아 불렀다는 점에서 이는 분명 음영의 방식이라 하겠다."고 하여 자신과 이우성의 견해가 같지 않음을 밝혔다. 박경주는 혜심의 <어부사>도 "악곡에 얹혀 가창되었다기보다는 음영 위주의 방식으로 향유되었을 듯"43)하다는 견해를 피력했다.

이우성은 이전의 논문에서 ③에 대해 "孔俯는 이와 같은 情趣 속에 몸소 漁父歌를 唱하였고 또한 그의 唱은 四座를 風動할 만큼 인기가 있었던 것이다.…(중략)…'그 소리가 淸亮하여 能히 天地에 가득 찬

---

41) 정도전, 『東文選』 권103, '題漁村記後'.

42) 박경주, 『한문가요연구』, 태학사, 1998, 206~207쪽.

43) 박경주, 앞의 책, 75쪽.

다'고 한 것이나, '宮商도 律呂도 아니면서 高下가 相應하고 節奏가 諧協한다'고 한 것은 모두 孔俯의 唱의 高妙함을 말하는 것"이라고 하고, 창(唱)과 영(詠)의 차이에 대해 이혜구 박사로부터 "唱에는 拍子가 있고, 詠에는 拍子가 없다."는 대답을 얻고는 그것으로 그 둘을 나누는 기본선으로 삼았음을 부기까지 한 바 있다.44)

현재의 우리가 가창과 음영을 구별하고 거기에 어떤 차별성을 부여하든 고인들이 뚜렷한 변별의식으로 우리가 생각하는 어떤 차이를 꾸준히 유지해 온 것으로 보기는 어렵다. '-歌'와 '-詞' 또는 '-辭' 등의 표기에서도 혼와 현상이 보이는데, '歌'가 '永言'이라면 그들이 어부가를 노래로 인식하고 향유했던 것은 분명하다. 그리고 향유의 방법이 변화되어 온 것도 분명하다.

"요즈음의 시들은 옛날의 시와는 달라서 읊조릴 수는 있지만 노래 부를 수는 없다. 만약에 노래를 부르고자 한다면 반드시 이속의 말로 엮어야 되는데 대체로 국속의 음절은 그렇게 되지 않을 수 없기 때문 (今之詩 異於古之詩 可詠而不可歌也 如欲可之 必綴以俚俗之語 蓋國俗音節 所不得不然也)"45)이라는 퇴계의 언급을 보면, 그 차이를 어떤 것으로 인식했는지는 모르나 '영(詠)'과 '가(歌)'를 달리 보고 있었다는 점과 한시 향유 방법에 커다란 변화가 있었다는 점을 확인할 수 있다. 국속의 음절이 그럴 수밖에 없다는 점을 생각하면 한시 가창은 매우 제약된 일이었을 것으로 짐작되지만 노래로 불려지기도 했다는 점을 부인할 수는 없을 것이다.

어부가 연행 방식 전승에 일어난 또 하나 획기적인 일은 농암이 <악

---

44) 이우성, 「고려말·조선초의 어부가」, 『성대논문집』 9, 성균관대학교, 1964, 27쪽.
45) 이황, '陶山十二曲跋'.

장어부가>를 산개한 <어부장가> 9장과 <어부단가> 5결을 합하여 1부의 신곡을 만든 것이다. 농암 자신이 '새로운 곡[新曲]'이라고 밝히고, 장가는 영(詠)하고 단가는 엽(葉)으로 창(唱)한다고 한 실연(實演)의 방법이 이전의 노래들과는 달랐을 것임이 분명하다. 농암에 의해 새로운 하나의 노래로 만들어진 그 <어부장단가>는 이전의 <미인별곡>처럼 강(腔)과 엽(葉)으로 불려진 노래였을 가능성이 농후하다고 본다.

　그럼 고산의 <어부사시사>는 또 어떻게 불려졌을까? 장단가가 어울려 1부의 곡을 이루는 농암의 <어부가>와 40장으로 지어지고 그 끝에 단가로 만흥을 붙인 고산의 <어부사시사>가 같은 곡조의 노래일 수는 없을 것이다. 고산의 <어부사시사>는 농암의 신곡 <어부가>에서 엽으로 부르는 부분은 제거해 버린 강조(腔調)의 노래였을 가능성이 크다. 고산 윤선도의 '어부사시사 서'를 보자.

　　우리나라에 예로부터 <어부사>가 있으되 누구가 지은지를 모르는데, 고시를 모아서 강조(腔調)로 만든 것이다. 그것을 읊으면 강풍해우(江風海雨)가 어금니와 볼 사이에서 일어, 사람들로 하여금 홀연히 속세를 버리고 홀로 지낼 뜻을 가지게 한다. 이 때문에 농암(聾巖) 선생께서는 좋아하여 마지 않았으며 퇴계(退溪) 선생께서도 감탄하여 칭찬하기를 마지 않으셨다. 그러나 음(音)과 성(聲)이 서로 호응을 하지 못하고, 말뜻이 잘 갖추어지지 않았으니, 대개 옛 글을 모은 것에 얽매여서 국축(局促)한 흠을 면하지 못했기 때문이다. 내가 그 뜻을 부연하고 우리말(俚語)을 사용하여 <어부사>를 지었는데 사계절을 각 한 편으로 하고, 각 편은 10장씩으로 하였다. 나는 강조음율(腔調音律)에 대해서는 감히 함부로 논의할 바가 못되며, 창주오도(滄洲吾道)에 대해서는 더욱더 감히 갖다 붙일 수가 없으나, 맑은 못 넓은 호수에 조각 배를 띄워 노닐 때에 여러 사람들로 하여금 함께 부르면서 노를 젓게 하면

이 또한 한 가지 즐거움일 것이며, 뒤에 창주일사가 이러한 내 마음과 반드시 더불지는 아니한다 하더라도 백세에 널리 퍼져 서로 교감하기를 기대할 수는 있을 것이라. 신묘년 9월에 부용동 세연정 낙기난간가 배 위에서 낚시를 하면서 아이들에게 보인 글이다.(東方古有漁父詞 未知何人所爲 而集古詩成腔者也 諷詠則 江風海雨生牙頰間 令人飄飄然有遺世獨立之意 是以 聾巖先生好之不倦 退溪夫子歎賞無已 然音聲不相應 語意不甚備 蓋拘於集古 故不免有局促之欠也 余衍其意 用俚語 作漁父詞 四時各一篇 篇十章 余於腔調音律固不敢妄議 余於滄洲吾道尤不敢竊附 而澄潭廣湖片舸容與之時 使人竝喉而相棹 則亦一快也 且後之滄洲逸士未必不與此心期 而曠百世而相感也. 秋九月歲辛卯芙蓉洞釣于洗然亭樂飢欄邊船上示兒書)46)

고산은 자신이 '강조음율(腔調音律)'에 대해서는 감히 함부로 논의할 바가 못 된다고 말하고 있지만, 그는 이미 '강조(腔調)'에 대한 인식을 가지고 있는 것이다. 그가 그의 '엽(葉)'의 노래 즉 가곡과 뚜렷한 변별의식을 가지고 <어부사시사>를 지은 것을 볼 때, <어부사시사>는 강조(腔調)의 노래라고 해도 무리는 없을 듯하다.

8장의 장가로 1815년에 지어진 경산(京山)의 <속어부사>도 농암의 <어부장가>의 곡조를 그대로 계승했으리라고 보기는 어렵다. 그러나 어부장가의 계통을 잇고 있는 이 작품들이 곡조상 적지 않은 변화에도 불구하고 만대엽·중대엽·삭대엽, 그리고 그 삭대엽도 이삭대엽·삼삭대엽 등으로 발달된 '엽(葉)'의 노래인 단가와는 달리 강조(腔調)의 맥을 이은 노래로 불리었다고 짐작된다. 그러나 강조의 노래는 쇠미해지고 엽의 노래가 왕성하게 발달하고 분화한다. 이중경이

---

46) 윤선도, 「孤山遺稿」 권6 別集, '漁父四時詞序'.

<도산십이곡>과 농암 <어부가>를 본따서 지은 <오대어부가> 20
수가 모두 단가로 된 것은 그런 변화상을 반영하고 있다.

형태가 이미 어부사의 전형에서 벗어난 지소(芝所)의 <백마강가(白
馬江歌)>나 여암(旅菴)의 <화방재사(畵舫齋辭)>, 그리고 근품재(近品齋)
의 <석문정구곡도가(石門亭九曲棹歌)>는 그 가영(歌詠)되는 방법 또한
일정하지 않았을 것으로 보인다. 분장(分章)의 틀마저 무너져버린 신
재효의 <어부ᄉ>에 이르러서는 어부사에 대한 인식이나 향유 방법
이 상당히 바뀌었다. 무엇보다도 어부사가 여흥을 돋우는 여러 노래
속으로 수용되고 변질된 것을 확인할 수 있다.

이전의 어부가는 어떤 노래였던가? 어촌·양촌·삼봉·농암·퇴계·
고산이 이 노래에 심취했던 이유는 "사어가 한적하고 의미가 심원해서
읊조리는 사이에 사람들에게 공명을 벗어나서 표표히 멀리 세속을
벗어나는 뜻을 일으켰다.47)"며 "사람들로 하여금 표연히 세상을 버리
고 홀로 서고자 하는 뜻을 가지게"48)했기 때문이다. 그러나 세월은
어부사를 유흥의 공간으로 끌어들였다.

조선 중기 이후, 어부가가 일부의 유자들에 의해 명맥을 잇는 한편
으로 궁중 혹은 풍류방 등의 연행 공간에서 모습을 드러낸다. 그 과
정이 아직 분명히 확인되지 않았지만, 그 주된 작품이 농암의 <어부
장가>인 것은 틀림없다. 다소의 변형이 있기는 하나 그 노래가 조선
후기 지방 관아의 이선악(離船樂)이나 궁중의 선유락(船遊樂) 정재에서
그 창사(唱詞)로 연행되면서, 18세기 이후에 크게 일어나는 유흥 문화

---

47) "余觀其詞語閒適 意味深遠吟詠之餘 使人有脫略功名 표표하거진외지의"(이현보,
『聾巖先生文集』雜著 권3)

48) "諷詠則江風海雨生牙頰間 令人飄飄然有遺世獨立之意"(윤선도, 앞의 책, '漁父四
時詞序')

에 수용되었다는 것이다.[49)]

   다음은 연암(燕巖)의 『열하일기(熱河日記)』에 소개된 <이선악(離船樂)>에 대한 언급이다.

   자리 위에 그림배를 놓고, 동기 한 쌍을 뽑아서 소교로 꾸미되 붉은 옷을 입히고, 주립·패영에 호수와 백우전을 꽂고, 왼손엔 활시위를 잡고 오른손엔 채찍을 쥐고, 먼저 군례를 마치고는 첫 곡조를 부르면 뜰 가운데에서 북과 나팔이 울리고 배 좌우의 여러 기생들이 모두 채색 비단에 수놓은 치마들을 입은 채 일제히 어부사를 부르며 음악이 반주되고, 이어서 둘째 곡조·셋째 곡조를 부르되, 처음 격식과 같이 한 뒤에 또 동기가 소교로 꾸며 배 위에 서서 발선하는 포를 놓으라고 칭한다. 이내 닻을 거두고 돛을 올리는데 여러 기생들이 일제히 노래를 부르며 축원한다. 그 노래에 '닻 들자 배 떠난다. 이제 가면 언제 오리. 만경창파에 가는 듯 돌아오소.' 하였으니, 이는 우리나라에서 제일 눈물질 때이다.(置畵船於筵上 選童妓一雙 扮小校 衣紅衣朱笠貝纓 揷虎鬚白羽箭 左執弓弭 右握鞭鞘 前作軍禮唱初吹 則庭中動鼓角 船左右群妓 皆羅裳繡裙 齊唱漁父辭 樂隨而作 又唱二吹三吹如初禮 又有童妓扮小校 立船上唱 發船砲 因收碇擧兮船離 此時去兮何時來 萬頃蒼波去似回 此吾東第一墮淚時也)[50)]

   여기에서 <어부사>가 어떤 작품인지 소개되어 있지 않으나, 최동원은 「교방가요(敎坊歌謠)」의 내용으로 미루어 그것이 농암의 <어부장가> 9장이 분명하다고 말하고 있다.[51)] 이것은 농암 <어부가>의

---

49) 김은희, 『조선후기 가창문학의 존재양상』, 보고사, 2005, 30~32쪽.

50) 박지원, 「熱河日記」, '漢北行程錄'.

51) 최동원, 「漁父歌의 史的展開와 그 影響」, 『古時調論攷』, 삼영사, 1990, 223쪽.

향유 양상에 중요한 변화가 있었음을 의미한다.

　그 과정은 분명하지 않으나 농암의 <어부장가>는 18세기 이후 이선악(離船樂)이나 선유락(船遊樂) 정재에 수용되고 12가사의 하나로도 자리잡게 되었다. 노랫말에 다소의 변화가 있으나 농암의 <어부장가>인 것은 분명하다. 가사의 변화는 무색할 정도로 노래의 성격은 농암 때와는 완전히 달라졌다. 19세기 말에서 20세기 초에 와서야 열두 작품으로 완성된 것으로 보이는 12가사는 도시 여항의 풍류 현장에서 연행되었다. 그 중의 하나로 편입된 <어부사>는 이미 어촌이나 농암, 퇴계와 고산이 사랑했던 '표표히 멀리 세속을 벗어나는 뜻을 일으켰던' 그런 어부사는 아닌 것이다. 역시 형식 파괴가 일어난 신재효의 <어부ᄉ>도 이런 배경 속에서 나온 것이라 하겠다.

　고산의 <어부사시사> 역시 변화의 물결을 피할 수는 없었다. <어부사시사> 40장에서 조흥구를 빼고 종장에 감탄사를 붙여 이삭대엽(二數大葉) 등의 가곡으로 가창한 것도 그런 변화의 한 양상이다.

6. 마무리

　본고에서는 우리 어부가를 통시적 측면에서 접근했다. 이상에서 논의한 것을 간추려 결론으로 삼는다.

　배를 타고 어로활동을 했던 선사시대부터 어떤 식으로든 뱃노래가 있었겠지만, 고려조에 와서야 집단의 노동요가 아닌 개인 창작의 어부가가 출현한다. 진각국사 혜심은 최초로 '어부사'라 제한 작품을 지었다. 이는 당송 때 성행한 사패의 하나인 어가오에 전사한 순 한문 작품이다.

혜심의 <어부사>는 승문에서 오래 전승되어 다른 작품 어부사 창
작에 많은 영향을 끼쳤다. 불교 탄압이 심했던 조선조에도 불문에서
는 꾸준히 게송 어부사 창작의 전통을 이어갔다. 이런 전통 계승에
두드러진 변화는 보이지 않는다.

한편 혜심과 비슷한 시기 임춘·이규보 등의 문사들이 어부시를
지어 초창기 한문 어부사로서의 큰 자취를 남긴다. 일반 문인들도 고
려조에서 조선조에 걸쳐 어부지취의 한시문을 많이 짓지만, 이 작품
들은 불교 어부사와는 달리 상당한 변화 양상을 보인다. 조선조 지배
계층의 삶의 형식을 결정하는 가치관이 고려조와는 상당히 달라졌기
때문이다. 특히 큰 변화의 바람을 몰고 온 이들은 16세기에 크게 활
약한 사림(士林)들이었다. 고려조에 유입되어 조선 건국의 토대가 되
었던 성리학은 이들 사림파 학자들에 의해 깊이 탐구되었다. 그들이
주목했던 성리학의 중심에는 송나라의 유학자 주희가 있었다. 성리
학을 주자학이라 부른 데서도 짐작할 수 있듯이 조선조 사대부들에
게 끼친 주자의 영향은 누구보다도 컸다. 주자가 지은 <무이도가>
역시 조선 선비들에게 큰 영향을 끼쳤다. 율곡의 <고산구곡가>는
그 구체적인 예다. 조선조 선비들이 전통의 어부가를 어떤 형태로든
이어가지만, 그 작품에 성리학적 이념이 간섭하게 되는 것은 피할 수
없는 일이었다. <어부사시사>도 <무이도가>와 무관하지 않음이 지
적되기도 했다.

후대로 갈수록 어부가에 관련된 제반 여건이 달라지고 다양해진
다. 명칭의 혼용 양상은 고려조에서부터 조선조에 걸쳐 계속 나타난
다. 운문과 산문 공히 '어부사(漁父辭)'로 제한 경우가 있는데다 <화방

재사>와 같이 국문시가화한 작품도 '-사(辭)'로 제목을 붙이고 있는 것을 볼 수 있다. 고시(古詩), 5언·7언 절구나 율시, 장단구(長短句), 부체(賦體)나 산문 등 형태상으로도 다양한 작품들이 창작되었다. 혜심의 <어부사>, 이규보와 임춘의 <어부> 이후 어부지취를 담은 한문 작품들이 어떤 일방향으로 변화하였다고 보기 어려울 정도로 다양하게 창작된 것이다. 선문(禪門)에서 지은 작품은 물론 문인의 작품이라 하더라도 우리의 어부가에 대한 일반적 인식을 벗어난 한문 작품들이 국문 어부가와 함께 어부가의 세계를 구축하고 있음을 확인할 수 있다.

<악장어부가>는 국문시가화한 어부가로 현전 최고의 것이다. 이 <악장어부가>는 집구한 한시 7언 4구에 우리말 토를 달고 조흥구를 더한 형태로, 후대의 어부장가는 이 어부가의 어부가적 특질을 다양한 양상으로 계승한다. <한림별곡>이나 <감군은> 같은 장가가 그렇듯이 어부가를 어부가답게 만드는 핵심은 조흥구에 있다고 할 수 있는데, 어부가의 특질을 그대로 계승한 전형적인 어부가가 있는가 하면 상당히 변이된 형태의 어부가도 나온다. 변이의 양상 또한 다양하다.

<악장어부가>의 전형성은 이현보의 <어부장가>에서 윤선도의 <어부사시사>, 이한진의 <속어부사>로 이어진다. 고산의 <어부사시사>에 대한 논란이 많으나, 이 작품은 장가로 봐야 한다. 혹 어부사 특유의 조흥구를 뺀 채 이 작품을 단가로 보는 견해도 있으나, 조흥구 빼는 것은 논의의 출발에서부터 타당성을 잃는 일이 된다.

장가는 다양한 형태의 변이형을 보이는데, 어부가의 형태를 본받았으면서도 어부가 아닌 촌놈[창부]의 생활을 읊고 있는 이형상의

<창부사>가 있는가 하면, 신경준의 <화방재사>와 같은 변이형도 나온다. <화방재사>는 5언시와 7언시가 섞여 집구되었고 우리말 토 없이 조흥구만 붙인 형태이다. 그 내용도 배모양으로 지은 화방재의 경관과 관료·백성들의 삶의 모습에 대한 묘사가 주를 이룬다. 황일 호는 자신의 신세를 한탄하고 은거하겠다는 내용의 <백마강가>를 남기는데, 그 조흥구가 <어부사>를 연상하게 하지만 전형적인 어부 사의 조흥구는 아니다. 채헌의 <석문정구곡도가>는 제목이 '도가(棹 歌)'라고 되어 있어 어부사 계통의 시가임을 짐작하게 하고 있으나 그 형태는 전형적인 어부가와는 거리가 있다. '어위'라는 감탄사를 반복하여 분장 의식을 드러내고 있으나 각 장의 길이도 일정하지 않 은 독자적 형태의 장가라고 하겠다.

신재효의 <어부스>에 이르면 전형적인 어부장가의 특질은 거의 자취를 감춘다. 심지어 분장 의식마저 무너져 버렸음을 확인할 수 있 다. 그리고 가사 형태로 어부지취를 읊은 작품도 나오게 되는데, 작 자·창작시기 미상인 <별어부사>, 고응척의 작품으로 추정되고 있 는 <도산가(陶山歌)>, 역시 작자와 창작시기가 미상인 <창랑곡(滄浪 曲)> 등의 작품이 여기에 해당된다.

어부단가로는 황중거가 구하여 농암에게 바친 <어부단가> 10결, 이것을 약작(約作)한 농암의 <어부단가> 5결, 그리고 이중경의 <오 대어부가> 20수를 꼽을 수 있다. <오대어부가 별곡>의 전 3장과 후 3장은 <도산육곡>의 둘의 반씩을 본떴다는 것인데, <도산육곡>이 이별의 <육가>를 본뜬 것이라는 점, <이별육가>의 내용이 어부사 나 다름없다는 것은 어부단가의 전승 문제에 있어서 매우 주목되는 부분이다.

<악장어부가> 이전에 있었을 어부가의 연행 방법에 대한 논란이 있으나 여러 기록들을 볼 때, 음영했다기보다는 가창한 것으로 봐야 할 것임을 논했다. <악장어부가>를 노래하는 방법과 농암의 <어부장단가>를 노래하는 방법이 동일하지 않았을 것임은 분명하다. 그리고 고산의 <어부사시사> 역시 같지 않았을 것이다. 십이가사에 편입된 <어부사> 8장도 농암 생존 당시와 노래하는 방법이 같다고 보기 어렵다. 강조(腔調)의 노래였던 어부사의 창법에 대해서는 좀 더 확실한 근거를 바탕으로 한 논의가 요구된다.

어부가 향유 양상의 뚜렷한 변화의 하나는 어부가가 점차 유흥의 도구로 변해갔다는 점이다. 박지원의 『열하일기』에서 <이선악(離船樂)>을 연행할 때 가창되는 <어부사>가 농암의 <어부장가>가 분명하다면, 이 작품은 이미 어촌이나 농암, 퇴계와 고산이 사랑했던 '표표히 멀리 세속을 벗어나는 뜻을 일으켰던' 그런 어부가는 아닌 것이다. 이것은 향유 양상의 중요한 변화라고 할 수 있다.

어부가는 작자 혹은 그 작품을 애호했던 사대부나 기녀, 혹은 시아(侍兒)들에 의해서 불리어졌는데, 후대에 와서는 가객들이 가세했다. 농암의 <어부장가>는 후대에 오래 전승되어 여러 형태로 향유된 것이 문헌을 통해 확인된다. 이 농암의 <어부장가>가 십이가사에 수용된 점, <어부사시사> 40장이 단가형으로 변형되어 가집에 분산·수록된 점 등은 가객의 출현과 관련성을 갖는 전승의 한 양상이라 할 수 있다.

Ⅸ. 어부가의 갈래 문제

1. 들어가는 말

시조와 가사는 조선조 시가문학의 양대 산맥을 이룬다. 여기에 이의를 달 사람은 별로 없을 것이다. 하지만 우리의 시각으로 선인들의 작품을 두 장르로 양분(兩分)하는 데 초점을 맞추다 보니 한 장르에 이미 귀속시킨 작품들의 이질적인 부분을 애써 외면해 버리거나, 장르를 따지는 대상 시가작품을 시조 아니면 가사로 파악하려는 편향된 시각이 생겨나게 되었다. 그 대표적인 예가 고산(孤山) 윤선도(尹善道, 1587~1671)의 <어부사시사(漁父四時詞)>의 경우라 하겠다.

도남(陶南)은 이 <어부사시사>를 두고 "이것은 時調라고는 할 수 없지마는"이라고 언급하고 있으면서도 이어서 "하여튼 고산(孤山)은 자연시인(自然詩人)으로 시조(時調)의 절묘(絶妙)를 얻어 (중략) 고산(孤山)은 확실(確實)히 시조(時調)에 있어 최고봉(最高峰)"[1]이라 하였다. 이 작품이 갖는 시조와는 이질적인 성격을 분명히 인정하면서도 시조로 간주하는 듯한 불명확한 태도를 취한 것은 다른 갈래의 존재 가능성을

---

1) 조윤제, 『韓國文學史』, 探求堂, 1974(3판), 231~232쪽.

염두에 두지 않은 탓으로 해석된다. '시조 아니면 가사'라는 의식은 이후의 학자들의 태도에서도 쉽게 찾아볼 수 있다. <어부사시사>의 독자성을 인정하면서도 그것을 여전히 시조 아니면 가사에 묶어두려는 논란이 그런 의식을 입증한다.

이 <어부사시사>를 두고 "한 제목 아래 모여 있는 네 편의 가사로 봄이 옳을 것이다"[2]는 주장이 나왔는가 하면 "연시조(連時調)라든지 도가체(棹歌體) 장가로 볼 것이 아니라 도가체(棹歌體) 조흥구(助興句)를 동반(同伴)하고 있는 훌륭한 장편(長篇) 가사문학(歌辭文學) 작품(作品)(120구본(句本))으로 파악(把握)해야 옳다고 본다"[3]는 견해가 나오기도 했다. 이렇게 <어부사시사>를 가사로 보려는 시도에 대해 "작가의 시작 태도, 사시가(四時歌) 안에서의 위치, 고산(孤山) 시가(詩歌)에서 나타난 장(章), 편(篇)의 개념, 그리고 각 장(章)에서 드러난 서술 양상 및 의미 구조를 통해 볼 때, 이제까지의 통설(通說)인 시조로 그 쟝르를 규정해야 할 것으로 생각된다"[4]는 반론이 나오기도 했다. 어느 쪽 주장이든 ⏘ 근서에는 '시조 아니면 가사'라는 의식이 내재되어 있는 것으로 보인다.

이렇게 조선조에 생산된 시가작품을 시조 아니면 가사로 보려는 시각은 여러 가지 장르 시비를 초래했고 거기에 설득력 있는 답을 제시하지 못했다. 이런 장르 시비는 국문학 연구자들이 더 이상 방치해서는 안 될 중요한 문제라고 생각된다. 기왕의 장르 이론이 갖는

---

2) 김대행, 「漁父四時詞의 外延과 內包」, 『孤山研究』 創刊號, 孤山研究會, 1987.
3) 강전섭, 「尹孤山의 <漁父四時詞>에 對하여」, 『孤山研究』 제2호, 孤山研究會, 1988, 21~22쪽.
4) 이경민, 「<漁父四時詞>에 대한 數三問題 再考」, 『孤山研究』 제3호, 孤山研究會, 1989, 211쪽.

한계를 인정하고, 논의의 대상이 된 작품들이 어떤 양식적 특징을 갖는지 확인할 수 있어야 할 것이다.[5]

이러한 문제에 대한 답을 구하기 위해서는 조선조에서 '장가(長歌)'로 지칭되었던 작품들을 주목할 필요가 있다. 장가로 지칭된 다양한 형태의 시가들은 가사(歌辭)와 같은 '비연체(非聯體)의 장가'와 <감군은(感君恩)>이나 <어부장가(漁父長歌)>와 같은 '연형식(聯形式)의 장가'[6]로 나눌 수 있겠는데, 본고에서는 이들 갈래 문제를 살핀 뒤 <어부사시사>의 갈래 문제를 논의하고자 한다.

2. 조선조 시가의 다양성

우리는 조선조의 시가를 악장·가사·시조 등으로 크게 구획하여 대상을 인식하고 있으나 그 실상을 보면 매우 다양한 형태의 시가작품들이 존재하고 있음을 알 수 있는데, 이들 개별 작품의 장르적 특성에 관한 논의는 여전히 부족하다. 일부 작품의 갈래에 대한 논란이 생기는 것도 포괄적인 갈래 개념에 한계가 있기 때문이다. 그래서 본고에서는 조선조 시가 작품들이 갖는 다양성을 인정하는 가운데 논란된 작품에 대한 객관적 답을 구하고자 한다.

---

5) 일각에서는 <악장어부가>, <농암어부가>, <농암어부단가>, <어부사시사>와 수헌의 단가 20수를 '자연시조'로 지칭한 경우도 있다. 이런 갈래 개념은 이수광이 『지봉유설』에서 보여주었던 장가·단가의 구분의식마저도 무너뜨리는 혼란을 초래할 우려가 있다.

6) 이하 본고에서 제시하는 명칭은 장르명이 아니라 대상을 정확하게 인식하는 데 동원할 수 있는 가장 유용한 명칭으로 명명한 것이다.

조선조 초기에 양산된 아송문학(雅頌文學)7)이야말로 다양한 형태의
시가가 있었음을 보여주는 구체적 증거다. 단형의 시가에서 <용비어
천가(龍飛御天歌)>와 같은 장형에 이르기까지 여러 형태가 있을 뿐 아니
라 그 표기도 한문, 한문에 현토한 것, 국문 등 각양각색이다. 이 아송문
학은 조선 건국 초기 신왕조 건국의 당위성을 광포하고 그 기반을
굳히는 데 소용되는 기재로서의 소임을 다하고 점차 쇠락하게 되지만,
그 사이 그것들이 끼친 영향은 적지 않았을 것으로 보인다.

귀족문학이요 목적문학인 아송문학이 상당히 폐쇄적인 성격을 띤
다는 점은 부인하기 어려우나 그 작자층이 반드시 소수의 관료들로
한정되지는 않은 것으로 보인다. 조선초 여러 목적으로 임금의 나들
이가 있을 때 다양한 계층의 사람들이 가요(歌謠)를 올렸다는 기록을
볼 수 있다. 이때 헌상된 가요는 아송문학의 범주에 들 것들이라 할
수 있겠는데 성균관의 학관, 지방 고을의 부로(父老)8)나 한경(漢京)의
부로9) 외 교방의 기녀들까지도 성균관 생도들과 함께 가요를 올린
경우10)를 볼 수 있다. 다음은 생도(生徒)들이 세종(世宗)에게 바친 가

---

7) 여기서는 조규익 교수가 설정한 '조선초의 악장 계열과 非악장 계열의 작품을 포괄
   하는 개념'을 그대로 수용한다.(조규익, 『조선초기 아송문학 연구』, 태학사, 1986, 41
   쪽 참조)

8) 조선 태조 2년(1393) 2월 5일, "'어가가 청주에 이르렀을 때 牧使 陳汝宜와 判官
   閔道生 등이 儺禮를 갖추어 北郊에서 맞이하고 父老들은 노래를 불러올리면서 御駕
   앞에 절하였다.'고 「태조실록」에 기록되어 있다. 같은 달 27일에는 임금이 계룡산으
   로부터 돌아오는데, 백관들이 용둔 들에서 맞이하였다 하고, 임금이 숭인문으로 들어
   오니 채붕과 나례를 시좌궁 문밖에 설치하였고 성균관 학관이 여러 유생을 거느리고
   가요를 불러올렸다(上入自崇仁門. 結綵儺禮于時 座宮門外. 成均學官率諸生進歌
   謠."(『太祖實錄』 卷3, 太祖 2년 2월 壬寅)고 하였다.

9) "壬午. 御離宮. 漢京父老. 獻歌謠於道."(『太宗實錄』 卷10, 太宗 5년 10월 壬午)

10) "壬戌. 上還宮. 留司群臣. 設山棚結綵儺禮百戲. 以公服迎于崇仁門外. 成均館生徒.

요 중 하나이다.

惟我舊都	이 우리 옛 서울은
于崧之傍	숭산의 옆에 있고,
有美新京	아름다운 새 서울은
于漢之陽	한강의 북쪽일세.
雲烟釀瑞	연기가 운집하고 瑞氣를 빚는 곳에
爰有寢園	능침이 계시누나.
於皇列聖	장하올손 列聖朝시여
貽燕後昆	후세 자손에게 좋은 복조 끼쳐주며
我后丕承	우리 임금 이어받아
繼述增光	계승하고 지키셔서 광채 더욱 빛나셨네.
親祼大室	큰 산소 몸소 강신할 제
以謹蒸嘗	근신하여 祭需를 만드셨네.
瞻彼高陵	저 높은 능 바라보니
松楸鬱蒼	소나무 가래나무 울창도 하올세라.
霜露旣降	서리 이슬 내린 뒷면
追慕益新	사모하심 더욱하여,
逮玆孟冬	이 첫겨울 접어들면
躬蒇精禋	몸소 정결히 제사지내어,
以誠以敬	정성과 공경으로써
孝思克伸	효도하심 능히 펴셨어라.
龍旗攸指	용 그린 깃발 지나실 제
慰我都人	우리 송도 사람 위무하옵셨네.
于以省民	이것으로 백성을 보살피심이요,
匪游匪畋	놀으신 것 아니옵고 사냥하심 아니로세.
神人均慶	神과 사람 모든 경사

教坊倡妓等. 獻歌謠. 百官進箋陳賀."(『太宗實錄』卷1, 太宗 1년 4월 壬戌)

喜動山川	기쁜 빛이 산천에 넘치도다.
黃童白叟	더벅머리 아희놈과 흰 터럭의 늙은이도
踴躍後先	앞 뒤 쫓아 뛰놀면서,
稽顙祝釐	머리 조아려 복을 축원하옵기는
我后萬年	우리 임금 만년 장수하오시라.
狂簡小臣	미치고 못난 小臣들이
鼓舞天淵	하늘같은 恩澤 아래 뛰놀다가,
獲覩耿光	좋은 광명 얻어보고
不勝歡心	기쁜 마음 금치 못해,
作爲歌詩	詩와 노래 지어
矢此德音[11]	이 좋은 소리 기념하옵니다.

이러한 헌가요(獻歌謠)의 관습은 점차 의식(儀式)에 치우치게 되고 민폐로 이어져[12] 그 시행의 어려움이 자주 논의되다가 인조조(仁祖朝)에 이르러서는 중단하게 되었다.[13]

『조선왕조실록』에 유생(儒生)이나 부로·기녀들이 헌상한 이런 가요를 일일이 기록하고 있지는 않으나 거의 위와 같이 4자를 주로 하고 있는 시경시(詩經詩) 형태의 한시였을 것으로 짐작된다.[14] 의식(儀式)으로 시행된 이런 경우, 그 가요란 것이 일정 형식을 벗어나기 어

---

11) 『世宗實錄』 卷83, 世宗 20년 10월 癸亥.

12) "館學諸生. 老人妓生等. 爲辦歌謠. 後를素閭閻. 甚似騷擾."(『明宗實錄』34권, 明宗 22년 3월 壬午)

13) 光海君 때까지도 耆老·儒生·敎坊妓女 등이 歌謠를 올린 것을 볼 수 있으나 仁祖는 예조의 계품을 거절하고 있다.(『仁祖實錄』권29, 仁祖 12년 7월 己酉, 『仁祖實錄』권30, 仁祖 12년 8월 乙酉 참조) 이후의 왕들도 이런 의식을 거행하지 말 것을 명하고 있음을 實錄에서 확인할 수 있다.

14) 實錄에서도 '歌謠'란 명칭은 다양한 대상을 가리킬 수 있다. 예로 "以至閭巷歌謠. 風敎所關者. 無不採記. 以備太史之闕遺"(『仁祖實錄』卷21, 仁祖 7년 8월 戊午)라고 했을 때의 '가요'는 다양한 노래를 지칭하는 경우가 된다.

려웠겠지만 조선 건국 초기부터 임란 직후까지 많은 유생·부로·기
녀 등이 아송문학을 창작하거나 적어도 거기에 관련될 기회를 가졌
다는 점, 그리고 실제 다양한 양식의 아송문학 작품이 전해지고 있다
는 점에서 조선조 시가문학이 여러 가지 양식으로 창작되었을 가능
성을 짐작해 볼 수 있다.

　불우헌(不憂軒) 정극인(丁克仁, 1401~1481)은 이런 맥락에서 주목해 볼
만한 시가 작가이다. 그는 상소문에서 "삼가 장가 여섯 장과 단가 두
장을 지어서 때로는 벗들과 읊조리기도 하고, 때로는 밤에 노래부르고
춤을 추면서 송도하기를 부지런히 하지 않은 날이 거의 없었습니다.(謹
作長歌六章. 短歌二章. 或與朋友歌詠. 或夜歌且舞. 頌禱之勤. 殆無虛日.)"15)고 한
바 있다. 실제 그의 문집 『불우헌집(不憂軒集)』에는 말미에 '歌曲'이라
하여 <불우헌가(不憂軒歌)>와 경기체가 양식의 <불우헌곡(不憂軒曲)>,
그리고 <상춘곡(賞春曲)>이 실려 있다.

　시가를 짓고, 노래부르고 춤추는 데 관심이 있었음이 분명한 불우
헌이 성은을 송축하는 노래 <불우헌가>와 <불우헌곡>을 남긴 것인
데, <불우헌가>가 특히 주목된다. 다음이 그 작품이다.

> 浮雲似 宦海上애. 事不如心흔 이. 하고 만코 ᄒ니이다.
> 뵈고시라. 不憂軒翁 뵈고시라.
> 時致惠養ᄒ신 口之於味 뵈고시라.
> 뵈고 뵈고시라. 三品儀章 뵈고시라.
> 光被聖恩ᄒ신 馬首腰間 뵈고시라.
> 嵩三呼 華三呼룰. 何日忘之 ᄒ리잇고.16)

---

15) 『成宗實錄』 卷122, 成宗 11년 10월 壬申, 丁克仁詣闕上疏文.
16) 정극인, 『不憂軒集』 권2, '歌曲'.

이 작품은 <상춘곡>에 비해 상대적으로 짧은 노래임에는 분명하지만 우리가 흔히 '단시조(短時調)'로 지칭하는 단가(短歌)와는 차이가 있다. 조동일은 "악장이라고나 할 수 있는"[17]이라고 언급하였는데, 악장으로 분류한다고 해서 그 장르적 성격을 온전히 설명한 것이라고 하기는 어렵다. 노래를 짓고 부르는 데 일가견을 가진 불우헌이 이런 작품을 지은 배경을 살필 필요가 있겠지만, 이 작품은 '시조 아니면 가사'라는 선입견에서 탈피하여 조선조 시가 양식을 볼 필요성이 있음을 입증해 주는 하나의 예가 될 수 있으리라 본다.

최동원은 여러 문헌의 기록들을 제시하면서 '장가(長歌)'라는 용어가 각종 시가 형태를 두루 일컫고 있었음을 논한 바[18] 있다. 즉, 어부사(漁父詞), 한림별곡(翰林別曲), 불우헌곡(不憂軒曲), 감군은(感君恩), 가사(歌辭), 장시조(長時調) 등 여러 형태의 시가가 장가라는 말로 지칭되었다는 것이다.

성호경은 노진(盧禛, 1518~1578)의 모부인 권씨가 아들의 수연가(壽宴歌)에 화창(和唱)한 소위 <노진모부인답가(盧禛母夫人答歌)>, 두곡(杜谷) 고응척(高應陟, 1531~1605)의 <군자곡(君子曲)>, <평천하곡(平天下曲)>, <천지일가곡(天地一家曲)>, <호호가(浩浩歌)>, 송강(松江) 정철(鄭澈, 1536~1593)의 <심의산~>, <장진주사(將進酒辭)>, 안인수(安仁壽)의 <안인수가(安仁壽歌)>, 송담(松潭) 백수회(白受繪, 1574~1642)의 <도대마도가(到對馬島歌)>, <화경도안인수가(和京都安仁壽歌)>, 이장(李璋)의 장가(長歌) 등을 '유사시조(類似時調)'라 지칭하여 논구한 바[19] 있다.

---

17) 조동일, 『한국문학통사 2』, 1985(3판), 294쪽.
18) 최동원, 『古時調論』, 삼영사, 1980, 67쪽.
19) 성호경, 「조선 전기의 類似時調 연구」, 『한국시가의 유형과 양식 연구』, 영남대학교

최동원이 거론한 작품 중에서 <어부사(漁父詞)>를 제외하면 대개 그 갈래 문제는 정리되어 있는 듯하다. 그러나 따지고 보면 악장으로 분류되고 있는 <감군은> 역시 그 장르적 성격에 대한 분명한 해명은 뒤따르지 않고 있다고 할 수 있다. 성호경은 자신이 거론한 작품들에 대해 "이 13편의 작품들이 어떠한 장르 의식 또는 유형 의식에 의해 생겨난 필연적인 결과인가, 아니면 우연한 소산(所産)인가 하는 문제에 대해 우리가 뚜렷한 인식을 가지고 있지 못한 실정"[20]이라고 언급한 바 있는데, 이 역시 우리가 설정하고 있는 기존의 장르 개념으로는 실제로 존재하는 다양한 양상의 작품들에 대한 명쾌한 설명이 불가능한 점을 지적하고 있는 것이다. 정리해서 말하자면 '시조 아니면 가사'라는 인식으로는 이런 다양한 형태의 작품들에 대한 충분한 이해에 도달하기가 어렵다는 것이다.

다시 논란의 대상이 되었던 <호호가>를 보자. 이 작품의 경우는 이런 시가가 출현하게 된 이유를 분명히 밝혀주고 있다. 작품 옆에 중국 송대의 인물로 월주관찰추관(越州觀察推官)을 지낸 마존(馬存)[21]의 노래를 번역해서 지었다고 부기[22]해 놓은 것이다. 그러니까 이 작품이 번역의 결과임을 말하고 있는 것이다. 그리고 별다른 문제없이 그렇게 가창되었다. 그러니 이 작품을 두고 '시조 아니면 가사'로 보려는 시각은 이 작품의 장르적 특성을 살피는 데 적절하지 않다고 봐야 한다. 송강의 <장진주사>나 안인수와 백수회의 시가, 그리고

출판부, 1997(2판), 348쪽.

20) 성호경, 앞의 책, 348쪽.

21) 名은 存, 子才는 字. 中國 宋代의 樂平人. (臧勵龢 등 편, 『中國人名大辭典』(5版), 臺灣商務印書館, 1989)

22) "右浩浩歌 譯馬子才歌 醉則使童子唱之"(고응척, 浩浩歌竝書)

이장의 장가 등도 파격이나 변형의 결과가 아니라 이처럼 다양하게 취할 수 있는 양식 중의 하나로 지어진 작품일 가능성을 배제할 수 없다.

이런 작품들을 마치 돌연변이처럼 보는 것은 우리가 설정한 시조와 가사의 개념 때문이라고 할 수 있겠는데, 우리가 설정한 시조와 가사의 개념은 장르 논란이 빚어지고 있는 데서도 확인할 수 있듯이 분명히 그 한계가 있다.

현재의 장르 구분 기준이 드러내고 있는 한계를 짚으면서 조선조 시가의 다양성을 다시 확인해 보도록 하자. <횡살문(橫殺門)>과 <자규사(子規詞)>의 경우를 예로 든다.

　㉠ 錦城絲管이 日紛紛ᄒ니 半入江風 半入雲이로다.
　　此曲이 只應天上有ㅣ니 人間애 能得幾時聞고
　　아으 太平曲調를 奏明君 ᄒ습노이다 (橫殺門)

　㉡ 蜀魄啼 山月低ᄒ니·相思苦 倚樓頭라·
　　爾啼苦 我心愁ᄒ니 無爾聲이면 無我愁ㄹ낫다·
　　寄語人間 離別客ᄒᄂ니·
　　愼莫登 春三月 子規啼 明月樓를 ᄒ여라(「源國」 551)23)

㉠은 「시용향악보(時用鄕樂譜)」에 실려 있는 <횡살문>이고, ㉡은 「가곡원류」(국립국악원본) 등 14권의 가집에 수록되어 있는 단종의 <자규사>다. 시형으로 볼 때 양자가 공히 우리가 시조라고 생각하는 틀을

---

23) "端宗大王出滯於寧越時登梅竹樓聞杜鵑啼感淚作此歌○上後爲縣板奉於樓"(○은 判讀不能字)(時全 2956)

벗어나 있다. 시조의 가장 특징적 형태로 논의하는 '시조의 종장 초구'
즉 가곡으로 따지면 제4장에 해당되는 부분이 ㉠은 '아으'가 될 것이고
㉡은 '寄語人間 離別客ᄒᄂ니'24)이다. ㉠㉡ 모두 시조의 특징적 형태와
는 거리가 먼데, 군이 가까운 쪽을 선택한다면 ㉡보다는 ㉠일 것이다.

  김동욱(金東旭)은 ㉠에 대해 "시조(時調)의 원류(源流)가 혹시 이런
형식에 있지 않을까"25)하는 견해를 표명했고, 성호주(成鎬周)가 여기
에 동조26)하기도 했다. 김사엽(金思燁)도 이 작품을 제시하면서 시조
의 "형식을 제대로 구비한 문헌상(文獻上)의 최고(最古) 기록(記錄)은
무엇일까"27) 하고 시조와의 형식적 유사성을 은근히 인정했다. 그러
나 우리는 ㉠을 시조로 취급하지는 않는다. 반면 ㉡은 시조로 취급하
고 있다. 무엇 때문인가?

  형식으로 시조와 시조 아닌 것을 구별하는 우리의 장르 구분 기준
으로는 판단이 어려운 예이다. 이런 경우를 볼 때, 선인들이 남긴 시
가작품을 인식하는 데 우리가 동원하고 있는 시조나 가사라는 갈래
구분의 틀에 한계가 있다는 점을 인정하지 않을 수 없다.

  필자는 상기의 두 작품을 예시하여 양자를 '시조인 것'과 '시조 아
닌 것'으로 나누는 기준에 대한 의문을 제기한 바 있다.28) 당시는 시
조의 형식을 말하고 있는 현재의 논리로는 그 기준을 설명하기가 어
렵다는 문제 제기에 그쳤다. 이후에 얻은 결론은 작품의 갈래 문제에
는 형식성과 함께 역사성이 개입하게 된다는 것이었다. 어떤 작품이

---

24) 「歌曲源流」에서의 章區分을 그대로 따른 것이다.
25) 김동욱, 『韓國歌謠의 硏究』, 을유문화사, 1961, 186쪽.
26) 성호주, 『景幾體歌의 形成 硏究』, 제일문화사, 1988, 20쪽.
27) 김사엽, 『李朝時代의 歌謠 硏究』, 대양출판사, 1956, 230쪽.
28) 박규홍, 『時調文學硏究』, 형설출판사, 1996, 53~54쪽.

든 형식성과 역사성이 없을 수 없다. 작품의 형식성뿐만 아니라 역사성까지 따지는 것이 더 보완된 장르 규정의 방법이 될 수 있다는 주장이다. 우리가 ⓛ을 시조로 취급하는 것도 형식의 이질성에도 불구하고 조선 후기의 가객들에 의해 이삭대엽(二數大葉) 등으로 가창되고 전승되어 여러 가집에 실려 있다는 역사성 때문이다.

동일 작품을 두고 시조니 가사니 하는 논란이 야기되는 것은 창작이 이뤄진 그 시대의 문제가 아니라 오늘날 우리의 인식의 문제다. 갈래 문제에는 형식성과 함께 역사성도 고려해야 한다. 역사성을 고려한다면 선인들이 지녔던 시가문학의 다양성에 대한 시각도 조금 더 명확하게 볼 수 있을 것이다.

3. 연형식의 장가

(1) 연형식 전통의 계승

이수광(李睟光, 1563~1628)의 「지봉유설(芝峯類說)」에서는 "長歌則 感君恩 翰林別曲 漁父詞 最久"라고 했다. 여기에 거명된 작품들은 각각의 특성이 분명한 이질적인 작품들인데, 공교롭게도 이들 작품은 모두 여러 개의 연(聯, stanza)으로 이루어져 있다. 물론 연형식이 '장가'가 되는 충분조건은 아니라고 생각된다. 농암이 어부단가 5결을 분명히 '단가(短歌)'라고 한 경우[29]도 있기 때문이다.

이 연형식은 유래가 오래다. 지금 확인할 수 있는 것으로 가장 오래된 연형식 작품으로는 균여대사(均如大師, 923~973)의 <보현십종원

---

29) "一篇十章 約作短歌五関"(이현보, 『聾巖先生文集』 雜著 권3)

왕가(普賢十種願往歌)>를 들 수 있다. 이후의 <동동>, <서경별곡>, <청산별곡>, <정석가> 등 여러 고려시가가 연형식을 취하고 있고 경기체가 작품들, 그리고 여러 악장이 연형식을 취하고 있다.

연형식의 오랜 전통을 감안할 때 조선조에 창작된 연형식의 여러 작품들이 조금도 이상할 것이 없다. 갈래 구분에 있어 '시조 아니면 가사'로 보고자 하는 시각에 의해 홀대를 당하고 있는 어부가 계통의 시가도 역시 이 연형식의 전통을 잇고 있는 작품들이다. <악장어부가>를 비롯하여 농암(聾巖) 이현보(李賢輔, 1467~1555)의 <어부장가>(1545), 지소(芝所) 황일호(黃一皓, 1588~1641)의 <백마강가(白馬江歌)>(1625), 병와(瓶窩) 이형상(李衡祥, 1653~1733)의 <창부사(倡父詞)>(1704), 여암(旅菴) 신경준(申景濬, 1712~1781)의 <화방재사(畵舫齋辭)>(1769), 근품재(近品齋) 채헌(蔡瀗, 1715~1795)의 <석문정구곡도가(石門亭九曲棹歌)>(1788), 경산(京山) 이한진(李漢鎭, 1732~?)의 <속어부사(續漁父詞)>(1815) 등의 어부가류 작품들이 이런 연형식의 장가이다.

논란의 대상이 되었던 고산 윤선도(1587~1671)의 <어부사시사>(1651) 역시 독자적인 갈래의 작품임이 진작부터 논의된 바[30]와 같이 이런 연형의 전통을 잇는 어부장가에 다름 아닌 것이다. <어부사시사>가 그 형태의 독자성에도 불구하고 결국은 어부장가의 맥을 잇는 작품임을 이상의 어부가계 시가작품들을 통해 확인할 수 있다.

역시 장가로 지칭되었던 <감군은(感君恩)>도 이런 연형식의 장가이다. <감군은>과 <어부사시사>를 각 한 장씩 인용해 본다.

---

30) 윤영옥, 「<漁父詞> 硏究」, 『民族文化論叢』 제2·3집, 영남대학교 민족문화연구소, 1982, 35~72쪽.
   홍재휴, 「尹孤山詩攷(1)」, 『曉星女大硏究論文集』, 1985, 9~45쪽.
   박규홍, 앞의 책, 82쪽.

四海바닷 기픠는 닫줄로 자히리어니와
님의德澤 기픠는 어니줄로 자히리잇고
享福無彊ᄒ샤 萬歲를 누리쇼셔
享福無彊ᄒ샤 萬歲를 누리쇼셔
一竿明月이 亦君恩이샷다   (<감군은> 4-1)

압개예 안개것고 뒫뫼희 ᄒ비췬다
빈떠라 빈떠라
밤믈은 거의디고 낟믈이 미러온다
至匊悤 至匊悤 於思臥
江村 온갓고지 먼빗치 더옥됴타   (<어부사시사> 춘 10-1)

위에서 보듯이 <감군은>은 감군은 특유의 조홍구를 지닌 연형식
장가요, <어부사시사>는 어부가류 작품 특유의 조홍구를 지닌 연형
식 장가다. <감군은>을 시조나 가사에 귀속시키려 하는 것이 무리
한 일인 것처럼 <어부사시사>를 시조니 가사니 하는 것도 납득하기
어려운 일이다. 이들 장가의 가장 특징적 요소인 후렴구를 빼고 논의
한다는 것은 설득력을 포기하는 방법이다.

이 장가들은 시조라고 할 것도 아니고 가사라고 할 것도 아니다.
연형식의 전통을 이은 장가들이다. 단지 <감군은>은 독자적 후렴구
를 가지고 악장으로 쓰인 작품이고, <어부사시사>는 어부사 후렴구
를 취한 어부사 계통의 작품이라는 것이 다른 점이다.

이들 작품이 시가문학의 주류를 이루지는 못했다고 하더라도 이
작품들을 무시하고서는 시가문학사를 올바로 볼 수 없다. 가사나 시
조와는 이질의 이런 장가가 조선조 시가문학의 한 부분을 이루었다
는 점은 틀림없는 사실이다.

(2) 상동연형식 장가와 상이연형식 장가

연형식의 장가는 그 형태상으로, 각 연이 서로 같은 형태로 된 연형식의 장가와 형태가 다른 연으로 이루어진 연형식의 장가 둘로 나눌 수 있다. 본고에서는 우선 양자(兩者)를 '상동연형식(相同聯形式) 장가(長歌)'와 '상이연형식(相異聯形式) 장가(長歌)'로 호칭하기로 한다. 이러한 형태상의 차이는 경기체가에서도 확인할 수 있다. <한림별곡(翰林別曲)>과 같은 경기체가는 상동연형식 장가이고 <독락팔곡(獨樂八曲)>과 같은 경기체가는 상이연형식 장가인 것이다.

어부가류의 시가에서도 이런 구분이 가능하다. <악장어부가>나 농암의 <어부장가>는 상동연형식 장가라 할 수 있다. <어부사시사>의 경우, 춘하추동 총 40수 중에서 제1수부터 제39수까지의 종장은 제40장과 엄밀히 말하자면 다르다. 그러나 1~39장과 마지막 40장이 약간의 차이를 보이긴 하지만 이 작품은 작자가 동일한 연형태를 의도한 상동연형식의 작품이라고 봐야 할 것이다.

<악장어부가>와 농암의 <어부장가>에 이은 경산 이한진의 <속어부사>, 그리고 어부사의 형태를 취하고 있는 병와 이형상의 <창부사>, 어부사의 일반적 형태에서 상당히 멀어진 모습이지만 역시 어부가류의 시가로 봐야 할 지소 황일호의 <백마강가> 등이 모두 상동연형식 장가라고 하겠다. 그러나 여암 신경준의 <화방재사>나 근품재 채헌의 <석문정구곡도가>[31]의 경우는 다르다. 그 작품들은 유절형식(有節形式)을 취하고 있으면서도 각 마디의 형태가 다른 상이연형식 장가다.

---

31) 홍재휴, 「石門亭題詠詩歌攷」, 『曉星女子大學校 研究論文集』 제23권, 1981, 1~38쪽.

특히 <석문정구곡도가>의 경우, 1곡에서 9곡까지의 앞부분에 "어위"란 조흥구를 써서 간신히 분장(分章)[서곡과 결곡을 합하여 11장]의 의도를 읽을 수 있게 할 뿐, 각 장의 도막 크기가 일정하지 않다. 이런 까닭에 장르 시비가 있었던 점은 앞에서 언급했다. 홍재휴(洪在烋)는 <석문정구곡도가>를 '가사체(歌辭體)의 형식(形式)을 절충한 새로운 형식(形式)'[32] 본 홍재휴와 '가사작품으로 파악하여도 아무런 무리가 없다.[33]고 본 강전섭의 견해 사이에는 중요한 차이가 있다. 홍재휴는 도가체시가(棹歌體詩歌)라는 하나의 독자적 갈래를 인정하는 태도로 대상 작품을 바라보지만, 강전섭은 가급적 시조와 가사의 범주에 대상 작품을 포함시키려는 생각으로 접근한다. 강전섭은 <어부사시사>까지도 120구본(句本) 가사로 본다[34]고 했다. 갈래 문제에 대한 보다 더 객관적인 시각의 필요성을 확인하는 대목이다. 다시 <석문정구곡도가>를 보도록 하자.

石門亭九曲棹歌[35]

序曲

이보 사룸드라 내 노래 드러보소

石門亭下 물근 물이 아홉 구뷔 흘러시니

---

32) 홍재휴, 앞의 논문, 37~38쪽.

33) 강전섭, 「<石門亭九曲歌>의 樣式史的 考察」, 『語文硏究』 제29집, 어문연구회, 1997, 23쪽.

34) 강전섭은 <어부사시사>도 "도가체(棹歌體) 조흥구(助興句)를 동반(同伴)하고 있는 훌륭한 장편(長篇) 가사문학(歌辭文學) 작품(爵品)(120구본(句本))으로 파악(把握)해야 옳다고 본다"고 했다.(姜銓燮, 尹孤山의 「漁父四時詞」에 對하여」, 『孤山硏究』 제2호, 孤山硏究會, 1988, 21~22면)

35) 홍재휴, 앞의 논문, 1~38쪽에서 재인용.

일업슨 이내몸이 漁夫노릇 ᄒᆞ여보시

一曲
어위 一曲水에 一葉船 ᄎᆞ려내여
桂棹兮 蘭槳으로 泛泛히 周流ᄒᆞ니
權先生 노던고지 景物도 됴ᄒᆞᆯ시고
岩上의 弄淸臺오 岩下의 存道窩라
庭前의 석근대와 岸上의 늘근 솔은
눌위ᄒᆞ여 푸르렀노
太古岩 不磨岩은 落霞暮烟 잠겨셔라

二曲
어위 興을 ᄯᅡ라 二曲으로 올나오니
東외ᄂᆞᆫ 浮碧이오 西희ᄂᆞᆫ 舟岩이라
두 뫼히 마죠이셔 日月捍門 되단 말가
水中의 누은 바회 兄弟 모양 긔이ᄒᆞ샤
周濂溪의 사던덴가 염바회 더욱 귀타
赫赫ᄒᆞ샤 熊淵祠의 四先生의 忠節이여
嘉猷書塾 川上軒의 絃誦聲 들여셔라
孝婦烈女 예우터 잇건마ᄂᆞᆫ
쟝ᄒᆞᆯ시고 孝烈兼全 申氏旌閭 쟝ᄒᆞᆯ시고

三曲
어위 三曲이여 友岩臺 놉ᄒᆞᆯ시고
君子峯 近品山은 前後의 둘너잇고
南北의 너른 들은 千里예 通豁ᄒᆞ니
일홈됴코 경됴혼디 一間茅屋 짓고졔고
沙場의 셧던 花柱 古迹이 되야셔라

그건네 마즌 짝의 花樹軒 노푼 집이
야쟉ᄒ고 거록홀샤 孝友家라 이르더라

四曲
어위 四曲이여 蒼蒼바회 壁立ᄒᆞᆫ듸
的的紅花景이로다
千ㆍ경波 汪汪ᄒ니 물깁픠 어이 알이

五曲
어위 九龍板이 五曲이 되단 말가
嫋嫋ᄒᆞᆫ 垂楊버들 春風의 춤추ᄂᆞᆫ둣
嚶嚶ᄒᆞᆫ 저 시 소리 이내 벗 부라ᄂᆞᆫ둣
洞天 깁푼 고듸 곳곳마다 경이로다

六曲
어위 됴홀시고 六曲潘亭 됴홀시고
시문 사룸 어듸 가고 亭亭一樹 ᄂᆞ마이셔
東西南北 가ᄂᆞᆫ 사룸 쉬난 정ᄌᆞ 되야ᄂᆞᆫ다
五六月 푸른 근를 뉘 아니 사랑ᄒ리
琵琶山 놉푼 고듸 鳥歌聲 閒暇ᄒ니
아던지 황시 바회 依然히 우즐긴 듯

七曲
어위 七曲 廣灘 夕陽天 빗겨셔라
欸乃曲 ᄒᆞᆫ소리예 左右山水 푸르럿네
뱃더롤 저어노코 千仞蓬山 도라보니
白雲深處 잠겨셔라

八曲
어위 가린쏘 디내야셔
花庄골 브라보고
獨뫼로 도라드러 八曲鵝川 ㄷㄷ르니
白石은 磷磷ᄒ듸 泛泛桃花 향긔로다

九曲
어위
桃花ᄯ라 가자스라 九曲石門 가ᄌ스라
金鷄峯 브리보니 큰길이 널너셔라
觀瀾臺 나린 물은 晝夜로 洋洋ᄒ니
亞聖의 ᄒ신 말슴 긔 아니 올토턴야
渭川漁父 노던덴가 釣臺도 완연ᄒ샤
滿山紅綠 자자ᄂ듸 光風霽月 그지 업다
觀魚石 비 긴 후의 무어시 ᄌ미런고
깁푼 못 쒸ᄂ 고기 靑天의 ᄂ난쇼록
任意로 노ᄂ 양은 自然性 그러커든
하물며 사룸이야 本ᄆᆞ음 일홀손가

結曲
洗心 幽寂ᄒ듸 石門을 구지둣고
風月을 벗즐ᄉ마 이 ᄆᆞ음 길너보쟈 ᄒ노라

이 작품이 분장(分章)되었는가 아닌가 하는 것이 형식상의 중요한 문제가 되겠는데, 위에서 보듯이 작자는 1곡에서 9곡까지 '어위'란 조흥구로 분장을 의도하고 있다. 이 조흥구는 이 작품이 어부가의 흔적을 지닌 어부가계의 장가[36]임을 확인시켜 주는 중요한 부분이다. 각 연의 크기가 다른 점 때문에 분장 의도를 의심받기도 하였지만, 상이연형식

장가가 이것 외에도 있는 것으로 봐서 그것이 문제가 될 이유는 없다고 본다.

또 이런 상이연형식의 어부사로 꼽을 수 있는 것이 <화방재사>다. 몇 장을 예로 든다.

上是華屋下是舟 丹靑生色淸溪隅
닷드러라 닷드러라 箇中自有無限意
指菊叢 指菊叢 於斯臥 聖主猶看舟水圖 (9-1)

汗滴田中土 當午鋤禾時
비저어라 비저어라 休言畵閣鳴琴閑
指菊叢 指菊叢 於斯臥 一心勞處勞於伊 (9-4)

魚戱蓮葉南 魚戱蓮葉北
魚戱蓮葉東 魚戱蓮葉西
비저어라 비저어라 江上誰唱採蓮曲
指菊叢 指菊叢 於斯臥 願我民生樂如魚 (9-5)

5언과 7언 한시가 섞여 있는 이 작품은 각 연의 분량이 일정하지 않다. 두말할 나위없이 상이연형식의 작품이다. 이런 상이연형식의 작품을 볼 때 또 다른 문제의 실마리를 얻을 수 있다. 두곡(杜谷) 고응척(高應陟, 1531~1605)의 역가(譯歌)인 <호호가(浩浩歌)>의 장르 시비에 대한

---

36) 필자도 이 작품이 漁父詞의 흔적을 약간이나마 보여주고 있기는 하지만, 어부사의 조흥구와는 거리가 멀고 분련체의 작품으로 보기 어렵다는 이유를 들어 한 편의 歌辭로 다룬 적이 있다.(『時調文學硏究』, 1996, 82쪽) 그러나 棹歌라는 제목, 그리고 1곡에서 9곡까지 '어위야'로 시작되는 起辭法이 어부사의 흔적으로서 다른 歌辭와는 다르다는 점과 異形의 聯形式을 취한 다른 작품도 존재한다는 점에 주목하면서 '相異 聯形式 長歌'로 이 작품의 형태를 파악하게 되었다.

답도 여기에서 얻을 수 있는 것이다.

浩浩歌三節

天地萬物이 엇디ᄒ야 삼긴게고
시저리 쓰시면 太倉에 祿米을 씌누키고 머그리라
시저리 ᄇ리시면 綠水靑山이 어듸가 업스리오
渭川漁夫도 낫대 ᄒ나 ᄹ이오
莘野耕叟도 두어고랑 바티로다
ᄒ믈며 嚴子陵도 帝腹애 발 언즈니
구믈며 못ᄒ거든 셩식글 내실러냐
어릴샤 뎌 宰相아 제 지브로 오라할샤

天地萬物이 엇디ᄒ야 삼긴게고
屈原은 므싀일로 汨羅水에 ᄲ디며
夷齊ᄂ 긔 므싀일 西山애 가 굴믈것고
聖賢의 ᄆ음은 절로 즐겨 ᄒ거놀
百姓이 거복ᄒ니 내라 혈마 엇더ᄒ료

天地萬物이 엇디ᄒ야 삼긴게고
玉堂金馬ᄂ 어듸미 잇ᄂ뇨
雲山石室이 간디마다 노플셰고
구프려 바틀가니 짱이야 젹다마ᄂ
울워러 ᄑ롬부니 하ᄅ리 무ᄒ한다
내 비즌 한몰술 벗님과 취ᄒ새다
二三月 春風은 품에 ᄀ득 ᄒ엿거놀
九十月 丹楓은 ᄂ치 ᄀ득 오ᄅᄂ다
아마도 醉裏乾坤을 나와 너와 놀리라

<호호가>는 이제까지 3수의 장형시조로 간주되어 왔는데, '<호호가> 3수라고 하는 것이 실은 한 작품이며, 그것은 22구의 가사라는 견해[37]가 피력되어 쟁점이 된 바 있다. 그러나 이 작품에 대한 시조니 가사니 하는 논란은 역시 실상과는 거리가 있다고 본다. 그 말미에 "호호가는 <마자재가>를 번역한 것으로 취하면 동자를 시켜 노래하게 했다(浩浩歌 譯馬子才歌 醉則使童子唱之)"고 부언하고 있는 바와 같이 시조나 가사를 짓겠다는 창작 의식의 결과물이 아니라 번역의 소산물로서, 그 결과적 형태는 시조나 가사로 편입하기 어려운 본고에서 명명한 바 상이연형식 장가에 다름 아닌 작품이기 때문이다.

강전섭은 송(宋)나라 사람 마자재(馬子才)가 지은 <호호가>의 원작품을 『괴본 고문진보(魁本古文眞寶)』와 『한국본 고문진보(韓國本古文眞寶)』에서 찾아내었다. 그 원작품을 보면 강전섭도 지적한 바와 같이 "浩浩歌天地萬物如吾何"가 세 번이나 반복되고 있다. 이는 이 <호호가>가 의미상으로 삼분되고 있음을 보여주는 부분이 되겠는데, 실제 이 작품이 실려 있는 「두곡선생문집(杜谷先生文集)」에도 '浩浩歌三節'로 표기하고 있다. 두곡도 이 <호호가>가 분명히 유절형식(有節形式)을 취하고 있다는 점을 인지한 표현이라고 하겠다. 그리고 다른 연형식의 장가와 마찬가지로 그 전체의 제목은 '浩浩歌' 하나인 것이다. 그러니 각 연이 유기적 관계를 갖는 것은 당연하다.

선인들이 연의 크기가 일정하지 않은 연형의 장가를 심심찮게 향유했다는 점을 감안한다면 이런 형태의 작품이 생산되고 가창된 것을 이상하게 여길 필요는 없다. 선인들은 이 작품을 시조나 가사로

---

37) 강전섭, 「高杜谷의 <浩浩歌>에 대하여」, 『開新語文研究』 제5·6 합병호, 개신어문연구회, 1988, 85쪽.

구분하여 향유하지 않았다. 그 창법을 지금으로선 확인할 길 없는 하나의 노래로 향유한 것이다. 그것을 지금 가장 객관적인 시각으로 명명하자면 상이연형식 장가라 할 수 있다는 것이다. <호호가>는 <석문정구곡도가>나 <화방재사> 등과 같은 상이연형식 장가의 좋은 예라고 하겠다.

4. 〈어부사시사〉의 갈래 문제

일찍이 필자는 아래의 두 작품을 인용하여 <어부사시사>가 시조와는 이질의 형태임을 지적한 바[38] 있다.

㉠ 날이 덥도다 믈우히 고기떧다
　　닫드러라 닫드러라
　　굴며기 둘식세식 오락가락 ᄒᆞᄂᆞ고야
　　至匊悤 至匊悤 於思臥
　　낫대ᄂᆞᆫ 쥐여잇다 濁酒甁 시럿ᄂᆞ냐
　　(<어부사시사> 춘 10-2)

㉡ 날이 덥도다 물우희 고기쎳다
　　굴먹이 둘식셋식 오락가락 ᄒᆞᄂᆞ고야
　　아희야 낙대ᄂᆞᆫ 쥐여 잇다 濁酒甁 시럿ᄂᆞ냐
　　(「병와가곡집」 299, 『역대시조전서』 491)

---

38) 박규홍, 앞의 책, 72쪽.

ⓛ은 ㉠을 이삭대엽으로 부를 수 있도록 고쳐져 가집에 실려 있는 형태다. '닫드러라~'와 '至匊悤~'을 빼고 '아희야'를 넣은 형태임을 위에서 확인할 수 있다. ㉠은 우리가 시조라고 하는 ⓛ과는 분명히 다른 형식성을 지닌 작품이다. 김흥규는 특히 <어부사시사>의 종장이 가집에 어떻게 변형되어 실렸는가에 관해 '<어부사시사> 40수 중에서 제1수부터 제39수까지의 종장은 평시조의 일반적 완결형이 아닌, 초·중장과 마찬가지의 율격을 지닌 것이고, 그 종장의 변이 양상은 1)원작의 종장을 그대로 둔 채 서두에 새로운 말을 첨가하는 방법, 2)원작의 종장 제1음보는 그대로 둔 채 제2음보의 음절수를 늘려서 과음보가 되도록 하는 방법, 3) 1) 또는 2)의 변형에 첨가하여, 원작에 흔히 제4음보가 제3음보보다 크게 되어 있는 종장 말미의 구조를 바꾸어 제3음보가 제4음보보다 크거나 같도록 하는 부수적인 변형이 이루어졌다'[39]는 견해를 밝힌 바 있다.

만약, ㉠을 시조로 본다면 <횡살문>이나 <감군은>같은 작품이 시조의 범주에서 빠져야 할 이유가 조금도 없다. '닫드러라~'와 '至匊悤~'과 같은 간음(間音)은 어부가류의 시가만이 갖는 독특한 형식적 장치다. 그 결론 여하에 관계없이 "임의로 여음을 삭제하는 것이 이 작품의 구조를 바로 보는 것인가"[40]라고 한 김대행의 지적은 지극히 당연한 것이다. 여음을 임의로 무시하는 것은 작자의 창작의도를 도외시하는 일일 뿐만 아니라 그 작품의 형식성을 놓치는 결과를 초래한다. 필자는 이 여음이야말로 어부사라는 갈래의 독특한 형식성을

---

39) 김흥규, 「漁父四時詞의 終章과 그 變異形」, 『孤山硏究』 제4호, 孤山硏究會, 1990, 101~110쪽.
40) 김대행, 앞의 논문, 30쪽.

이루는 주요 요소임을 지적한 바 있다.[41] 내용이 어부가와는 전혀 달라진 <창부사>를 어부가 계통의 노래[42]로 꼽는 것도 그 특이한 여음에서 동질성을 확인할 수 있기 때문이다.

<어부사시사>가 가사와 형식적 동질성을 공유하고 있는 것도 물론 아니다. <어부사시사>의 형식성으로 봐서 이 작품을 네 편의 가사로 거나 한 편의 가사로 보는 주장에 좌단하기는 어렵다는 것이다.

<어부사시사>는 지나치게 작위적이라고 느낄 수도 있을 정도로 유기적인 구성[43]을 보이는 작품이다. 40장 전체가 하나의 구조체로 파악되는 유기성을 지니고 있다면 각 편(春夏秋冬)이 또 각기 유기적 구조를 이루고 있다고 해서 4편의 작품으로 나누겠다는 주장은 큰 설득력을 갖기 어렵다.

그러나 이 유기적 구조 때문에 1편의 가사작품으로 봐야 할 필요는 없다. 왜냐하면, 아무리 각 장이 매우 긴밀한 유기적 구성을 하고 있다고 하더라도 이 작품은 각 장이 같은 모양을 지닌 분련체임은 부인할 수 없다. 그것은 이미 형식상 가사가 될 수 없다는 것을 의미 한다.[44] 그토록 긴밀한 유기적 조직을 이루었던 40장이 장별로 가집 에 뿔뿔이 흩어져 전하는 현상은 '가사로서의 연속성'이 없음을 그대

---

41) 박규홍, 앞의 책, 83쪽.

42) 瓶窩 李衡祥(1653~1733)의 親筆 著書인「芝嶺錄」全七卷 중 卷之六에 '別曲'이라 하여 <傖父詞> 9章의 全文이 실려 있는데, 그 머리에 "傖父詞 次聾巖漁父詞 集唐 音"이라 쓰여 있다.(권영철,『瓶窩李衡祥研究』,『韓國研究叢書』제37집, 한국연구 원, 1978, 167쪽 참조)

43) 김대행, 앞의 논문, 15쪽.

44) 조동일도 歌辭의 기원을 따지는 세 가지 조건의 하나로 '四音步, 連續體의 律文이 어야 한다'는 점을 제시한 바 있다.(「歌辭의 장르 규정」,『語文學』21호, 한국어문학 회, 1969, 77쪽)

로 보여주고 있다.

<어부사시사>는 그 형식성으로 봐서 시조나 가사와는 동질성을 확인할 수 없다. 작자인 고산도 이 작품이 시조와 이질적이란 것을 분명히 인식하고 있었음을 시조 형식을 취한 그의 다른 35수의 작품으로도 짐작할 수 있다. 고산의 「가장유사(家藏遺事)」[45]로 봐서 고산 당시에 가창된 것이 분명하다. 그럼 향유자는 무엇으로 알고, 어떻게 향유하였는가 등의 문제가 제기될 수 있겠는데, <어부사시사>는 어부사로 인식되었고, 권영철의 지적처럼 강조(腔調)[46]의 노래였다고 봐야 할 것이다. <어부사시사>가 시조로 가창되었을 것이라는 주장은 설득력을 갖기 어렵다. 고산이 가창할 수 있도록 지은 이 작품에 '닫드러라' 등의 간음(間音)을 쓸모없이 넣었을 리가 없다. 그렇다면 이삭대엽[歌曲]으로 부르기 위해 변형시킨 것과 같은 노래일 수가 없다. 더욱이 이삭대엽과 같은 가곡의 형태에서 종장 종구가 떼어지는 등의 큰 차이가 있는 시조창과는 같을 수가 없다.

"<어부가>는 가사로 불린 사실이 여러 가지 단서로 보아 확실하므로 <어부사시사>가 근거로 했을 음악은 가사였다고 할 수 있다."[47]는 주장은 타당한가? 조선 말기 가창되었던 12가사에서의 <어부사>는 농암의 <어부장가>에서 1장이 축약된 형태이고, 고산의 <어부사시사>는 농암의 <어부장가>의 영향을 받았을 것이므로 고산의 <어부사시사>는 가사일 것이라는 견해이다.

그러나 이러한 관계는 인정되기 어렵다는 점을 두 가지 측면에서

---

45) 이재수, 『尹孤山研究』, 학우사, 1955, 20~21쪽 참조.
46) "腔으로써 이룩된 樂曲이다."고 지적한 바 있다.(권영철, 앞의 책, 182쪽)
47) 김대행, 앞의 논문, 19쪽.

지적할 수 있다. 하나는 어부사 계통의 노래들이 형식성으로도 적지 않은 변화가 있었지만 음악적 측면에서도 상당한 변화가 있었으리라는 점이다. 우선 <악장어부가>(12장)와 농암이 신곡이라고 밝힌 <어부장단가>의 창곡이 같지 않음을 지적할 수 있다. 농암의 <어부가>와 고산의 <어부사시사>도 같은 창곡일 수가 없다. '장가와 단가가 강(腔)과 엽(葉)을 이루어 합성된 곡(曲)'과 '일정한 형태만으로 40장(마지막 장에 매듭의 형태가 있지만)을 이루고 있는 노래'가 같을 수가 없는 것이다. 12가사 중의 <어부사>와 <농암어부가> 경우도 마찬가지다. 농암의 <어부장가> 9장을 8장으로 축약해 놓은 12가사의 <어부사>는, 장가와 단가를 강(腔)과 엽(葉)으로 영창(詠唱)한 농암의 <어부장단가>와 구조상으로도 다를 뿐 아니라 음악적으로도 같을 수가 없다. 무엇보다 19세기 말경에 현행 12가사로 그 전통이 세워진 것으로 논의되고 있는[48] 12가사가 3강(腔) 8엽(葉)으로 불리어진 <서호별곡(西湖別曲)>류의 가사와 같은 음악적 성격의 가사가 아니라는 점은 이론의 여지가 없을 것이다.

그리고 전승의 양상으로 봐서도 <어부사시사>가 가사와 같은 성격의 장르가 아님을 쉽게 알 수 있다. 앞에서 논의한 바와 같이 <어부사시사> 40장은 변형되어, 여러 가집에 흩어져 수록되어 있다. 고산(孤山)에서 병와(瓶窩)까지 불과 50년의 세월에 <어부사시사>가 변형·분산되어 『병와가곡집(瓶窩歌曲集)』에 수록된 현상은 <어부사시사>의 전체 길이가 긴 탓도 있겠지만, 동일한 무게의 40장이 반복되는 <어부사시사>가 송강의 가사와 같은 4·4조의 연속체인 가사와는 근본적으로 다른 성격의 장르이기 때문이다.

---

48) 송방송, 『韓國音樂通史』, 일조각, 1995, 426쪽.

<어부사시사>는 시조도 아니고 가사도 아닌, 하나의 독자적 갈래로 꼽아야 할 어부가 계통의 작품이다.

5. 마무리

몇몇 조선조 시가 작품에 대한 장르 논란은 그간 설정한 포괄적 갈래 구분 방법으로 인해 초래될 수밖에 없는 필연적 결과라고 하겠다. 본고에서는 어부가의 갈래 문제를 논의하기에 앞서 조선조 장가의 다양성을 살핀 다음 연형식 장가를 조명해 보았다.

우리가 조선조의 시가문학을 악장, 가사, 시조 등으로 크게 구획하고 있으나 실제는 다양한 형태의 작품이 존재했음을 볼 수 있다. 정극인의 <불우헌가>나 고응척의 <호호가> 등이 그런 다양성을 입증해 주는 구체적 예가 되겠는데, '시조 아니면 가사'라는 시각으로는 이들의 장르적 특성을 제대로 밝혀내기기 어렵다. 장르 시비가 빚어진 데서도 확인할 수 있듯이 우리가 설정한 시조와 가사의 개념은 대상 작품을 정확히 인식하는 데 있어 그 한계를 노정하고 있다. 따라서 어부가의 갈래 문제를 해결하기 위해서도 조선조 시가문학의 다양성을 인정하는 가운데 좀 더 객관적인 시각으로 대상을 파악하는 노력이 필요하다.

고시가가 연형식을 취한 유래는 오래다. <보현십종원왕가> 이후의 많은 고려속가, 경기체가 등이 연형식 장가들이다. 어부가 계통의 시가도 역시 이 연형식의 전통을 잇고 있다.

연형식 장가도 형식상으로 각 연(聯)이 서로 같은 형태로 된 연형

식의 장가와 형태가 서로 다른 연형식의 장가로 나눌 수 있다. 본고
에서는 전자를 상동연형식(相同聯形式) 장가(長歌), 후자를 상이연형식
(相異聯形式) 장가(長歌)로 명명하였다. 경기체가의 경우, <한림별곡>
외 대부분의 작품은 전자, <독락팔곡>은 후자에 속한다고 할 수 있
을 것이다.

어부가류 상동연형식 장가로는 <악장어부가>, 농암의 <어부장
가>, 경산의 <속어부사>, 병와의 <창부사>, 지소의 <백마강가> 등
을 꼽을 수 있을 것이고, 상이연형식 장가로는 여암의 <화방재사>,
근품재의 <석문정구곡도가>를 들 수 있다.

논란의 대상이었던 두곡의 <호호가(浩浩歌)> 역시 시조나 가사의
범주에 넣을 것이 아닌 그 자체 하나의 상이연형식의 장가라는 답을
얻을 수 있다. <어부사시사>나 <백마강가>는 이미 논의한 바와 같
이 상동연형식 장가의 범주에 들 수 있다.

본고에서는 현재의 장르 개념으로는 설명하기가 힘든 연형식 장
가의 양식적 특질을 파악하고자 했다. 송강(松江)의 <장진주사>나 이
장(李璋)의 장가와 같은 비연체(非聯體)의 장가 역시 새로운 시각으로
볼 필요가 있다. 이러한 노력은 우리가 설정한 시조니 가사니 하는
장르 개념의 마취에서 벗어나 대상 작품을 좀 더 객관적으로 인식할
수 있는 시각을 제공하는 데 기여하리라 생각한다.

<어부사시사> 장르 논쟁 등에서 드러난 선입견을 배제하고 대상
작품을 볼 수 있다면, 작품의 양식에 대한 선인들의 인식에 좀 더 접
근해서 작품을 이해하는 안목을 얻을 수 있으리라 생각한다.

어떤 작품이든 형식성과 역사성이 없을 수 없다. 본고에서는 작품
의 형식성과 역사성을 파악하는 작업이 보완된 장르 규정의 방법이

될 수 있다는 방법론을 제시했다. 이런 접근 방법으로 고산(孤山)의 <어부사시사>의 장르를 규정할 때, 이 작품은 역시 시조나 가사와 는 이질적인 어부가의 계통을 잇는 어부사임을 확인할 수 있었다.

시조(시)는 시조창이나 가곡창으로 가창되었던 노래의 노랫말이다. 가사는 3강(腔) 8엽(葉) 등으로 가창되기도 했으나 후에 노래가 불가 능할 정도로 장형화되는 3·4조 혹은 4·4조의 연속체다. 어부가 계 통의 장가는 형식성으로 봐서든 역사성으로 봐서든 시조나 가사의 범주에 들 작품군은 아니다. 어부가 계통의 여음과 조흥구는 어부가 계통 작품으로서의 동질성을 확인할 수 있는 주요한 형식성이다. 그 리고 고산의 <어부사시사>에 대한 창작의식이나 그것의 향유양상 등의 역사성으로 봐서도 이 작품은 시조나 가사가 아니다.

조선조의 시가는 시조 혹은 가사와 동질의 역사성을 가질 수도 있 고, 혹은 독자적인 역사성을 가질 수도 있다. 이런 역사성에 대한 객 관적 판단이 필요하다. 논란의 외중에 있는 다른 시가들도 시조나 가 사의 범주에 한정하려는 선입견을 버리고 우리 시가문학이 다양한 양식으로 창작·향유되었음에 주목하여 답을 얻어야 할 것이다.

참고문헌

【자료】 ···

강한영 교주, 『신재효 판소리 사설집』, 교문사, 1984.

권근, 『국역 양촌집』 ①~④, 민족문화추진회, 1990.

심재완, 『校本 歷代時調全書』, 세종문화사, 1972.

윤선도, 『국역 고산유고』(이형대, 이상원, 이성호, 박종우 역), 소명출판, 2004.

이색, 『牧隱集』, 韓國思想大全集 5, 양우당, 1988.

이중경, 『雜卉園集』(영인본), 계명대학교 동산도서관 고문헌총서 7, 2008

정극인, 「不憂軒集」(民族文化推進會刊『韓國文集叢刊 9』, 경인문화사, 1996(再版))

정도전, 『국역 삼봉집』 ①, ②, 민족문화추진회 편, 1990.

최자, 『補閑集』, 韓國思想人全集 5, 양우당, 1988.

『高麗史』(恭愍王朝~恭讓王朝)

『朝鮮王朝實錄』

【저서 및 논문】 ··

강전섭, 「高杜谷의 〈浩浩歌〉에 대하여」, 『開新語文研究』 제5·6 합병호, 1988.

강전섭, 「尹孤山의 〈漁父四時詞〉에 대하여」, 『孤山研究』 제2호, 고산연구회,
    1988.

강전섭, 「〈石門亭九曲歌〉의 樣式史的 考察」, 『語文研究』 제29집, 어문연구회,
    1997.

권영철, 「偪父詞 硏究」, 『古詩歌硏究』, 경산대학교 출판부, 1997.

권영철, 『甁窩李衡祥硏究』, 『韓國硏究叢書』 제37집, 한국연구원, 1978.

권정은, 『자연시조 : 자연미의 실현 양상』 보고사, 2010.

김대행, 「漁父四時詞의 外延과 內包」, 『孤山硏究』 창간호, 고산연구회, 1987.

김동욱, 「時調鄉樂譜歌詞의 背景的 硏究」, 『韓國歌謠의 硏究』, 을유문화사, 1961.

김동욱, 『韓國歌謠의 硏究(續)』, 선명문화사, 1975.

김명순, 「漁父歌 小考」, 『崇智苑』 제1집, 수도여자사범대학교, 1967.

김명준, 『악장가사 주해』, 도서출판 다운샘, 2004.

김명준, 『한국 고전시가의 모색』, 보고사, 2008.

김사엽, 『李朝時代의 歌謠 硏究』, 대양출판사, 1956.

김상홍, 「韓國의 集句詩 硏究」, 『漢文學論集』(檀國漢文學會) 제5집, 1987.

김선기, 「九曲歌系 詩歌의 展開와 〈高山九曲歌〉의 位相」, 『栗谷學』 12집, 율곡사상연구회, 1998.

김선기, 「漁父長歌와 漁父短歌에 대하여」, 『語文硏究』 제14집, 어문연구회, 1985.

김용찬, 『18세기의 시조문학과 예술사적 위상』, 월인, 1999.

김은희, 『조선후기 가창문학의 존재양상』, 보고사, 2005.

김흥규, 「漁父四時詞의 終章과 그 變異形」, 『孤山硏究』 제4호, 고산연구회, 1990.

김흥규, 『韓國文學의 理解』, 민음사, 1986.

김대행, 「漁父四時詞의 外延과 內包」, 『孤山硏究』 창간호, 고산연구회, 1987.

김명준, 『한국 고전시가의 모색』, 보고사, 2008.

김문기, 「구곡가계 시가의 계보와 전개양상」, 『국어교육연구』 23집, 국어교육연구회, 1991.

김학성, 「시조의 양식적 독자성과 현재적 가능성」, 『韓國詩歌硏究』 제19집, 2005.

김학성, 『한국 시가의 담론과 미학』, 보고사, 2004.

라정순, 「辭說時調의 成立過程 試考」, 『梨花語文論集』 제6집, 1983.

류영표, 『王安石 詩歌文學 연구』, 법인문화사, 1993.

문현웅, 『농암〈어부가〉의 개작동기와 그 양상』, 순천향대학교 순천향어문연구회, 1992.

박경주, 『한문가요연구』, 태학사, 1998.

박규홍, 「시조와 가사의 장르 구분 -孤山의 〈漁父四時詞〉를 중심으로-」, 『時調學論叢』 12집, 한국시조학회, 1996.

박규홍, 「朝鮮朝 長歌 研究 -聯形式의 長歌를 중심으로-」, 『韓民族語文學』 38집, 한민족어문학회, 2001.

박규홍, 『時調文學研究』, 형설출판사, 1996.

박규홍, 「漁父詞의 形成 研究」, 『時調學論叢』 15, 한국시조학회, 1999.

박규홍, 「漁父詞의 傳承 樣相 研究」, 『時調學論叢』 16, 한국시조학회, 2000.

박규홍, 「漁村 孔俯 研究 -漁父詞와의 關係를 중심으로-」, 『韓民族語文學』 34, 한민족어문학회, 1999.

박규홍, 「張志和의 〈漁父〉와 『樂章歌詞』 所載 〈漁父歌〉 比較 研究」, 『Comparative Korean Studies』 Vol.11. No.1, 2002.

박노준, 『조선후기 시가의 현실인식』, 고려대학교 민족문화연구원, 1998.

박완식, 「〈漁父詞〉研究 -그 類型과 思想的 背景을 中心으로-」, 우석대학교 박사학위논문, 1996.

박완식, 『韓國 漢詩 漁父詞 研究』, 이회, 2000.

박준규, 『湖南詩壇의 研究』, 전남대학교 출판부, 1998.

박해남, 「〈樂章歌詞本 漁父歌〉 再考」, 『泮橋語文研究』 28집, 반교어문학회, 2010.

성무경, 『조선후기, 시가문학의 문화담론 탐색』, 보고사, 2004.

성호경, 「辭說時調의 正體에 대한 新考察」, 『千峰 李能雨博士 七旬紀念論叢』, 1990.

성호경, 『한국시가의 유형과 양식 연구』, 영남대학교 출판부, 1997(2판).

성호주, 『景幾體歌의 形成 연구』, 제일문화사, 1988, 20쪽.

송방송, 「한국음악통사」, 일조각, 1995.

송정숙, 「漁父歌系 詩歌 연구」, 부산대학교 박사학위논문, 1990.

심재완, 『時調의 文獻的 研究』 세종문화사, 1972.

양해명(이종진 역), 『唐宋詞風格論』, 신아사, 1994.

여기현, 『고전시가의 표상성』, 도서출판 월인, 1999.

여기현, 「〈原漁父歌〉의 集句性」, 『고려가요 연구의 현황과 전망』, 성균관대학교 인문과학연구소, 집문당, 1996.

오응화 저·이홍진 역, 『당송사통론』, 계명대학교 출판부, 1991

위욱승 저, 이해산·우쾌제 공역, 『한국문학에 끼친 중국문학의 영향』, 아세아문화사, 1994.

윤영옥, 「〈漁父詞〉研究」, 『민족문화논총』 제2·3집, 영남대학교 민족문화연구소, 1982.

윤영옥, 『시조의 이해』, 영남대학교 출판부, 1986.

이규춘, 「旅菴 申景濬의 「畵舫齋辭」 研究」, 『韓國詩歌研究』 4, 한국시가학회, 1998.

이능우, 『가사文學論』, 일지사, 1977.

이능우, 『국문학개론』, 국어국문학회, 1954.

이민홍, 『士林派文學의 研究』, 형설출판사, 1985.

이상미, 『진각 혜심의 게송문학』, 박이정, 2007.

이상보, 「黃一皓의 生涯와 白馬江歌 연구」, 『語文學』 재4집, 국민대학교 어문학연구소, 1984.

이상원, 「19세기 말 화서학파의 〈고산구곡가〉 수용과 그 의미」, 『時調學論叢』 27집, 2007.

이상원, 『17세기 시조사의 구도』, 월인, 2000.

이상원, 『조선시대 시가사의 구도와 시각』, 보고사, 2004.

이상원, 「조선후기 〈어부사〉 전승 연구」, 『19세기 시가문학의 탐구』, 고려대학교 고전문학·한문학연구회 편, 집문당, 1995.

이우성, 「고려말·조선초의 어부가」, 『성대논문집』 9, 성균관대학교, 1964.

이재수, 『尹孤山研究』, 학우사, 1958.

이종찬, 『한국의 선시-고려편』, 이우출판사, 1985.

이형대, 「漁父形象의 詩歌史的 展開와 世界認識」, 고려대학교 박사학위논문, 1997.

이형대, 『한국 고전시가와 인물형상의 동아시아적 변전』, 소명출판, 2002.

인권환, 『고려시대 불교시 연구』, 고려대학교 민족문화연구소, 1983.

인권환, 『한국 문학의 불교적 탐구』, 도서출판 월인, 2011.

임재욱, 「12가사의 연원 연구」, 서울대학교 박사학위논문, 2007.

장덕순, 『국문학통론』, 신구문화사, 1963.

장사훈, 『最新 國樂總論』, 세광음악출판사, 1985.

장사훈, 「韓國音樂史」, 『韓國文化史大系』 Ⅶ, 고려대 민족문화연구소, 1992(三版).

장인진, 「새로 발굴된 李重慶의 梧臺漁父歌」, 『圖書館學』 10집, 한국도서관학회, 1983.

정무룡, 「농암 이현보의 장·단 〈어부가〉 연구(1) -선정과 갈래를 중심으로-」, 『한민족어문학』 제42집, 2003.

정무룡, 「농암 이현보의 장·단 〈어부가〉 연구(2) -해석과 구조를 중심으로-」, 『한민족어문학』 제43집, 2003.

정병욱, 『國文學散藁』, 신구문화사, 1959.

정병욱, 『한국고전시가론』, 신구문화사, 1982.

정재호, 『韓國雜歌全集』(4권), 계명문화사, 1984.

조규익, 「〈獨樂八曲〉의 文學史的 意味 -長時調의 文獻的 出發과 關聯하여-」, 『論文集』 제12집, 경남대학교, 1985.

조규익, 『가곡창사의 국문학적 본질』, 집문당, 1994.

조규익, 『조선초기 아송문학연구』, 태학사, 1986.

조동일, 「歌辭의 장르 규정」, 『語文學』 21호, 한국어문학회, 1969.

조동일, 『한국 문학의 갈래 이론』, 집문당, 1992.

조동일, 『한국문학통사(1~5)』(3판), 지식산업사, 1994.

조동일, 『한국시가의 역사의식』, 문예출판사, 1993.

조윤제, 『國文學槪說』, 동국문화사, 1955.

조윤제, 『朝鮮詩歌의 硏究』, 을지문화사, 1948.

조윤제, 『韓國文學史』, 탐구당, 1974(3판).

조윤제, 『韓國詩歌史綱』(訂正版), 을유문화사, 1954.

차주환, 『中國詞文學論考』, 서울대학교 출판부, 1982.

최규수, 『19세기 시조 대중화론』, 보고사, 2005.

최동원, 『古時調論』, 삼영사, 1980.

최동원, 『古時調論攷』, 삼영사, 1990.

최동원, 「長時調 小考 -그 形式을 中心으로-」, 『語文學』 2집, 부산대학교, 1961.

최재남, 「藏六堂六歌와 六歌系 時調 -藏六堂六歌의 복원-」, 『語文敎育論集』 제7집, 부산대학교, 1983.

최진원, 『國文學과 自然』, 성균관대학교 출판부, 1977.

한영우, 『鄭道傳思想의 硏究』, 서울대학교 출판부, 1987(개정판).

홍재휴, 「韓國古詩律格硏究」, 태학사, 1983.
홍재휴, 「石門亭題詠詩歌攷」, 『曉星女子大學校 硏究論文集』 제23권, 1981.

上田王明 외 3인편, 『日本人名大辭典』, 강담사, 2002, 905~906쪽.
猪口篤志 저, 심경호·한예원 역, 『일본한문학사』, 소명출판, 2000.
村上哲見, 『宋詞硏究』, 東京 : 창문사, 1967.

찾아보기

박규홍(朴奎洪)

영남대학교 국어국문학과를 졸업
영남대학교에서 문학 석·박사 학위 취득
현재 경일대학교 인문사회계열자율전공학과 교수

한국시가문학연구총서 17
어부가의 변별적 자질과 전승 양상
2011년 12월 30일 초판 1쇄 펴냄

저　자　박규홍
발행인　김흥국
발행처　도서출판 보고사

등록　1990년 12월 13일 제6-0429호
주소　서울특별시 성북구 보문동7가 11번지 2층
전화　922-5120~1(편집), 922-2246(영업)
팩스　922-6990
메일　kanapub3@chol.com
http://www.bogosabooks.co.kr

ISBN　978-89-8433-959-0　93810
ⓒ박규홍, 2011

정가 16,000원